꾸뻬 씨의 우정 여행

Hector und das Wunder der Freundschaft by François Lelord

ⓒ Piper Verlag GmbH, München 2010 All Rights Reserved.
Korean translation copyright ⓒ 2011 by Yolimwon Publishing Co.
Korean edition is published by arrangement with Piper Verlag through Eurobuk Agency.

이 책의 한국어판 저작권은 유로북 에이전시를 통해 독일 Piper Verlag GmbH 사와 독점 계약한 도서출판 열림원에 있습니다.
저작권법에 의해 한국 내에서 보호를 받는 저작물이므로 무단전재와 복제를 금합니다.

꾸뻬 씨의 우정 여행

프랑수아 를로르 지음 | 이은정 옮김

열림원

친구를 갖는다는 건
또 하나의 인생을 배우는 것이다.

그라시안

한국의 독자들을 위해

프랑수아 를로르

2010년 열림원과 주한 프랑스 대사관의 초청으로 처음 한국을 방문했을 때, 이내 저는 제 책의 주인공 꾸뻬가 저를 따라 한국을 여행하게 되리라는 걸 직감했습니다. 인천 국제공항에서 서울로 오는 길 위에서 이미 제 마음은 바다와 산이 가득한 한국의 풍경에 매료되었기 때문이죠. 한국의 새벽빛은 마치 꿈결 같았고, 그것은 제가 알게 된 다양한 한국의 매력의 작은 시작에 불과했습니다.

전날 밤, 서울로 날아오던 비행기 안에서 좀처럼 잠을 청할 수 없었던 저는 문득 우정이라는 주제에 대해 생각해보고 있었습니다. 그즈음에 저는 제 친구들이 제 인생에 얼마나 중대한 사람들인지 새삼 깨닫고 있었기 때문이죠. 우리의 주인공 꾸뻬가 탄생하기까지도 제 친구들은 매우 지대한 영향을 미쳤고, 여행 중에 만났던 배울 점 많은 새로운 친구들 역시 꾸뻬의 모험을 한층 풍부하게 해주었습니다.

사랑에 관한 소설이나 철학서들은 수도 없이 많습니다. 하지만 우정에 관한 책은 생각보다 많지 않지요. 그런데 과연 우리에게 속내를 털어놓을 친구가 없다면, 우리는 사랑의 가혹함을 견뎌낼 수 있을까요? 우정에서 시작해 사랑으로 발전하는 경우는 어떨까요. 그리고 사랑을 우정으로 끝낼 수 있는 사람들도 있습니다. 물론 사랑에서 변형된 우정에는 여전히 약간의 애수와 이뤄지지 않은 것에 대한 그리움이 남아 있을 겁니다.

꾸뻬는 이번 여행에서 이런 모험을 하게 됩니다.
그는 괜찮은 정신과 의사로서 고군분투하는 와중에 사라진 친구도 찾아야 하고, 국제적인 음모에 휘말려 매력적인 여성의 유혹을 견뎌내거나 황금의 삼각 지대에서 코끼리 등에 올라 친구에게 도움을 구하거나 친구들을 도와주기도 해야 하고요. 그리고 무엇보다도, 여러분은 이제 꾸뻬가 서울의 고귀한 아름다움을 발견하고 시큼하고도 달콤한 막걸리의 맛에 눈을 뜨는 모습을 보게 되실 겁니다.
지난 한국 방문 때 저를 따뜻이 맞아주었던 열림원과 이 책을 한국어로 열심히 번역해준 주한 프랑스대사관의 은정 씨에게 제 모든 감사의 인사를 전합니다.

차 례

한국의 독자들을 위해 006
우정이란 013

1 필요에 의한 우정 _당신에겐 진정한 친구가 있는가

진정한 친구가 간절한 이들 019
예외적 인간? 029
첫 만남 036
이상한 날 041
다섯 가지 성격 특성 048

2 여흥을 위한 우정 _우정을 찾아 떠나는 여행

어디까지일까 055
여행의 시작 064
만나서 즐거운 사람 066

타인과 친구의 차이	072
삼십억 달러 때문이로소이다	083
새로운 만남	091
경우에 따라서	105
끝없는 의문들	110
슈퍼우먼 만세!	114
예상과 다른 상황들	119
이게 다 진화와 자연 선택 때문이야!	123
그 남자의 미행	133
돌리돌리	136
번호표를 단 여자들	139
떠나온 남자	144
내리막길의 친구	152
동행	165
다시없을 경험	173
정글 속 마을로	178
어디서나 반짝이는 여자	187
센토사	193
그만의 방식	200
야생 코끼리	204
얼마의 행운	215
장군의 고민	222

당신은 아무것도 아니지 않아요	227
예지몽	230
함께 모험하다	236
크라 라오족	240
우연한 밤	246
갈색 튜닉을 입은 승려	252
저 멀리 쳐다보는 눈길	255
신이 된 친구	258
공포의 콧수염	265
기적의 사나이	269
연민 혹은 애착	274
그녀의 감정 상태	282
본드 걸	285
협박	290
서로 다른 생각	295
미안해	301
위기에 대처하는 방법	306
친구의 배신	311
진정한 친구	318
에두아르와 이드와	324
최후통첩	328
친구를 부탁해	333

비극의 단서	339
신의 구원	345
장 마르셀과 박정인	349
스타와 브라이스	356
바라문디와 헤럴드	361

3 선한 우정_아듀, 우정 여행

| 우정에 관한 수첩 | 373 |
| 또 다른 여행을 꿈꾸며 | 378 |

우정이란

딱 붙는 흰색 상의에 명주로 짠 전통복 바지 차림의 집사가 신호를 보내자 젊은 여자가 어두운 방 안으로 들어왔다. 방 한쪽에 놓인 침대 커튼 아래로 누군가 앉아 있는 실루엣이 보였다. 영국 침략자들이 가구를 들여오기 전까지 국왕도 돗자리에서 앉고 먹고 잠까지 자던 옛날 방처럼 방 안은 텅 비어 있었다.

여자는 몇 걸음 더 나아가더니 장미목 마루 위에 무릎을 꿇었다. 아랫사람의 머리가 윗사람보다 위로 가서는 안 된다. 남자는 왕은 아니지만 이 정도의 예는 갖춰야 마땅한 권력자였다. 그는 여자에게 그만 일어나도 좋다는 말조차 건네지 않았다. 세상이 빠르게 변해가고 있다는 걸 알기엔 남자는 이미 너무 나이가 들어버린 터였다.

여자가 두 손을 앞으로 모으고 고개를 조아리며 인사를 올리자 남자가 물었다.

"어떻게 되었지?"

문가에 매달린 램프의 불빛이 금테 안경을 반짝 비추었지만 그의 얼굴을 알아볼 수는 없었다. 남자의 노쇠한 눈이 강한 빛을 견뎌내지 못해선지, 불빛은 매우 희미했다.

"주인님. 수색을 계속하고 있습니다. 돈의 행방을 뒤쫓고 있지요."

그러자 경멸에 찬 한숨 소리가 들려왔다. 여자는 보고를 계속했다.

"미국 정부와 일하는 하버드의 정보 처리 기술자도 고용했습니다."

"그 정도 가지곤 안 돼. 그 사내는 생각보다 훨씬 영리한 사람이야."

남자의 말에 젊은 여자는 내심 만족했다. 그녀 역시 같은 생각이었기 때문이다. 현대적인 설비로 무장한 은행에서 그 정도의 거금을 훔쳐낼 수 있는 사람이라면 자기 행적을 남기지 않는 요령 정도는 알고 있을 터였다.

"그러나 한 가지 다른 방법이 있습니다. 주인님."

아무런 대답이 없었지만 여자는 계속 이야기를 이어갔다.

"친구들입니다. 그의 친구들의 행적을 쫓아볼까 합니다."

그러자 마침내 남자가 미소를 지었다. 금니가 번쩍였다.

"오호, 친구라! 그거야말로 인간의 가장 큰 약점이지!"

그런데 자신의 오랜 친구들을 몇 명이나 감옥으로 보내버린 전적이 있는 장군이 그런 말을 할 자격이 있긴 할까? 아마도 친구보다는 나이 들어 쇠약해져가는 육체와 금장식에 대한 심각한 집착이 장군에겐 더 큰 약점일 것 같다.

필요에 의한 우정

1

당신에겐 진정한 친구가 있는가

다른 모든 것을 다 가졌다 해도,
그 누구도 친구 없이는 살고 싶지 않을 것이다.

아리스토텔레스

진정한 친구가 간절한 이들

너무 바빠서 언제부턴가 친구들을 만날 수 없게 된 젊은 정신과 의사 꾸뻬가 있었다.

꾸뻬는 더 이상 친구를 만날 시간이 없었다. 일을 너무 많이 하기 때문에 저녁이면 피곤해서 외출할 마음이 나지 않는 데다가 결혼해서 한 아이의 아빠가 되자 갑자기 친구들에게 전화를 걸어 '한잔할까?' 하고 제안하기가 힘들어졌기 때문이다. 이제 친구들도 거의 다 결혼을 해서, 꾸뻬의 부인 클라라처럼 남자들끼리 늦게까지 술 마시는 것을 이해해줄 여자는 많지 않았다. 게다가 나이를 먹을수록 내키지 않아도 의무적으로 참석해야만 하는 저녁식사나 파티 자리는 점점 늘어만 갔다. 그때는 미처 깨닫지 못했지만, 젊은 시절에 친한 친구들하고만 맘껏 시간을 보낼 수 있었던 것은 정말이지 행복한 일이었다.

꾸뻬에게 우정은 행복의 근원이었다. 그러나 어떤 환자들에게는 우정이 근심거리였다. 줄리도 그런 이유로 꾸뻬를 찾아온 환자였다. 줄리는 유쾌하고 외향적이어서 친구가 아주 많은 아가씨였는데, 사실 속으로는 인간관계에 지나치게 예민해서 괴로움을 겪고 있었다.

그녀는 키가 컸고, 밤색 머리카락에, 피부는 장밋빛이고, 코 위에는 주근깨가 나 있었다. 머리색과 같은 밤색으로 투명하게 빛나는 눈동자는 어딘지 우수에 찬 느낌을 풍겼다. 꾸뻬는 줄리가 아주 매력적이라고 생각했다. 그러나 줄리 자신은 그걸 잘 모르는지, 자신감을 갖기보단 자꾸 다른 사람들의 시선을 피하려 했다. 특히 코 위의 주근깨는 콤플렉스라고 했다. 꾸뻬 생각에는 오히려 그 주근깨가 매력 포인트라고 생각할 남자들이 많을 것 같았다.

직장에서 줄리는 매번 승진을 못한 채 자기 능력에 못 미치는 단순한 일을 하고 있었다. 남들에게 명령을 내리고 진두지휘해야 하는 상황은 줄리를 불편하게 만들기 때문이었다. 그런 상황을 생각하면 밤에 잠도 오지 않을 정도였다.

그래도 친절하고 유쾌하며 언제나 친구들의 이야기를 경청해 주고 그들을 돕는 데 앞장서는 줄리에게는 남자건 여자건, 친구가 아주 많았다. 하지만 줄리에게는 친구들과의 우정은 그리 간단치만은 않았다.

줄리가 고민을 털어놓았다.

"항상 불안해요."

"어떤 게요?"

"어떤 친구냐에 따라 다른데……. 제가 중요하게 생각하는 어떤 친구와의 우정이 그 친구한테는 그만큼 중요하지 않을까 봐 불안해요."

"왜 그런 생각이 드세요?"

"제가 먼저 만나자고 친구한테 연락하는 횟수가 친구가 저한테 연락하는 횟수보다 훨씬 많을 때 그런 생각이 들어요."

"정말 그런지 세어보셨나요? 만약 정말로 친구 분이 연락하는 횟수가 훨씬 적다고 해도 꼭 그분이 줄리 씨와의 우정을 중요하게 생각하지 않는 건 아니에요."

"또 있어요. 어떤 친구랑 친해졌다고 생각했는데 그 친구한테 다른 친구가 생기니까 이제는 저를 좋아하지 않는 것 같아요. 우리가 예전만큼 친한 것 같지 않은 기분이 들어요."

"그런 생각들이 줄리 씨를 고통스럽게 하는군요."

"네……."

줄리의 눈동자가 이내 눈물로 흐려졌다. 어째서 어떤 사람들은 마치 나비의 날개처럼 연약한 심장을 달고 태어나게 되는 걸까? 꾸뻬는 '그 누구보다 자기 자신을 사랑하지 않으면 가치 있는 사람이 될 수 없다.'는 생각을 줄리의 무의식 속에 심어 튼튼해질 수 있도록 도와야겠다고 생각했다. 물론 간단히 손가락 한 번 탁 튕겨 환자의 마음속에 그런 믿음을 생기도록 할 수는 없지만.

　꾸뻬의 환자들 중에는 도저히 친구를 사귈 수 없는 성격 탓에 친구가 한 명도 없는 환자도 있었다. 정신의학에서 칭하는 '경계선적 성격 장애' 때문이었다. 이미 다른 성격 장애 환자를 많이 겪어본 꾸뻬도 그녀를 대하는 건 보통 일이 아니어서 신경이 마구 곤두설 정도였다. 그런데 재미있는 점은, 다른 이들에게 못되게 구는 사람들도 실은 마음속으로는 진정한 친구를 갖고 싶어 한다는 것이다. 어찌 보면 참 슬픈 일이기도 하다.

　스타의 문제는 줄리와는 정반대였다.
　꾸뻬가 스타를 처음 만난 것은 이미 세계 각지의 동료 의사들이 그녀에게 두 손 두 발 다 들고 난 후였다. 스타는 세계 어디를 가나 눈물로 환호하는 팬들 앞에서 노래를 부르는 인기 가수였다. 음악 채널을 틀면 어떨 때에는 가죽 코르셋을 입은, 또 어떨 때에는 사교계 아가씨 같은 드레스를 차려입은 그녀가 등장했다. 그녀는 금발이었다가 갈색 머리로 변신했으며 순진한 처녀에서 방탕한 여자로, 또다시 순진한 처녀로 변신했다.
　스타는 술을 많이 마시고 마약도 했는데, 꾸뻬에게는 계속 마약을 하고 있다는 것을 숨기려 했다. 수면제도 지나치게 많이 복용했지만 그 점에 대해서는 오히려 꾸뻬에게 자랑스럽게 이야기했다. 스타의 헤어진 연인들은 언제나 예외 없이 그녀에게 손찌검을 해대었고, 그래서 스타는 그들과 헤어졌다고 했다. 마약 중독자 치료소에 입원을 하는 등 노력도 해보았다. 그러다 갑자기

콘서트를 취소한다거나 해서 소속 에이전시와 음반사 사장은 골머리를 썩였지만, 히트곡과 돈은 스타 곁에 계속해서 쌓여갔다.

작년에는 처음으로 영화에도 출연했는데, 오히려 가수일 때보다 배우일 때 스타의 모습은 더욱더 감동적이었다. 하지만 그럴수록 스타는 더욱 자주 꾸뻬를 찾아왔다. 이번에 아시아에서 찍을 예정인 두 번째 영화에 대한 걱정 때문이었다. 사실 첫 번째 영화 촬영 때 제작사가 했던 고생이 말도 못할 지경이었는데, 스타가 제시간에 일어나는 적이 거의 없었기 때문이었다.

그녀는 사람들을 피곤하게 만드는 스타일이었다. 그리고 자기 자신을 가장 피곤하게 만들고 있었다.

어느 날 꾸뻬의 상담실에 호리호리한 몸을 큼직한 비옷으로 무장하고 선글라스로 창백한 얼굴을 가린 스타가 침묵을 지키고 있었다. 창밖에 세워둔 커다란 검은색 차 안에는 운전기사가 대기 중이었고 그 옆에는 경호원이 담배를 피우며 스타를 기다리고 있었다.

꾸뻬가 물었다.

"기분은 좀 어떠신가요?"

"이랬다저랬다 하죠. 잘 아시잖아요."

물론 꾸뻬는 잘 알고 있었다. 그래서 그녀의 눈을 바라보며 '나는 당신 기분이 어떤지, 얼마나 고통스러운지 잘 안답니다. 그러니 나에게 모두 털어놔요.'라는 연민의 눈빛을 보냈다. 그건 정신과 의사들의 주특기였다.

"저는 선생님을 보러 올 때면 항상 기분이 좋아요."

"그렇다면 다행이네요. 계속 그렇게 기분이 좋을 수 있도록 노력해봅시다."

꾸뻬는 스타를 처음 만났던 날을 떠올려보았다. 그 당시 스타는 한 차례의 자살 시도가 미수에 그친 후에 부자들만을 위한 고급 치료소에 입원해 있었다. 그녀의 담당 의사가 자리를 비운 탓에 호출을 받은 꾸뻬가 달려갔을 때 스타는 이미 상당히 흥분한 상태였다. 꾸뻬가 자기소개를 하려고 하자 아침 식사용 식판을 꾸뻬의 얼굴에 던졌다. 남자 간호사가 스타에게 진정제를 주사할 수 있도록 여자 간호사와 함께 그녀를 침대 위에 꽉 누르면서 꾸뻬는 되뇌었다.

"좋은 관계는 종종 충돌에서부터 시작되지……."

아니나 다를까, 꾸뻬와 대화를 나누고 나자 스타는 앞으로도 계속 꾸뻬에게 상담을 받고 싶다는 마음을 내비쳤다. 꾸뻬는 의사로서 만족감을 느끼면서도 한편으로는 경계를 늦추지 않으려 노력했다. 유명인 환자에게 흔들리기 시작하면 환자를 제대로 치료하기가 어려워지는 데다, 만에 하나 그들이 자살 시도라도 한다면 의사는 굉장한 죄책감에 빠지게 된다. 스타와 성격이 비슷했던 왕년의 스타 마릴린 먼로의 의사가 그러했듯이.

그렇게 해서 시작된 꾸뻬와의 상담 시간에 스타가 말했었다.

"제 인생이 공허하게 느껴져요."

"정확히 어떤 느낌인가요?"

"글쎄요. 뭐랄까……. 콘서트, 투어, 녹음……. 항상 똑같은 일들의 연속이에요."

"노래할 때도 그렇게 공허하세요?"

"아니요. 노래할 때는 살아 있는 것 같아요."

"그것 보십시오. 모든 것이 전부 공허하지만은 않지요?"

"물론 전부는 아니에요. 하지만 아무도 절 좋아하지 않는다는 느낌이 드는걸요……. 제 인생엔 사랑이 없다고요!"

그녀는 마치 지금 막 그걸 깨닫기라도 한 듯 눈썹을 찡그리며 외쳤다. 꾸뻬에게 의사로서의 딜레마를 안겨주는 상황이었다. 스타의 화를 돋우는 발언은 피해야 한다. 그렇다고 그녀가 이런 식으로 자괴감에 가득 찬 채 이야기를 계속하도록 내버려둘 수도 없었다.

"당신을 좋아하는 사람들이 많이 있잖아요."

"제 팬들 말씀이세요?"

"그래요. 물론 팬들 말고도 더 있을 겁니다."

"친구들이요?"

스타가 냉소적인 미소로 답했다. 꾸뻬는 어쩐지 길을 잘못 들어섰다고 생각했다. 그녀가 자기 주변의 수많은 사람들 속에서 진정한 친구를 파악하기란 매우 어려운 일일 것이다. 부자에 유명세까지 갖춘 스타 곁에는 언제나 그녀의 친구이길 자처하는 사람들이 한 무리씩 몰려들었다. 하지만 그들조차도 이렇게 고삐 풀린 망아지처럼 기분이 널을 뛰는 사람과 친구 관계를 오래 유지하기는 힘들었다.

"사실 저는 사람들을 이용하고 그 사람들도 저를 이용할 뿐이에요. 그런 게 인생이잖아요."

스타는 어린 시절에 사랑을 많이 받지 못한 채 자랐고, 그래서 어른이 되어서도 사랑을 찾기 힘들었다. 우리는 어린 시절 엄마나 아빠로부터 최초의 사랑을 배우니까.

어쩌면 스타가 사람들을 이용한다는 건 사실일 것이다. 하지만 그만큼 그녀는 진짜 사랑을 알고 싶어 하기도 했다. 팬들이 바치는 반짝하고 사라지는 짧은 열망이나 결국 손찌검으로 끝나버린 옛 애인들에게 주었던 감정 따위가 아닌 진짜 사랑 말이다.

어느새 꾸뻬는 스타의 성격 장애의 배경에는 그럴 만한 이유가 있다는 걸 알게 되었다. 물론 그렇다고 해서 그녀의 문제를 해결해줄 자신이 생긴 건 아니었다. 가끔은 스타의 이야기를 쫓아가는 것조차 버거웠고, 다른 유능하고 경험 많은 동료 의사들이 이미 진작 그녀를 포기했던 것을 상기하며 겨우 안심해야만 할 때도 있었다. 모두가 성공하지 못했기 때문에 꾸뻬는 약간의 우월감을 느끼기도 했다.

그리고 스타는 꾸뻬가 예상했던 반응을 보였다.

"선생님도 저를 이용하실 뿐이잖아요."

꾸뻬는 그녀에게 정신과 의사들의 주특기인 연민의 눈빛을 간파당했다는 느낌이 들었다. 그리고 스타의 인생에서 이 문제는 계속해서 되풀이될 거라고 확신했다. 누군가가 그녀에게 가까이 다가가면 그녀는 항상 그들을 밀쳐낸다. 그러나 그녀는 내심 사람들이 다가오길 바라고 있었다. 이런 문제를 잘 다루어본다면 스타의 치료를 위한 좋은 도구가 될 수 있을 것이다. 단, 그녀가 제멋대로 폭발해버리지만 않는다면.

꾸뻬는 다시 한 번 힘을 내어 다시 상담에 집중했다.

"그건 조금 전에 하신 말씀과 다르군요. 저를 보러 올 때면 항상 기분이 좋다고 하셨는데 생각이 바뀌었나요?"

스타와의 상담이 끝난 뒤 꾸뻬에겐 휴게실에서의 커피 한 잔이 절실했다.

친구가 없다는 것은 확실히 불행한 일일 뿐 아니라 무언가가 잘못되고 있다는 표시이기도 하다. 사람들은 누군가에게 사랑받고 있다는 기분을 느끼고 싶어서, 그리고 자기 자신이 정상적인 사람이라는 것을 확인하고 싶어서 친구를 사귀고 싶어 한다. 심지어 어린아이들은 우정에 대한 갈증을 채우기 위해 상상 속의 친구를 만들기도 한다.

이제 스타는 몇 주 동안 동남아시아로 영화 촬영을 떠날 예정인데, 산속 소수 민족 무리에 들어가 선교 활동을 펼친 이십 세기의 수녀 역할을 맡았다고 했다. 스타가 배우 일을 통해 이렇게 급격한 역할 변동을 겪게 되는 것이 그녀의 성격을 부드럽게 해주지는 않을지, 혹은 반대로 그녀의 성격을 더욱 악화시키게 될지 걱정이 되었다. 그러나 꾸뻬는 마릴린 먼로의 의사가 어느새 자기 환자인 여배우의 일에까지 간섭을 하게 된 것과 동일한 실수는 하고 싶지 않았다.

스타에게 진정한 친구들이 있다면 그녀의 일에도 도움이 되었을 텐데…….

정신과 의사로서 꾸뻬는 환자들의 친구 이야기를 꼭 들어보곤 했는데, 친구가 거의 없는 환자들일수록 일에서도 힘들어했다.

힘겹게 살아가는 사람들에게 친구란 한줄기 안식이고 험난한 폭풍우 속에서 숨어 들어갈 피난처가 된다. 그래서 정신과 의사들은 자기 환자들이 상담실을 떠날 즈음에 친구가 생기는 걸 보면 안도한다.

스타가 떠난 빈자리를 보며 꾸뻬가 중얼거렸다.

"우정은 건강이다."

아! 이 구절은 우정에 대한 작은 성찰의 시작이 될 수 있을 것 같다!

꾸뻬는 얼른 수첩을 꺼내 관찰 1번을 적었다.

관찰 1 우정은 건강이다.

이 문장은 두 가지 의미를 지닌다. 첫째, 지금까지의 수많은 연구 결과들이 말해주듯, 친구들과 어울리고 우정을 나누는 것은 우리가 건강을 유지할 수 있도록 돕는다. 그리고 둘째, 친구를 사귀고 우정을 유지할 수 있다는 것은 거꾸로 우리 자신이 건강하다는 증명이 되기도 한다(물론 정신과 의사인 꾸뻬가 이야기하는 건강은 심리적 건강이다).

예외적 인간?

혼자 살아가는 삶에 만족해하는 카린의 이야기를 들으면서, 꾸뻬는 어쩌면 모든 사람이 꼭 친구를 갖고 싶어 하는 것은 아닐지도 모른다는 생각을 했다.

카린은 수학을 연구했다. 그녀는 꾸뻬로선 이해조차 할 수 없는 테마를 연구하고 있었는데, 나중에야 가까스로 '2보다 큰 모든 소수는 두 소수의 합으로 나타낼 수 있다.'와 같이 많은 숫자 또는 부호들과 씨름하는 일이란 걸 알게 되었다.

수학으로 가장 높은 등급의 학위를 따고 최고의 대학에서 연수를 마치고 나서야 카린은 지금의 연구원 자리를 찾아 일하게 되었다. 아주 가끔 동료 연구원들과 논의할 일이 있을 때를 제외하면 일하면서 이야기할 일은 거의 없었다. 게다가 상사들은 카린이 회의에 참석하지 않아도 되도록 면제해주었다고 했다. 꾸뻬는 그녀가 모든 주제에 대해 특유의 모노톤 말투를 유지한 채 이야기하는 걸 보고는 그 이유를 이해할 수 있었다.

카린은 매일 그녀의 작은 아파트와 대학 연구실 사이를 오가는 아주 단순한 생활을 하고 있었다. 한번은 꾸뻬가 그녀의 친구들에 관해 묻자, 친구는 딱 한 명 있다며 같은 층에 사는 이웃인 수녀님이라고 했다. 둘은 번갈아 서로의 집을 오가며 차를 함께 마시고 아리스토텔레스와 성 토마스 아퀴나스를 논한다고 했다. 철학은 수학 외에 카린이 관심을 두고 있는 주제였다. 꾸뻬는 마침 아리스토텔레스가 우정에 대해서도 저술했다는 것이 기억났다. 이 대철학자에 대한 카린의 관심을 이용하면 좋은 상담을 할 수 있을 것 같았다. 그러나 두 사람이 차를 마시며 토론하는 내용은 우정에 대한 것보다는 성 토마스 아퀴나스가 아리스토텔레스의 철학을 이용해 기독교 교리를 복원시키고자 시도했던 것에 관한 것이었다!

수녀는 성 토마스 아퀴나스를 지지했고 카린은 아리스토텔레스학파였기 때문에 두 사람의 대화는 대결 구도로 매우 흥미진진했다. 적어도 당사자들에게는 그랬다.

친구나 사랑의 부재는 카린의 고민이 아니었다. 오히려 남자 동료 한 명이 그녀에게 관심을 갖기 시작해 자꾸 같이 차를 마시러 가자거나 영화를 보러 가자고 제안해서 엄청난 스트레스라고 했다.

꾸뻬가 물었다.

"동료와 친해지면 좋지 않을까요?"

그러자 카린이 약간 로봇 같은 목소리로 대답했다.

"굳이 그러지 않아도 지금도 충분히 좋아요."

대충 자른 듯한 머리 모양에 남자 같은 옷차림을 하고 다니지만(그 머리는 수녀님의 작품이다!), 카린은 독특한 매력을 풍겼다. 약간 공허한 듯하면서도 지적인 느낌을 주는 파란 눈동자 덕분에 마치 귀여운 로봇처럼 보이기도 했다. 어쨌든 카린은 혼자 있는 걸 좋아했고, 누군가와 함께 있을 때는 추상적인 대화만 나누고 싶어 했다.

어느 날 꾸뻬는 그녀에게 어쩔 수 없이 팀 회식이나 학회의 저녁 만찬에 참석해야만 할 때는 어떤 느낌이 드는지 물었다.

"사람들 속에 섞여 있으면 기분이 어때요?"

일 초 정도 고민하던 카린이 대답했다.

"전 사람들 속에 제가 섞여 있는 게 아니라 사람들이 제 속에 있는 것 같은 느낌이 들어요."

꾸뻬는 갈 길이 멀다는 생각을 했다. 카린 자신이 변화를 원하는지 아닌지부터 스스로 깨닫도록 해야만 했다. 그러나 지금까지 다른 사람에게 그래 왔듯 그 남자 동료의 제안도 딱 잘라 차단해 버릴 수도 있었을 텐데, 카린은 그렇게 하지 않고 꾸뻬에게 상담을 하러 왔다. 적어도 거기엔 분명히 어떤 의미가 있을 것 같았다.

어쨌거나 카린에게 관심을 가진다는 남자 동료도 앞으로 갈 길이 영 험난해 보였다. 그의 바람이 이루어질 수나 있을는지.

다음 환자인 로저도 친구가 없기는 마찬가지였다. 로저는 애초부터 친구가 필요 없어 보였다. 그는 하나님과 자기가 직접 소통한다고 믿는 사람이었다.

하나님만큼 친구 하기 좋은 분이 또 있을까!

로저가 신과 자신이 특별한 관계라고 생각하는 데는 다 이유가 있었다. 신이 그에게 말을 걸면 그가 대답하고 또 거기에 다시 신이 대답하기를 반복하는데, 그렇게 들려오는 대답들이 너무나 현명하기 그지없어서 신이 아니고서야 그런 현답을 줄 수 없다는 것이었다.

꾸뻬가 로저를 만난 지는 이미 수년째인데, 사실 로저는 꽤 호감형이었다. 나무꾼처럼 떡 벌어진 어깨, 약간 찌푸린 듯한 짙은 눈썹, 신에 대해 이야기할 때면 두 눈을 꼭 감는 그 얼굴…….

문제는 로저가 주변 사람들에게 신에 대한 이야기를 너무 많이 한다는 것이었다. 그리고 사람들이 그와 그의 주님 사이의 돈독한 관계를 믿지 않으면 곧바로 불같이 화를 냈다. 신 따위는 존재하지 않는다고 주장하는 사람이나 로저를 놀리려고 작정한 사람이 나타나면 상황은 심각해졌다. 결국 큰 싸움으로 번져 상대방도 로저도 병원 신세를 져야 했던 적이 이미 여러 번이었다. 언제나 상대방은 일반 병원에 가고 로저는 정신병동에 가야 했다. 그리고 마침내 병원에서 처방해준 수많은 약물들이 효과를 발휘했는지, 털이 숭숭 난 커다란 로저의 귀에는 점차 신의 목소리가 들리지 않게 되었다.

드디어 꾸뻬는 신과 나누는 소소한 대화에 대해 꼭 모든 사람들에게 떠벌릴 필요는 없다고 로저를 설득하는 데 성공했다. 신과 로저, 그리고 꾸뻬나 신부님처럼 그런 이야기를 이해할 수 있는 극소수의 사람들끼리만 아는 걸로 하자고 했다(신부님조차도 로저의 신앙심이 지나치게 열렬해지는 것을 걱정하며 꾸뻬에게 전화를 하기도 했다).

"로저 씨, 인생을 살면서 누설하지 않아야 이길 수 있는 싸움도 있는 법이에요."

꾸뻬는 자주 이렇게 이야기해주었다.

그렇게 몇 년이 지나자 로저는 만나는 모든 사람들에게 신에 대해 이야기하지 않는 데 익숙해졌다. 어느 날 로저가 꾸뻬에게 말했다.

"선생님이 해준 조언은 정말 진정한 친구만이 할 수 있는 조언이었군요."

그날 로저는 말이 없이 조용한 편이었고, 꾸뻬는 그에게 별일 없는지 물었다.

"아무 일 없이 잘 지내요. 주님이 저를 지키는 목동이시죠."

"최근에 사람들과 대화는 좀 나눴나요?"

그러자 로저가 흥얼거리듯 신나게 대답했다.

"네, 신부님하고요. 성당 사람들하고도요. 그분들은 이 고통의 바닷속에서 한줄기 빛과 같은 분들이에요."

"성당에서 친구가 생겼나 봐요?"

잠시 고민하던 로저가 대답했다.

"선생님. 아시잖아요. 저는 친구가 없어요. 그들은 제게 선의를 베푸는 사람들일 뿐, 친구는 아니에요."

(욥기에서 인용한 말 같았다.)

"그렇게 생각하는 이유가 뭐죠?"

"제가 그들에게 주는 것보다 그들에게 일방적으로 받는 게 더 많으니까요."

"어쩌면 로저 씨 스스로 생각하는 것보다 실제로는 훨씬 많은 것을 그들에게 주고 있지 않을까요?"

꾸뻬는 로저가 점점 좋아지는 모습을 보고 의사로서 환자에게 도움이 되고 있다는 안도감을 느끼는 것도 로저가 알게 모르게 주고 있는 것이라는 생각을 말했다. 실제로 로저는 꾸뻬가 정신과 의사라는 직업이 주는 괴로움을 견디는 데 큰 힘을 주고 있었다.

그러자 로저가 대답했다.

"그럴지도 모르죠. 어쨌든 저는 신과의 우정에 푹 빠져 있고, 이 우정은 언제까지나 무한해요……. 신은 미천함을 알려주시고 번민에서 해방시켜주시며……."

로저는 찬송가 「나의 목동 예수님」을 흥얼거리며 떠났다. 꾸뻬는 로저가 성가대에서 활동하면 좋지 않을까 생각했다.

꾸뻬는 네 명의 환자 줄리, 스타, 카린, 로저에 대해 차례로 떠올려보았다. 그러자 꾸뻬는 진정한 친구가 있는 것이 참 행복한 일이라는 생각이 들었다. 그리고 그런 친구들을 더 자주 만날 수 없다는 것이 더욱 안타깝게 느껴졌다.

예정된 다음 상담이 취소되어 꾸뻬는 신문을 보며 커피를 마시는 여유를 드디어 누릴 수 있게 되었다.

그때 부엌의 전화벨이 울렸다.

꾸뻬의 비서는 취소된 상담 대신 다른 급한 예약이 하나 잡혔다고 했다.

"선생님, 어제 갑자기 약속을 정하게 됐어요. 아주 급한 일이라고 하셔서 빨리 예약해드리는 수밖에 없었답니다."

신문도 커피도 좀 더 미뤄야 할 것 같았다.

꾸뻬는 어릴 때 학교에서 간혹 있던 일과 비슷하다는 생각을 했다. 수업이 시작되는 벨이 울리고 한참을 지나도 선생님이 나타나지 않으면 아이들은 선생님이 갑자기 아프시다거나 일이 생겨서 수업이 취소되기를 바라며 예상에 없던 쉬는 시간을 기대하게 된다.

그러나, 이런! 결국은 다른 선생님이 교실로 들어오는 것이다!

첫 만남

"저는 환자로서 온 게 아니에요. 아마 선생님 비서 분과 오해가 있었나 봐요."

바라문디 경위는 눈부신 미소를 날리며 완벽한 영어로 말했다.

꾸뻬는 남자들이 매력적인 여성 앞에서 짓게 되는 바보같이 헤벌쭉 웃는 표정을 짓지 않으려고 애써 노력해야 했다. 그녀는 수수하면서도 자신의 스타일을 돋보이게 만드는 딱 떨어지는 블루 마린 색 정장을 입고 있었다. 스커트 아래로 드러난 종아리는 그녀가 틈틈이 달리기를 하는 사람이라는 걸 보여주듯 단단하게 긴장되어 있었다. 아마 경찰 업무 수행 중에도 운동화를 신고 달릴 일이 있지 않을까?

바라문디 경위의 외모는 누가 봐도 확연한 아시아인이었는데,

그녀의 피부는 중국 남쪽에 위치한 나라들에서 많이 볼 수 있는 캐러멜 빛깔이었다. 머리는 깔끔하게 포니테일로 묶었고 얼굴에는 화장기가 전혀 없었다.

경위는 꾸뻬에게 빳빳한 인터폴 경찰 카드를 내밀었다. 카드 위에 프린트된 사진 속 그녀의 얼굴엔 웃음기가 전혀 없었다.

바라문디 경위가 꾸뻬를 만나러 온 용건은 그의 친구 에두아르에 관한 것이었다.

"최근에 에두아르를 만난 적이 있나요?"

꾸뻬가 대답 대신 물었다.

"지금 심문하시는 겁니까?"

그러자 바라문디 중위가 미소를 유지한 채 대답했다.

"일종의 심문이라고 봐야겠죠. 하지만 선생님을 경찰서로 소환하는 것보다 제가 이쪽으로 오는 편이 훨씬 빠르고 편리할 것 같았어요. 굳이 복잡한 절치를 밟아가며 공식적인 심문을 할 일까지는 생기지 않을 것 같았고요."

꾸뻬가 이 비공식적인 질의응답에 협조적으로 응하는지 아닌지에 따라 진짜 심문을 받게 될 수도 있다는 뜻인 것 같았다.

에두아르라…….

과연 우리는 친구를 위해 어디까지 희생할 수 있을까. 상담 예약들을 다 취소할 수 있을까? 혹은 나중에 감시를 받으며 생활해야 한다면?…… 게다가 꾸뻬도 에두아르가 어디로 왜 숨었는지 전혀 답을 몰랐다.

잠시 고민한 끝에 꾸뻬가 대답했다.

"에두아르를 마지막으로 본 건 티베트 가까이에 있는 사원에서였어요. 당시 에두아르는 은퇴 후엔 그곳에 돌아가 지내고 싶다고 했었죠."

"거기까지는 저희도 알고 있어요."

"그다음엔…… 에두아르가 사원에서 돌아와 다시 은행에서 일을 시작했다는 소식을 들었습니다. 그게 전부죠. 그 이후로는 만나지도 못했고 메일만 몇 통 주고받았습니다."

"그 메일들을 저한테 보내주실 수 있을까요?"

"글쎄요. 저희끼리 주고받은 사적인 메일들입니다. 에두아르가 제일 좋아하는 주제인 여자 얘기만 한가득이죠."

꾸뻬는 긴장이 풀린 듯 처음으로 바라문디 경위에게 미소를 지었고, 꾸뻬의 농담에 그녀도 가볍게 웃으며 답했다.

"그런 이야기에 겁을 먹지는 않을 테니 걱정 마세요."

"그런데 제 친구 에두아르가 뭔가 문제라도 일으킨 겁니까?"

꾸뻬가 질문을 하자 바라문디 경위는 우아한 몸짓으로 두 다리를 의자 쪽으로 곧게 모았다. 영국의 일류 대학에서 유학하며 영어는 물론 몸가짐까지 철저히 배운 걸까.

"현재로선 선생님께 그 질문에 대한 답변을 해드릴 의무가 없습니다."

"그렇습니까? 그렇다면 저 역시 변호사도 없는 상태에서 당신의 질문에 대답할 의무가 있을까요?"

그러자 바라문디 경위는 꾸뻬가 아주 재치 있는 반박을 했다는 듯 미소를 지으며 대답했다.

"물론 선생님께서 지금 경찰서에 계셨더라면 변호사를 요청하실 수 있었겠죠. 물론 경찰서에 출두한 지 이십사 시간이 흐른 다음에야 하실 수 있습니다만."

꾸뻬는 그녀의 말하는 방식이 멋지다고 생각했다.

그리고 경위는 말을 이었다.

"하지만 상호 이해의 정신에 입각해서, 또한 우리 사이의 일을 쉽게 풀어가기 위해서, 특별히 알려드리겠습니다."

꾸뻬는 대체 왜 인터폴이 그의 오랜 친구 에두아르를 애타게 찾는지 빠르게 추측해보았다. 에두아르는 항상 좀 극단적인 편이었고 질 좋은 와인, 여자들과의 농담 따먹기는 물론 세상 모든 분야의 새로운 것이라면 다 좋아했다. 에두아르는 굉장히 똑똑하고 특히 언어에 탁월한 재능이 있었는데, 이 재능은 밤마다 여성들과 농담 따먹기를 할 때면 그 어느 때보다도 유감없이 빛을 발했다.

아무리 생각해도 꾸뻬가 알고 있는 에두아르에게서 범죄자의 단서를 발견하기란 힘들었다. 어릴 때부터 커서까지 변함없이 발그스름한 두 볼에 장난기 어린 눈빛을 가진 에두아르는 인심 좋고 유머러스한 사람이었다. 이런 에두아르가 대체 왜 용의 선상에 오른단 말인가.

"실은 친구 분이 엄청난 돈을 갖고 튀었거든요."

바라문디 경위는 상류층스러운 화법뿐 아니라 다양한 계층의 화법을 구사할 수 있는 것 같았다.

그녀의 말에 꾸뻬는 깜짝 놀랐다.

그리고 오늘 적었던 우정에 관한 관찰 1번 '우정은 건강이다.' 라는 명제가 어쩌면 틀렸을지도 모른다는 생각이 들었다.

이상한 날

꾸뻬는 지난번에 홍콩의 한 카페에서 어떤 여자의 전화번호를 꾸뻬에게 적어주던 에두아르의 모습을 떠올렸다. 꾸뻬가 사랑에 빠졌다는 걸 인정하고 싶지 않아 했던 여자의 전화번호였다. 그후 에두아르는, 일단 수백만 달러만 저축하면 일을 그만두고 유유자적하며 여생을 보내겠다는 생각을 하며 다시 은행으로 돌아가 일을 시작했다.

또 언젠가 에두아르는 캄캄한 극야의 에스키모 마을에서 꾸뻬를 맞이해주었다. 그는 몇 달 동안 에스키모인들에게 공정 무역을 가르쳐주고 있었다. 에스키모들이 더 이상 착취당하지 않도록 돕고 싶다고 했다. 결국 에두아르는 계획했던 수백만 달러를 모으기도 전에 부자들을 위해 일하기를 그만두었다. 그리고 가난한 사람들이 조금 덜 가난해질 수 있도록 돕는 일을 시작한 것이었다.

에두아르를 마지막으로 본 건 꾸뻬가 에두아르와 함께 세상에서 제일 높은 산으로 떠났을 때였다. 그때 에두아르는 꾸뻬와 함께 하산하지 않고 산속 사원에 남겠다고 했다. 그곳에서 삶의 의미와 부처님의 말씀을 탐구하겠다고 단호히 이야기하던 에두아르가 꾸뻬가 본 그의 마지막 모습이었다.

이 모든 것이 그의 친구 에두아르가 큰돈을 훔쳐 달아났다는 바라문디 경위의 선언과는 전혀 어울리지 않았다. 그녀는 에두아르기 저지른 범죄에 대한 반감을 표하듯 아름다운 눈썹을 찡그리며 더 상세한 내용을 꾸뻬에게 설명했다. 꾸뻬는 처음에 삼천만 달러라고 들었던 도난 액수가 사실은 삼십억 달러라는 걸 알고는 또다시 크게 놀랐다.

"알고 계시듯이 친구 분은 티베트 사원에서 돌아와 다시 은행에서 일하기 시작했죠."

"아시아 은행 아니었나요?"

"아니요. 정확히는 외국계 은행의 아시아 지역 지점에서 일했어요."

바라문디 경위가 꾸뻬에게 은행의 이름까지 알려주었다.

한 유명한 섬에 본사를 두고 있는 독특한 은행이었다. 해안의 야자나무 아래에 평화로이 돈더미가 잠들어 있을 것 같은 조용한 섬이었다. '탈세 천국'. 꾸뻬의 환자 한 명이 그 섬을 이렇게 묘사한 적이 있었다. 그는 전 세계를 통틀어 이런 장소들이 점점 없어지고 있다며 슬퍼했었다. 꾸뻬는 그의 슬픔에 전혀 연민을 느낄 수 없었지만 적의를 드러내지는 않았다. 정신과 의사든 일반 의사든 의사들은 '모든 환자들을 최선을 다해서 진료하겠다.'라고 진지하게 선서한 사람들이다. 의사의 신경을 건드리는 환자까지도.

바라문디 경위의 이야기를 들은 꾸뻬가 주장했다.

"에두아르가 도둑질을 했다니, 절대 그럴 리 없습니다."

"경찰 일을 하다 보면 그런 반응은 수도 없이 접하게 되죠. '절대 그럴 리 없다.'고요. 선생님은 사람들이 '그럴 법한' 일만 한다고 생각하시나요?"

"보통은 그렇죠."

"하지만 친구 분을 보세요. 오랫동안 방탕한 은행가였던 사람이 에스키모들을 지도하는 사회 운동가가 되었다가, 나중엔 아예 승려가 되어버렸죠. 심지어 친구 분은 승려였을 때 동료 승려들의 인정까지 받으며 승승장구했던 것 같더군요. 이 모든 게 일관성이 있기나 한가요?"

바라문디 경위는 이미 에두아르에 대해 생각보다 많이 조사한 것 같았다.

꾸뻬가 이내 대답했다.

"어느 정도는 일관성을 찾을 수 있을 겁니다. 세 가지의 전혀 다른 일을 했지만 에두아르의 성격만은 그대로이니까요. 에두아르가 도둑이라는 단서는 그 어디에도 찾을 수 없습니다. 에두아르는 여기저기 새로운 흥미를 좇으며 사는 타입이지만 일에는 언제나 엄격했고 도덕심이 있었습니다."

"사람은 가끔 그 도덕심을 잃어버리기도 하죠."

꾸뻬는 바라문디 경위의 목소리에서 묘한 감정이 묻어나는 걸 느꼈다.

아마 다른 상황이라면 전혀 눈치채지 못할 정도로 아주 살짝 표출된 감정이었지만, 자기 병원의 상담실 의자에 앉아 있는 꾸뻬는 예리하게 잡아낼 수 있었다. 마치 '사람이 가끔 도덕심을 상실하는 것'이 바라문디 경위에게 특별히 아주 슬픈 기억을 불러일으키기라도 한 것 같았다. 그리고 그 기억은 그녀가 경찰이라는 직업을 선택한 것과 관련이 있을 것만 같았다.

꾸뻬가 물었다.

"당신의 경우는 어떻습니까? 경찰이라는 직업을 선택하게 된 건 당신의 성격과 일관성 있는 선택이었나요?"

그러자 바라문디 경위가 깔깔깔 웃기 시작했다.

"이제 보니 정신과 의사들은 경찰들하고 비슷하네요. 항상 상대방에게 질문하는 버릇. 직업병이죠!"

꾸뻬는 예전에 경찰과 함께 일한 적이 있다는 이야기를 하려다 그만두었다. 지금으로선 바라문디 경위와 사적인 이야기를 하면서 친해지는 것은 피해야 할 것 같았다. 꾸뻬가 그녀와 가까워져서 에두아르를 찾는 데 협조하는 것이야말로 인터폴이 원하는 것이리라. 꾸뻬는 그렇게 되는 걸 원치 않았다.

꾸뻬가 말했다.

"저도 최대한 인터폴에 협조하고 싶습니다. 하지만 제가 마지막으로 에두아르에게 메일을 보냈을 때 메일이 다시 돌아왔어요.

메일 주소가 아예 없어졌더군요. 전화도 걸어봤지만 전화번호도 없어졌습니다……. 제 말이 사실인지 정도야 쉽게 확인이 가능하시겠죠?"

그러자 바라문디 경위가 대답했다.

"실은 벌써 다 확인해보았습니다."

"그건 합법적이고 공식적으로 하신 겁니까?"

"지금 저희는 비공식적인 심문을 하고 있고, 제가 하는 이야기들도 안 들으신 것으로 해주세요. 제가 바라는 건 단 한 가지, 일을 쉽게 풀어가는 거예요. 저희를 위해서도 그렇지만 선생님을 위해서도 그게 좋으실 겁니다. 자, 그럼 그 후론 친구 분과 연락이 닿은 적이 결단코 전혀 없나요?"

"네, 전혀요. 소식을 들은 것도 없습니다."

"정말인가요?"

"맹세하건대, 정말입니다."

꾸뻬가 단언하자 바라문디 경위가 잠자고 있다 입을 열었다.

"선생님이 진실을 이야기하고 있는 것같이 보이긴 해요. 하지만 왠지 모르게 거짓말일 거라는 생각이 드네요."

"왜 그렇게 생각하시죠?"

"선생님은 비언어적 표현을 아주 잘 제어하는 분인 것 같거든요. 선생님의 직업 덕분이겠죠? 그래도 비디오로 촬영해서 천천히 표정을 해독한다면 뭔가 밝혀낼 수 있을 듯하네요."

바라문디 경위의 도발에 꾸뻬가 말했다.

"그럼 그렇게 하시죠."

"아니요. 그래 봤자 아무 쓸모도 없을 거예요. 선생님은 이미 친구 분을 보호하기로 마음먹으셨고, 저희한테 무슨 이야기를 더 해주실 것 같지도 않군요."

"정말 더 얘기할 만한 게 없습니다."

바라문디 경위는 뭔가를 곰곰이 생각하는 눈치였다. 정말 꾸뻬를 경찰서로 소환해서 비디오 촬영을 하면 매우 흥미진진하리라고 생각하는 걸까. 만일 그렇다면 꾸뻬는 과연 그 테스트를 무사히 넘길 수 있을까.

바라문디 경위가 대뜸 물었다.

"선생님 생각엔 어떤 것 같으세요?"

"네?"

"친구 분이 왜 그런 일을 저질렀을까요. 선생님 생각엔 어때요? 수년째 알고 지내는 오랜 친구시잖아요."

"그런데 에두아르가 범인인 건 정말 확실합니까?"

"자세한 정보까지 알려드릴 수는 없지만 그가 범인이라는 것만은 이미 확실한 사실이에요. 친구 분은 아주 대단한 사기꾼이었답니다. 초범이라는 게 믿기지 않을 정도예요."

"그 돈으로 다른 사람을 도우려는 게 아닐까요?"

문득 그렇게 대답한 꾸뻬는 이내 후회했다. 괜한 이야기를 했다. 에두아르를 변호하고 싶은 생각에 튀어나온 말인데, 바라문디 경위의 수사에 단서가 될 수도 있을 것 같았기 때문이다.

"도덕심이 있는 사람이니까. 그런 거죠? 흥미로운 관점이네요."

꾸뻬가 절망적으로 대답했다.

"사실 그냥 해본 소리입니다."

그러자 바라문디 경위가 미소를 띠며 말했다.

"이 정도면 비디오 촬영을 할 필요는 없겠는걸요. 감사합니다, 의사 선생님. 협조해주셔서 고마워요."

그녀는 굽이 낮은 구두를 신고 넘실넘실한 걸음걸이로, 조금 허탈해 있는 꾸뻬를 뒤로하고 미소를 띤 채 떠났다.

꾸뻬는 다음 환자에게 집중하려고 노력했지만 잘되지 않았다.

이상한 날이었다.

다섯 가지 성격 특성

   모든 등장인물들이 비슷한 문제로 고생하는 비극적인 드라마만큼이나 이상했다. 사실 드라마 속에서 고생하는 등장인물들은 그들 자체로는 아주 정상이거나 거의 정상에 가까운 사람들이다. 단지 그들이 속한 환경과 잘 맞지 않는다는 것이 문제였다. 그건 마치 정글에 놓인 펭귄이나 사막에 놓인 판다 곰과 같은 것이다.

   꾸뻬는 사람들이 스스로를 변화시키도록 돕는 것도 정신과 의사의 일이지만, 이런 사람들이 본래의 자기 자신과 잘 어울리는 환경을 되찾도록 하는 것도 좋은 방법이라는 생각을 했다. 자신의 환경, 즉 직업이나 가족과 나라를 바꾸는 것이다. 줄리는 어떤가. 그녀는 끊임없이 경쟁해야 하는 환경에서 살아가기엔 너무 착하기만 한 사람이다.

대충 일을 해치우고 생색을 내야 하는 상황에서 마냥 성실하기만 한 사람들도 있다. 새로운 것을 시도하기 좋아하는데 단조로운 작업만 해야 하는 사람들. 그리고 혼자서 일하기를 좋아하지만 사교 모임에 끊임없이 참석해야 하는 직업을 가진 사람들도 있었다.

꾸뻬는 심리학의 다섯 가지 성격 특성 모델을 항상 머릿속에 기억해두고 일상생활에 적용해보았다. 이후 다른 성격 분류법의 기본이 된 거의 최초의 모델로, 약자를 딴 분류법의 이름도 재미있다.

CANOE카누

C^{Conscientiousness} : 성실성. 계획적인 성향.
A^{Agreeableness} : 호의성. 타인을 호의적으로 대하는 성향.
N^{Neuroticism} : 신경성. 항상 침착하고 유쾌한 성향의 반대.
O$^{Openness\ to\ experience}$: 경험에 대한 개방성. 아직 경험하지 못한 새로운 것을 좋아하는 성향.
E^{Extraversion} : 외향성. 다른 사람과의 사교, 자극과 활력을 좋아하는 성향.

누구나 이 다섯 가지 각각의 요소에 대해 0점부터 10점 사이에서 자신의 점수를 매겨볼 수 있다. 그렇게 해서 파악되는 자신의 성격과 지금 하는 일이 잘 맞아야 한다. 역사를 돌아보아도, 예컨대 용맹한 전사들이 사회 고위층을 차지하던 시절에 물러빠진 남자로 태어나서는 좋을 것이 없었을 것이다.

꾸뻬는, 바라문디 경위는 어떨까 궁금해졌다. 아마도 호의성 점수가 낮을 것 같았다. 비협조적일 경우 감금도 불사하겠다는 협박을 아닌 척하면서 은근슬쩍 하고, 게다가 꾸뻬가 거짓말을 할지도 모르는 상황을 잘 극복했다. 그것도 아주 여유롭게. 그녀에게는 경찰로서 타인에게 강경한 태도를 취해야 할 경우가 많을 것이다.

꾸뻬가 경찰이었다면 그렇게 사람들을 압박해야 하는 상황을 견디기 어려울 것 같다. 당연하다. 좋은 정신과 의사가 되려면 '호의성' 점수가 어느 정도는 높아야 할 테고, 좋은 경찰이 되려면 반대로 점수가 낮아야 한다.

꾸뻬는 직업을 제대로 선택해서 다행이라는 생각이 들었다. 그리고 바라문디 경위도 마찬가지일 것 같았다.

그럼 에두아르는? 에두아르가 '외향성'과 '경험에 대한 개방성'에서 매우 높은 점수를 기록하리라는 건 불 보듯 뻔했다. 에두아르는 무얼 해도 금세 질려 하고 새로운 것을 좇으며 평생을 살았다. 에두아르는 누구보다 머리가 뛰어나서 항상 다른 사람들보다 빨리 배우고 습득하기 때문에 더 금방 질려 하는 성향이 심해진 게 아닐까 생각했다. 에두아르는 어린 시절 학교에서도 다른 아이들보다 먼저 숙제를 끝냈고 학업을 마치는 속도도 가장 빨랐으며 직업은 물론 여자, 사는 나라, 사용 언어까지도 지겨워지면 바꿔버렸다. 그리고 언제나 색다르고 재미있는 거리를 찾기 바빴다. '오! 이건 새로운 거로군!'이 에두아르가 가장 즐겨 쓰는 표현이었다.

게다가 외향성이 강한 에두아르는 사람들과 함께하는 것, 특히 파티의 주인공이 되는 것을 좋아했고 사람들을 잘 웃겨주었고 자기도 잘 웃었다. 즉흥적인 것을 좋아하고 그의 더듬이는 언제나 외부 세계를 향해 있었다(카린처럼 내향적인 성향의 사람들은 자기 자신의 내부에서 일어나는 일에 더 관심이 많다).

아무래도 에두아르의 강한 외향성과 개방성이 이번엔 그를 너무 먼 곳으로 데려간 것 같았다.

다음 환자가 들어오기 전까지의 휴식 시간, 꾸뻬는 서랍에서 봉투 하나를 꺼냈다. 봉투는 이미 개봉되어 있었는데, 꾸뻬의 이름과 주소가 아름다운 글씨체로 적혀 있었고 그 위로 이국적인 느낌의 우표가 붙어 있었다.

바라문디 경위는 아닌 척했지만 그녀와 인터폴 수사팀에서 꾸뻬의 이메일함을 조사하시 않았을 리 없다. 그들에겐 어려운 일도 아닐 것이다. 하지만 인터폴도 이 중세의 유물 같은 낡은 통신 수단은 간과했으리라.

크리스마스카드였다.

정갈한 크림색 종이에 테두리는 크리스마스 리스 장식이 양각된 카드였는데, 가운데에 사진이 한 장 붙어 있었다. 꾸뻬가 이름을 아는 몇 안 되는 나무들인 종려나무와 반얀나무가 있는 숲을 배경으로 에두아르가 서 있었다. 사진 속 에두아르는 카키색 셔츠와 반바지를 입고 서 있었는데, 열병에라도 시달리는 사람처럼 많이 야위었고 푸른 눈동자는 더욱 깊어 보였다.

에두아르의 뒤에는 젊은 아시아인들이 우르르 서 있었다. 남자들은 소맷단만 붉게 장식한 검은색 튜닉을 입고 있었고 여자들은 하얀 튜닉에 은장식이 달린 하얀 모자를 쓰고 있었다. 일제히 에두아르 쪽을 바라보고 있는 그들의 앳된 얼굴 위로는 일종의 신앙심 같은 것이 느껴졌다. 저 멀리에는 위협적인 검은 구름이 산등성이를 덮치고 있었다.
　사진 아래에는 에두아르의 글씨로 이렇게 쓰여 있었다.

　내 앞에서 타오르던 불은 꺼졌다.

그리고 더 아래에는

　걱정하지 말게나, 친구. 그들의 말은 듣지 마. 날 기다려줘.

여흥을 위한 우정 **2**

우정을 찾아 떠나는 여행

도움이 필요해 보이는 친구가

우리에게 도움을 부탁하지는 않은 경우에는

친구에게 도움의 손길을 내밀어서는 안 되는 걸까?

아리스토텔레스

어디까지일까

사람들은 정신과 의사가 남들보다는 인생을 잘 이해할 거라고 믿기 때문에 이런 질문을 하곤 했다.

"남자와 여자는 친구가 될 수 있을까요?"

그러면 꾸뻬는 이렇게 대답했다.

"물론 친구가 될 수 있습니다. 같이 잘 때만 빼면 친구죠."

꾸뻬의 대답에 사람들은 저마다 재미있어 하며 웃었다. 남자와 여자 사이의 우정이란 굉장히 아슬아슬하다는 걸 알고 있기 때문이었다. 남녀 사이에 생길 수 있는 사랑이나 욕정은 가장 순수했던 우정(적어도 처음엔 그렇게 믿었던 순수한 감정!)도 한순간에 뒤흔들 수 있는 장난꾸러기 꼬마 악마다.

그 점에서 꾸뻬는 자신이 굉장한 행운아라고 생각했다. 아내

클라라는 친구 같은 존재이면서 동시에 여전히 꾸뻬에게 통하는 성적인 매력을 간직하고 있었다. 꾸뻬는 매일 아침 눈을 뜰 때면 이런 행복이 지속되기를 기도했고 그럴 수 있도록 세심히 주의를 기울였다. 꾸뻬도 살면서 몇 번, 소중했던 사랑이 사소한 부주의로 꺼져버리는 것을 경험했다. 꾸뻬의 병원 상담실에서도 그런 종류의 비극적인 스토리는 언제나 반복되는 레퍼토리였다. 클라라와의 사이에서는 그런 일이 일어나지 않기를 바랐다.

피곤한 하루가 끝나고 꾸뻬는 클라라와 함께 침대 위에 나란히 앉았다. 오늘은 클라라가 동료들과의 저녁 약속에 갔었기 때문에 서로 이야기 나눌 시간이 그리 많지 않았다.

꾸뻬는 이미 졸리기 시작했지만 클라라는 아직 쌩쌩하게 책을 읽고 있었다. 어깨 너머로 클라라가 보고 있는 책을 훔쳐보았는데, '과타마 사카무니'라는 사람의 인생에 대해 쓴 책인 것 같았다.

꾸뻬가 물었다.

"과타마 사카무니? 이 무명 인사는 누구야?"

"부처."

"이런, 유명 인사를 몰라봤구먼!"

꾸뻬가 농을 쳤고 클라라는 잠시 웃더니 다시 책 읽기에 집중했다.

매력적인 데다 부처에 대한 책까지 읽는 아내라니! 꾸뻬는 아내를 보며 행복감에 젖었다.

문득 꾸뻬의 인생도, 꾸뻬 자신도 참 많이 변했다는 생각이 들었다. 몇 년 전의 꾸뻬였다면 이미 에두아르를 찾으러 떠났을 터였다. 그땐 친구를 위해서라면 어떤 먼 길을 떠나는 것도 마다하지 않았었다. 그리고 그럼으로써 자신이 세상에 꼭 필요한 사람이라고 느낄 수 있었다.

하지만 이제는 다르다.

꾸뻬는 매일 저녁 어김없이 아내와 아들이 기다리는 집으로 돌아갔다. 가족들 곁을 떠나고 싶지 않았다. 더욱이 인터폴에 쫓기고 있는 조금은 막무가내인 친구를 찾으러 가겠답시고 가족들에게 괜한 걱정을 끼치고 싶지도 않았다.

그리고 굳이 에두아르를 찾으러 가야 할 이유가 있을까? 똑똑한 에두아르는 혼자서도 모든 걸 뚝딱하고 해결할 것이다. 카드에도 '걱정하지 말게나, 친구. 그들의 말은 듣지 마. 날 기다려줘.'라고 쓰지 않았던가.

생각할수록 꾸뻬가 직접 에두아르를 찾아 나설 필요는 전혀 없어 보였다. 일단은 에두아르가 사인을 보내오기를 기다리자. 아직까지 에두아르는 꾸뻬에게 아무것도 부탁하지 않았다. 조용히 기다릴 것만을 부탁했다. 환자들과의 상담 약속을 깨고 클라라와 꼬마 꾸뻬를 떠나 찾아와달라고는 부탁하지 않았다. 도움이 필요한 친구를 돕는 건 의무에 가까울지도 모른다. 하지만 우리는 도움을 청하는 친구만을 도울 수 있다.

자기 정당화란 얼마나 쉬운지.

꾸뻬는 생각했다.

하지만 이내 아름다운 암표범 같은 바라문디 경위의 미소, 사진 속 열에 들떠 있던 에두아르의 눈빛, 그의 뒤에 모인 젊은이들의 묘하게 종교적인 분위기, 카드에 적힌 '내 앞에서 타오르던 불은 꺼졌다.'라는 문장이 꾸뻬의 머릿속을 가득 채웠다. 이 모든 것이 도무지 알 수 없는 거대한 수수께끼처럼 느껴졌다.

머릿속에서는 꼬리에 꼬리를 무는 추리가 시작되었다.

사진 속 젊은이들은 어느 민족일까? 여자들이 입고 있던 하얀 튜닉은 어디선가 봤던 것 같은데, 책에서 봤던가? 잡지 사진에서? 어쨌건 동남아시아에 산재한 소수 민족들 중 하나인 건 분명했다. 스타가 이번에 영화를 찍으러 간 곳도 그런 소수 민족들의 거주지라고 했는데.

단순한 우연일까?

꾸뻬는 자문해보았다.

에두아르와 스타 사이에는 아무런 연결 고리도 없었다. 하지만 어쩌다 이 세계의 어떤 특정한 장소는 다른 곳들보다 중대한 장소가 될 때가 있고, 에두아르나 영화 제작자나 스타처럼 예민한 안테나를 지닌 사람들만이 그들의 본능을 따라 하나둘 그곳으로 모여드는 것은 아닐까. 그래서 그들에게는 그곳이 영화를 향한 새로운 열정을 발견하거나 세상의 모든 경찰들로부터 숨을 수 있는 장소가 된 것이라면…….

갑자기 클라라가 물었다.

"무슨 생각해?"

"아무 생각도 안 해."

"하는 것 같은데……."

꾸뻬가 화제를 바꾸려는 시도로 질문했다.

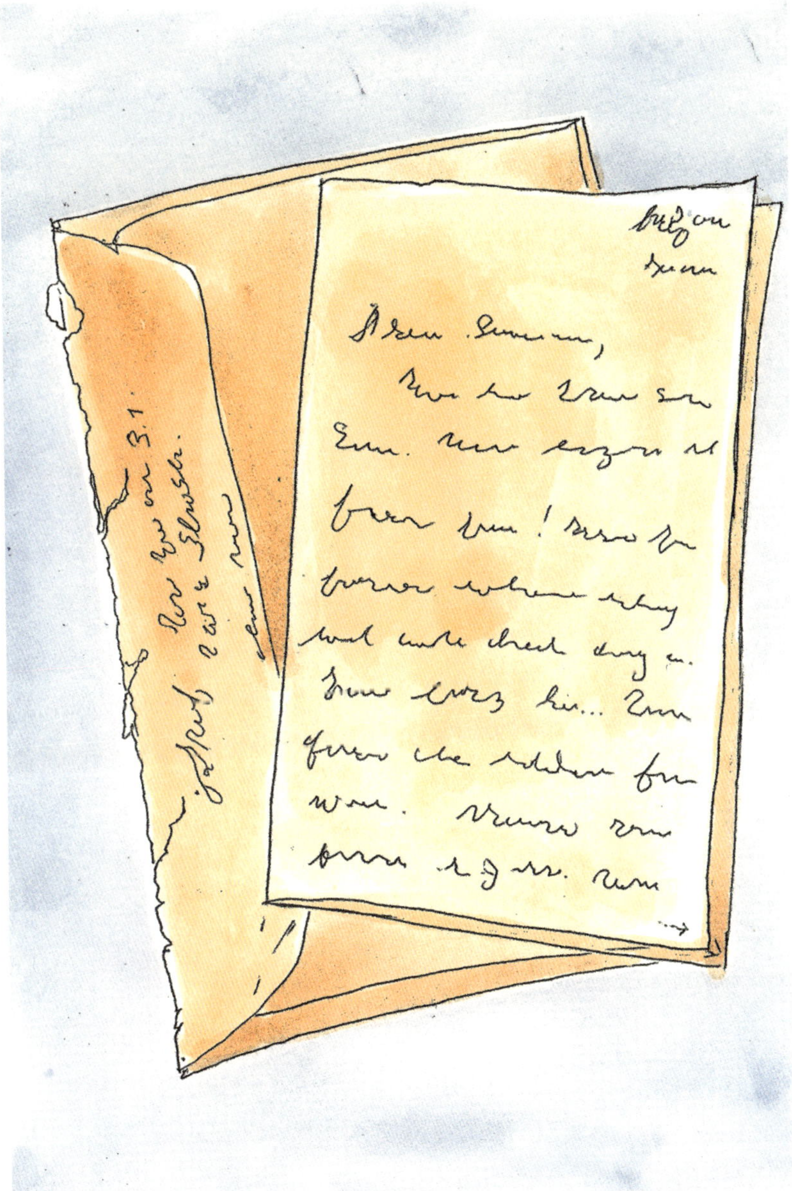

"그래서 부처님 말씀엔, 현명해지려면 어떻게 해야 한대?"

"간단히 요약해서 말하자면……. 인생의 본질은 괴로움이라는 거야."

"거 괜찮은 깨달음이네. 그리고?"

"그리고 모든 괴로움은 욕심에서 비롯된대."

"음. 그래서?"

"그래서, 괴롭지 않으려면 마음속의 모든 욕심과 애착을 버려야만 해."

"좋아하는 사람들에 대한 애착을 다?"

"그렇진 않아. 계속 사람들을 좋아해도 돼. 하지만 세상 모든 이들을 좋아하듯 하는 거야. 전 인류를 향한……. 심지어 동물들까지도 보듬을 수 있는 보편적인 연민을 품어야 하거든."

"즉 '적도 사랑하라'는 거지?"

"맞아."

꾸뻬가 말했다.

"그것참! 요슈아 벤 유세프 씨가 했던 말과 비슷하군?"

"그게 누군데?"

"예수!"

꾸뻬는 자신의 재치에 스스로 꽤 만족스러워하며 클라라에게 물었다.

"계속 책 읽을 거야?"

"아니. 이제 졸려."

클라라가 책을 내려놓으며 독서등 스위치를 껐고, 두 사람은 서로의 볼에 키스를 나누었다.

 한밤중에 꾸뻬는 잠에서 깨었다. 복도에서 불빛이 새어나오고 움직이는 소리도 들리는 걸 봐서는 부엌에 누군가가 있는 것 같았다. 하지만 꾸뻬는 나쁜 방향부터 먼저 상상하는 유형이 아니었다. 아마 꼬마 꾸뻬가 깬 거라고 생각했다.
 부엌에는 예상대로 꼬마 꾸뻬가 파자마 차림으로 두 다리가 바닥에 닿지도 않는 식탁 의자에 걸터앉아서 요거트를 두 개째 먹고 있었다.
 꾸뻬가 물었다.
 "어이쿠. 뭐하고 있어?"
 그러자 꼬마 꾸뻬가 대답했다.
 "배가 고파서요."
 꾸뻬는 꼬마 꾸뻬가 왠지 평소 같지 않다고 느꼈다.
 "그렇구나. 그런데 뭔가 다른 걱정이 있는 것 같은 표정인걸. 무슨 일 있니?"
 꼬마 꾸뻬가 말했다.
 "사실은 저 걱정이 있어요."
 "무슨 걱정?"
 "친구들 때문에요······."
 마침내 꼬마 꾸뻬가 털어놓은 고민은 이랬다.
 꼬마 꾸뻬는 기욤이라는 친구와 매우 친했는데 동시에 에머릭이라는 친구하고도 아주 친했다. 에머릭네 부모님의 집은 꼬마 꾸뻬가 지금까지 본 집들 중에서 제일 크고 좋다. 그리고 에머릭이 자기 집에서 간식 파티를 열려고 아이들을 초대했다. 꾸뻬도 초대를 받았다. 그런데 기욤은 그 파티에 초대받지 않았던 것이다. 꼬마 꾸뻬는 에머릭에게 기욤도 초대하라고 이야기를 할까 말까 망설였다. 꼬마 꾸뻬는 에머릭과 기욤이 아무리 친하다고 해도 에머릭의 부모님과 기욤의 부모님은 서로 너무나 다르다는 걸 알고 있었다. 기욤은 낡고 작은 집들이 옹기종기 모인 동네의 아주 작은 집에서 산다. 꼬마 꾸뻬가 에머릭에게 주장한다 해도 기욤이 초대받을 수 있을지 확신이 서지 않았다.

꾸뻬는 아들의 고민이 그의 환자인 줄리가 우정에 대해 하던 고민과 비슷하다는 생각을 했다.

꼬마 꾸뻬가 눈썹을 찌푸리며 말했다.

"아니면 저도 그냥 간식 파티에 가지 않을래요!"

그러나 간식 파티에 가지 않는다 해도 괴롭긴 마찬가지일 것 같았다.

꾸뻬가 제안했다.

"그러지 말고 우선 에머릭한테 이야기는 해보렴."

"에머릭이 안 된다고 하면요?"

"그땐 그냥 간식 파티에 가려무나."

"그렇지만 기욤이 자길 버려두고 저 혼자 갔다는 걸 알게 될 거예요."

"그럼 다음에 기욤을 우리 집에 초대해서 간식 파티를 하는 거야. 엄마도 좋다고 하실 거야. 그러면 기욤도 네가 진정한 친구라는 걸 충분히 알게 될 거란다."

꼬마 꾸뻬는 잠시 고민하는 듯하더니 요거트를 마지막으로 한 스푼 더 떠먹었다. 그러고는 잠이 쏟아진다며 다시 방으로 자러 들어갔다.

그리고 이번엔 그 자리에 꾸뻬가 앉아서 요거트를 떠먹기 시작했다.

꾸뻬는 아들이 나이에 비해 너무 걱정이 많은 편이 아닌가 싶었지만 한편으로는 꼬마 꾸뻬가 벌써부터 삶의 윤리적인 문제에 대해서 고민하는 모습은 긍정적이라고 생각했다. 우리는 친구를 저버리지 않기 위해 어디까지 포기할 수 있을까? 어느 정도까지 위험을 감수할 수 있을까?

간식? 주변의 시선? 내 인생 전부?

다시 잠자리에 들기 전에 꾸뻬는 수첩을 꺼내 적었다.

관찰2 친구를 위해서라면 자기 것을 희생하거나 위험을 감수할 수 있다.

꾸뻬는 문득 관찰 2번이 꾸뻬에게 단순한 명제를 넘어서 현실이 될 거라는 예감이 들었다.

그리고 요거트를 다 먹은 후 다시 방으로 돌아가 잠을 청해보았지만, 좀처럼 잠을 이룰 수가 없었다.

여행의 시작

 다음 날 아침 꾸뻬와 클라라, 꼬마 꾸뻬는 식탁에 옹기종기 모여 아침을 먹고 있었다.
 클라라가 꾸뻬를 보며 말했다.
 "당신, 왜 그렇게 급하게 먹어?"
 그러자 꾸뻬가 대답했다.
 "그랬어? 미안."
 꼬마 꾸뻬도 거들었다.
 "맞아요. 아빠는 음식을 너무 빨리 드세요!"
 꾸뻬는 두 사람을 가만히 바라보았다. 그들은 꾸뻬를 걱정해주고 있었다.
 그런 아내와 아들에게 친구 에두아르가 걱정된다고, 에두아르를 위해서 잠시 가족을 떠나야 할 수도 있다고 선언할 수 있을까?

그럴 수는 없을 것 같았다.

잠시 후 꾸뻬는 클라라의 차에 탔다. 클라라가 꾸뻬를 병원에 데려다주기로 했다.

한참 운전을 하던 클라라가 말했다.

"무슨 고민인지 모르지만 나한테 털어놓는 게 낫지 않겠어?"

결국 꾸뻬는 클라라에게 모두 다 털어놓았다.

에두아르가 남긴 마지막 메시지도.

기다려줘…….

클라라는 도로변에 차를 세우고 꾸뻬의 이야기를 들었다. 꾸뻬는 삼십여 달러를 훔쳐낼 정도로 녹녹한 에두아르라면 얼마든지 혼자서 문제를 해결할 수 있을 거라고 말하며 클라라를 안심시켰다. 그래서 내가 도와주러 가지 않아도 될 거라고.

그러나 놀랍게도 클라라는 이렇게 말했다.

"그럼 가봐야지. 언제 떠날 거야?"

꾸뻬는 다시 한 번 자기가 얼마나 멋진 아내와 살고 있는지 깨달았다.

만나서 즐거운 사람

"의사 선생님은 안 계십니다. 외출하셨어요."
"그렇지만 저한테 여기 있을 거라고 했습니다!"
"선생님은 병원에 가셨어요."

장 미셸의 사무실에는 아몬드색 눈과 높이 솟은 광대뼈가 어울려 얼굴이 아주 잘생긴 젊은이가 앉아 있었다. 바라문디 경위의 남동생이라 해도 될 것 같았다. 꾸뻬는 장 미셸에게 전화를 걸어보았지만 통 연결이 되지 않았다. 이곳은 여전히 많은 주민들이 집 옆으로 흐르는 강물을 그대로 식수로 이용해야 하는 나라였다. 그런 곳에서 전화가 안 터진다는 건 그리 특별한 일도 아니다.

꾸뻬는 듬성듬성 단이 떨어져 나간 계단을 내려가 낡은 식민지 시대 건물의 입구 앞에 섰다. 장 미셸은 이 건물에 사무실을 두고 산간 지방마다 작은 무료 보건소들을 짓고 관리하는 일을 하고 있었다. 정부가 돌보지 않는 사람들을 돌보기 위한 보건소였다. 부처가 그늘 아래 앉아 사람들에게 설법하던 나무처럼 입구 옆에 반얀나무 한 그루가 그늘을 드리우고 있었는데도 길 위의 열기가 끓어오를 듯 뜨거웠다.

 꾸뻬는 호텔로 돌아가기로 했다. 꾸뻬가 머물고 있는 호텔은 원래는 프랑스인들이 이 나라를 지배하던 시기에 세운 건물이었다. 그다음으로 이 나라에서 맏형 노릇을 했던 소련이 자기들 스타일대로 건물을 개조하고 가구를 들여놓았고 후에 다시 현지인들의 손길로 보수된 오래된 건물이었다. 꾸뻬는 호텔 방 사진을 몇 장 찍었다. 카키색 냉장고, 모서리가 용 모양으로 장식된 유리 찬장, 베이클라이트로 만들어진 전화기, 둥근 테이블을 덮고 있는 레이스 식탁보, 볼록한 브라운관의 중국 브랜드 텔레비전……. 클라라에게 이 사진을 보여주면 아마 그녀도 꾸뻬가 이곳에 정말 놀러 온 것이 아니라는 걸 바로 느낄 수 있으리라.

 그래도 꾸뻬는 호텔이 마음에 들었다. 방도 큰 편이었고, 삐걱거리는 마루 위 커다란 창문으로 쏟아져 내리는 빛과 호수처럼 넓고 잔잔한 메콩 강 연안의 우거진 나무숲에는 지나간 시대의 매력이 있었다. 하지만 곧 이 호텔을 허물고 전면이 어두운 유리로 치장된 개인 갤러리가 세워질 거라고 했다. 게다가 나무가 우거진 메콩 강 제방에는 길게 고속도로가 깔릴 예정이었다.

 지나간 시대의 매력을 음미할 시간은 많지 않아 보였다.

 세상을 여행하면 할수록 꾸뻬는 사업가들과 정치인들이 '경제 발전'이라는 허울 좋은 말로 치장한 돈 욕심이 세상의 아름다움을 파괴하고 있다는 생각이 들었다. 가난한 사람들이 좀 더 행복해지도록 구제하지는 못하면서 경제 발전이라는 명목으로 세상의 아름다움이라는 전 인류적인 공공재를 파괴하고 있다.

사람들의 행복을 증진시키는 방법 중 하나는 의료 보장 시스템을 개선하는 것이다. 그러나 많은 외국 기업들은 그저 세금을 내지 않으려는 심산으로 이런 나라에 공장을 지었다. 의료 보장 시스템 개선은커녕 그저 현지인 임원들을 고용해 월급을 지급하기만 하면 되었다.

꾸뻬는 혹시 장 미셸이 에두아르의 소식을 듣지나 않았는지 알아보기 위해 이곳에 왔다. 바라문디 경위와 인터폴 경찰들이 감시하고 있을 게 뻔한데 전화나 인터넷으로 물어볼 수는 없었다. 꾸뻬는 장 미셸에게 그저 기분 전환을 위해 여행할 예정이며 잠시 그에게 들르겠다고만 말해둔 참이었다.

하릴없이 꾸뻬는 레이스 식탁보가 깔린 테이블 위에 노트북을 열고 인터넷에 연결했다. 여행 중에도 환자들을 마냥 내버려둘 수는 없어서 그들 중 몇 명과는 인터넷을 통해 상담을 계속하기로 했었다.

클라라의 메일이 한 통 와 있었다.

내 사랑

얼마 전엔 우정에 대해 한번 생각해봤어.

사람들은 친구가 어려울 때 기댈 수 있는 존재라고 곧잘 이야기하지. 그렇담 그들의 어려운 상황에 내가 기꺼이 도울 생각이 들 만한 사람들은 누가 있을까?

당신도 아는 사람들일 거야. 학창 시절 친구와 직장 동료는 어떨까? 그 사람들은 나를 자기 친구라고 생각하고 있겠지만, 솔직히 난 가끔 그들을 만나면서 지긋지긋할 때가 있어. 아마 내가 이 사람들을 만나고 싶어 하는 것보다는 그들이 날 더 보고 싶어 하는 마음이 큰 것 같아. 그럼에도 불구하고 나는 이들이 잘 되었으면 좋겠다고 생각하고 필요하다면 그들을 도울 수도 있다고 생각해.

그럼 이 사람들은 내 친구일까? 아니라면 과연 어떤 점이 부족해서 나는 이들을 친구로 생각하기를 망설일까?

자기 동료 아르노의 아내 플로랑스로 말할 것 같으면, 플로랑스를 만나면 항상 즐겁고 대화도 재미있고 우린 쇼핑도 함께 다니지. 그렇지만 플로랑스는 내가 필요할 때 날 도와줄 것 같지는 않아.

아리스토텔레스에 대한 철학 수업을 들은 적이 있어. 아리스토텔레스는 우정을 '필요에 의한 우정', '여흥을 위한 우정', '선한 우정' 세 가지로 나누었는데, 물론 아리스토텔레스가 생각하는 진정한 우정은 마지막의 선한 우정뿐이었어.

아마도 내가 조금은 지긋지긋하게 느끼는 내 오랜 친구들이야말로 내 진정한 친구들일 거야. 우리는 서로가 서로를 위해 사심 없이 호의를 베풀 수 있는 사이니까. 상호적인 호의인 거지.

반면에 플로랑스와의 우정은 우리 두 사람 각자의 여흥을 위한 우정이겠지. 아리스토텔레스에 의하면, 어느 한쪽이 더 이상 즐거움을 느끼지 못하면 바로 와해될 우정이야.

필요에 의한 우정은 이를테면 이해관계에 따른 우정인데, 두 사람이 각자 상대방과 우애적 관계를 맺을 만한 특정한 목적을 가지고 있는 경우야. 예를 들면 사업상 파트너나 직장 동료 같은 관계들. 필요에 의한 우정 역시도 이해관계가 사라지면 더 이상 유지하기 어렵게 되지.

그리고 한 가지 더.

아리스토텔레스는, 이떤 우정이든 두 사람 사이에서 상호적일 때에만 생겨날 수 있고 또한 그 우정을 서로에게 숨김없이 표시해야만 유지할 수 있다는 걸 강조했어!

꾸뻬는 가끔 클라라가 스스로의 지성에 대해 미심쩍어할 때마다 놀라곤 했었다. 클라라야말로 항상 반짝이는 성찰로 꾸뻬의 사고를 도와주기 때문이었다. 여행을 떠나기 전에 꾸뻬는 사랑과는 달리 현대 심리학에서 많이 다뤄지지 않은 감정인 우정이라는 주제에 대해 더 깊이 생각해보기로 결심했었다. 클라라에게 이야기하니 아주 좋은 생각인 것 같다고 했다. 그리고 그사이에 벌써 그녀는 우정에 관해 꾸뻬보다도 많은 고민을 하기 시작한 것이다!

베이클라이트로 만들어진 옛날식 전화가 진동과 함께 울리기 시작했다.

"어이 친구, 생생한 바깥세상을 보러 오질 않고 호텔 방에 박혀서 게으름 피우고 있는 거야?"

장 미셸이 껄껄 웃으며 말했다. 이 친구의 목소리는 언제나 사람을 유쾌하게 만들었고 꾸뻬는 벌써부터 기분이 좋아져 함께 웃었다.

우리가 우정에 대해 가장 먼저 꺼내는 '어려울 때 서로 도와야 한다.'는 이야기를 하기 전에 우선, 아주 기본적인 명제는 이것이 아닐까?

관찰 3 친구란 만나면 즐거운 사람이다.

그리고 그 즐거움은 상호적이어야 한다.

물론 만나서 즐거운 사이라는 것을 제대로 정의하기는 어렵다. 진실되지만 지루한 친구와 어울리기보다는 재미있는 방탕꾼들과 잠시 어울리며 즐거움을 얻고 싶을 수도 있다.

그렇다면 친구를 만나서 얻는 즐거움에는 특별한 무언가가 있는 걸까?

타인과 친구의 차이

장 미셸이 설명했다.

"레트로 바이러스에 대한 항바이러스제가 문제를 일으킨 거야. 항바이러스제를 이미 오래전부터 복용했어야 했을 사람들에게 너무 늦게 처방하게 된 경우인데, 환자의 면역 시스템이 각성하면서 열을 내거든."

그들은 병원의 입원실에서 이야기 중이었다.

병원은 그 옛날 사회주의의 맏형이었던 나라가 지었던 건물이지만, 바깥으로 계단이 통해 있고 공기가 잘 통하도록 벽 일부가 벌집 모양으로 뚫린 모습은 열대 지역의 지방색을 드러냈다. 꾸뻬는 이런 스타일의 방들을 아프리카에서 많이 본 적이 있었다.

침대 위에는 키가 크고 야윈 여자 환자가 누워 있었다. 짙은 피부색에 머리도 흑단같이 검어서 미소를 짓자 하얀 치아에 눈이 부셨다. 그녀의 이마는 땀으로 범벅이었고 호흡도 가빠져 있었으며 링거병들이 여러 개 그녀의 머리 위에 매달려 있었다.

그녀는 장 미셸이 와주어 기쁜 모양이었다. 장 미셸은 환자와 크메르어로 대화를 나누기 시작했다. 이런! 어째서 내 친구들은 하나같이 이렇게 언어 습득 능력이 뛰어날까. 꾸뻬는 너무 뛰어난 친구들을 볼 때면 약간 괴로워졌다.

입원실에는 키가 작고 통통한 여자 간호사가 한 명 있었는데, 성격이 명랑해 보이는 그녀가 장 미셸이 크메르어 단어를 찾기 어려워하면 곁에서 도와주기도 했다. 그녀도 장 미셸의 등장에 매우 기뻐하는 것 같아 보였다.

환자와 이야기를 하고 있는 장 미셸을 바라보았다. 그러자 꾸뻬는 환자와 간호사가 기뻐할 만하다고 납득하게 되었다. 장 미셸은 여전히 예전처럼 잘생긴 그대로였다. 확신에 찬 눈빛과 듬직한 체형에 고대 조각을 떠올리게 하는 얼굴까지. 장 미셸은 성품까지 선한 사람이었고, 그 선한 성품이 그의 활력과 아름다운 얼굴을 통해 주변으로 전해지는 것만 같았다. 마치 장 미셸이 아니라 대천사 생 미셸(대천사 성 미카엘의 프랑스어 표기:옮긴이)이라고 해도 될 정도였다! 그러니 대체 어떤 여성이 그에게 끌리지 않을 수 있을까.

하지만 문제는 장 미셸이 여자를 좋아하지 않는다는 것이었다. 한번은 장 미셸의 관심을 끌어보려고 아주 오랜 시간 동안 노력했던 여자가 결국은 포기를 선언하며 투덜댔었다.

"저런 소중한 자원이 썩고 있어야 하다니!"

꾸뻬와 장 미셸은 그 주제에 대해 직접적으로 이야기를 나눈 적은 없었다. 하지만 꾸뻬는 그의 성향에 대해 알고 있었고 장 미셸도 꾸뻬가 안다는 걸 알고 있었다. 하지만 그것은 그 둘의 우정의 범위 밖에 놓인 주제로, 일종의 금기 영역이었다.

"그녀의 레트로 바이러스는 남편이 옮아온 거야. 여기서 그런 경우는 아주 흔하지. 정작 그 남편은 아직 발병 전이야."

"남편이 원망스럽겠군."

"그렇지도 않아. 게다가 남편이 매일같이 면회를 오는데, 그런 남편들은 여기서 찾아보기 힘들거든."

방 한쪽에는 샤워실이 딸린 작은 화장실이 있었다. 문이 입원실 쪽으로 반쯤 열려 있었다. 샤워실 옆의 타일 바닥 위에 야간의 조리 도구들과 작은 버너, 줄에 엮인 말린 생선 등이 보였다.

장 미셸이 입원실을 나서며 말했다.

"이 병원에선 환자 스스로 식사를 해결하거나 환자 가족들이 가져와야만 해."

햇살이 창틈으로 비쳐 드는 긴 복도를 따라, 입원실 문 앞에는 저마다 몇 켤레씩의 신발이 놓여 있었다. 면회 온 가족들의 신발이었다. 환자의 가족들은 면회 와서 환자 곁을 지키거나 음식을 가져오거나 했다.

꾸뻬가 물었다.

"그런데 다른 의사들은 없어?"

그러자 장 미셸이 사뭇 슬픈 미소를 띠며 답했다.

"지금은 의사들이 다들 시내로 돌아가서 각자 개인 병원에서 진료를 보는 시간이야. 이해해야지. 그들에게도 먹여 살릴 가족이 있는걸. 이런 국영 병원 월급만으로는 영······."

 복도를 따라 걷고 있는데 갑자기 입원실 안에 있던 사람들이 홍수처럼 밖으로 쏟아져 나오기 시작했다. 남편, 어머니, 언니, 오빠, 아들과 딸······. 환자의 가족들이 대천사 생 미셸을 보러 몰려나온 것이다. 그들은 저마다 장 미셸을 어루만지기도 했다. 장 미셸의 기운을 받아 가면 아픈 환자가 빨리 나을 거라고 믿기라도 하듯이.

 그러자 장 미셸은 그들의 한가운데로 가서 모두에게 한마디씩 말을 붙여주며 또 오겠다고 약속했다. 그 약속은 모두를 안심시키는 것 같았다. 가족들의 얼굴이 밝아졌다. 아기들은 까르르 웃었고 노인들과 아가씨들은 웃는 얼굴로 두 손을 합장해 행복을 빌었다.

 마침내 둘은 다음 입원실 안으로 들어갔다. 방 한쪽에는 트럭 운전수로 일하던 한 젊은이가 누워 있었다. 그는 아파서 누워 있느라 가족들을 부양하지 못한다며 슬픈 얼굴을 하고 있었다. 다른 한쪽 침대에 누운 사람은 지적인 분위기의 사십 대 남자였다. 자식들 여럿을 부양하느라 건물의 관리인으로 힘들게 일하던 그는 피곤에 지친 몸을 달래느라 저녁마다 주사기 하나로 동료들과 헤로인을 돌려가며 맞다가 감염되고 말았다.

 다음으로 간 입원실은 수줍음을 타는 어린 아가씨의 방이었다.

 "그녀는 여기 사람이 아니야. 옆 나라에서 인신매매로 이쪽에 끌려오게 되었어. 지금은 우리가 가족을 찾아 연락하려고 노력

중이야."

침대에 누워 있는 그녀의 커다란 검은 눈망울은 너무 힘들어서 몸을 일으키지 못해 미안하다는 말을 하는 것 같아 보였다. 장 미셸의 설명에 의하면 그녀는 인신매매단에 납치되어 매음굴에 팔려 갔다가 겨우 구출되었는데, 그 매음굴엔 그녀 말고도 사십 명 가량의 젊은 여성들이 갇혀 있었다고 한다. 그중에는 심지어 열여섯 살짜리 여자아이도 있었다.

그때 문이 열리고 바라문디 경위가 방으로 들어섰다.

그런데 이런, 바라문디 경위가 아니었다. 하지만 그녀와 이상할 정도로 닮은 여자였다. 까만 피부와 아름다운 얼굴에 완벽한 미소까지, 바라문디 경위의 언니라고 해도 될 정도였다. 그녀는 환자의 침대로 다가가 두 팔을 뻗었다. 그리고 환자도 부드러운 음색으로 무언가를 이야기하며 그녀를 껴안았다.

그들은 마치 엄마와 딸 같았다.

장 미셸은 두 사람이 시간을 보낼 수 있도록 배려하며 말했다.

"그럼 우린 이만 나가볼게."

그러자 여자가 말했다.

"이따 네 방으로 갈게."

복도에서 꾸뻬는 그녀에 대한 설명을 들을 수 있었다. 그녀는 인신매매의 희생양이 된 아이들과 젊은 여성들을 돕는 기관의 설립자였다. 지금도 그녀는 기관을 진두지휘하는데, 기관은 매음굴에 팔려간 아이들을 구출해내어 보살피고 아이들이 교육을 받을 수 있도록 돕는다. 기관 운영을 위한 기금을 마련하기 위해서 몸소 전 세계를 돌아다니며 미소 짓는 일도 그녀의 몫이다. 대부분의 시간 동안 아이들의 안식처인 이 병원에 머물며 그들을 돌본다고 한다. 그녀는 어릴 때 인신매매로 매음굴에 팔려 갔던 괴로운 경험을 한 장본인으로서 이런 일을 하게 되었던 것이다.

장 미셸이 말했다.

"인신매매 집단들의 세력에 맞서 싸우는 것도 그녀의 일이야. 그러다 보니 지난달엔 그녀의 차에 누군가가 총을 쏘고 달아나기도 했어. 일종의 경고였지. 이 년 전엔 딸이 납치되기도 했었고……."

꾸뻬가 물었다.

"경찰들은 뭘 하는 거지? 정부에서는?"

"이 나라의 경찰과 정부라……. 그들에게도 인신매매로 벌어들이는 돈이 어느 정도는 떨어지거든. 마약 밀매보다도 더 돈이 되지."

그곳은 부자가 되기 위해서는 경찰이나 군인, 정치인이 되어야 하는 나라였다.

장 미셸이 말했다.

"하지만 이런 것도 좀 바뀔 수 있을 거야. 적어도 우리 쪽에서는 말이야."

"무슨 말이야?"

"내 사무실로 가서 이야기하자고."

꾸뻬는 다시 한 번 장 미셸의 사무실을 방문한 셈이었다. 이번에는 젊은 일본 여성 한 명이 작은 컴퓨터 앞에 앉아서 일하고 있었다.

 장 미셸은 그녀를 쿠미코라고 소개했다. 그녀는 환자들이 약을 제대로 복용할 수 있도록 돕고 식량을 공급하기도 하는 커다란 국제단체에 속해 있었다. 약을 제대로 매일 복용하지 않거나 혹은 환자의 약을 아무렇게나 가족들에게 나누어 준다거나 하면 큰 부작용을 일으킬 수 있기 때문에 그런 것을 예방하는 활동이었다.

 꾸뻬는 쿠미코와 관습적인 소개와 인사말을 주고받았고, 그녀는 이내 꾸뻬와 장 미셸을 위해 자리를 피해 주었다.

 "국제난체에서 일본인들의 활약은 놀라워. 일본군이 지배하던 시절에 그들이 이곳에 저지른 일을 생각하면……. 그런데 지금 가장 활발하게 활동을 하는 건 일본인들이야. 돈뿐만이 아니라, 직접 인력들이 뛰고 있어."

 장 미셸이 말했다.

 "지금의 젊은 세대는 예전 세대와 다르니까."

 "그런데 예를 들면 중국에서는 과거에 일본 제국의 군인이었던 나이 든 일본인들이 난징 대학살 장소를 다시 방문해 참회를 하거나 기부금을 내기도 하잖아."

 "스무 살 때 생각 없이 저지른 잘못을 나중에 교화되고 난 뒤에야 깨달은 거겠지."

 장 미셸이 말했다.

 "이 건물만 해도, 열여섯 살짜리 간수들이 지키던 감옥이었어."

 도시 한가운데에 있는 이 건물은 옛날엔 학교였다가 민족주의자들이 제국주의자들과 맞서던 시기에 감옥으로 개조되었다. 이곳에서 수천 명의 사람들이 고문의 고통을 이기지 못하고 하릴없이 그들의 적인 제국주의자들을 염탐하는 간첩 행위를 했다고 고백함으로써 사형을 당해 죽어갔다. 일종의 대량 학살이었다. 심지어 어린아이들도 있었다.

꾸뻬가 말했다.

"인간은 언제나 위계 조직을 만들어 생활하는 사회적 동물이지. 그런 조직에서 우두머리가 미친 사람이라면……."

그러자 장 미셸이 말했다.

"또 심리학적 설명이군!"

"당연하지. 그게 내 직업인걸! 자네는 뭔가 다른 이론이 있어?"

장 미셸은 두 손을 턱 밑에 고인 채로 잠시 침묵을 지켰다.

마침내 그가 입을 열더니 말했다

"나는 가끔 나쁜 것을 믿어."

"나쁜 것?"

"나쁜 놈, 나쁜 짓 말고. 악의 힘을 믿는다는 말이야."

"무슨 뜻이야?"

"아냐. 다음 기회에 이야기하지. 내가 이 얘길 하면 자네는 내가 미쳤다고 생각할 거야. 그리고 난 자네가 미친 사람들을 어떻게 처치하는지 너무 잘 알지!"

장 미셸의 농담에 적당히 웃고 나자 둘의 기분이 좀 나아졌다.

이 나라가 지나온 역사, 좀 전의 병원과 환자들의 이야기…….이 모든 것이 고통에 예민한 사람들에게는 괴로움에 숨 막히게 하는 것들이었다.

꾸뻬가 물었다.

"좀 전에 한 이야기는 뭔가? 사회가 이제 바뀔 수도 있다는 거."

그러자 장 미셸이 웃으며 서랍을 열었다. 그의 철제 책상은 모서리에 고무를 댄 것으로 마치 소비에트 연방 공화국 시절의 유물 같았다.

그는 종이 한 장을 꺼내 꾸뻬에게 내밀었다.

삼백만 달러짜리 은행 수표 복사본이었다.

수표는 장 미셸이 일하는 단체 앞으로 발행되어 있었다. 수표지 위에는 송려나무 가지가 종이 둘레를 장식하며 그려져 있었고 태양이 불꽃 모양으로 타오르며 빛나는 문양이 찍혀 있었다. 사인은 정확히 알아보기는 어려웠지만 누군가의 대리로 은행원이 한 것 같았다.

장 미셸이 말했다.

"수표는 우리 단체의 이곳 지사 앞으로 발행되었다네. 다행히도 내 책임하에 처리될 수가 있는 거지. 지사는 법칙상 이 나라 은행에다 수표 수리를 의뢰해야 하는데 이 나라 은행이라면 기금의 출처는 묻지 않으니까. 물론 환전상의 손실이 어느 정도 있겠지만 그래도 역시 꽤 큰돈이 들어오는 거니까."

"그렇겠군."

"이 돈이면 우리 병원에서 의사들이 아침에도 일할 수 있도록 돈을 더 줄 수도 있고 간호사들도 더 고용하고 심지어 무료 보건소를 세울 수도 있을 거야. 그리고 우리 사업을 장기적으로 계속할 수 있을 테지. 그거야말로 이런 일을 할 때 제일 필요한 거라네."

이야기를 하면서 장 미셸의 얼굴은 아주 행복해 보였다.

꾸뻬는 문득 예전에 꾸뻬와 장 미셸과 에두아르 셋이 함께 대학을 다닐 때에는 장 미셸과 에두아르가 꽤 친한 친구였다는 것이 떠올랐다. 그런데 사이가 점점 멀어지면서 그 둘은 서로 자주 만나고 싶어 하는 것 같지 않았다. 아마도 장 미셸이 대부분의 국민들이 하루에 일 달러의 돈으로 살아가야 하는 나라에서 인생을 바쳐 일하는 동안 에두아르는 한 병에 천 달러 정도 하는 비싼 술을 사는 데에 흔쾌히 쓰는 삶을 살고 있었기 때문일 것이다.

물론 그건 에두아르가 몇 번의 변신을 거듭하기 전의 옛날이야기지만.

꾸뻬가 물었다.

"그럼 이 수표랑 우리의 친구 에두아르는 무슨 관계인가?"

"은행에 연락을 해봤네. 그러나 그들은 이미 이런 세탁성 거래에 익숙한 듯 보이더군. 유럽 연합에서 발행한 암거래가 의심되는 은행들의 리스트에도 그 은행의 이름이 있었어. 결국 수표가 어디서 발행되었는지는 알 수 있는 방법이 전혀 없었지. 계좌도 거래 직후에 바로 닫아버렸고."

"그런데?"

장 미셸이 다시 서랍 쪽으로 몸을 기울여 이번에는 봉투 하나를 꺼내 탁자 위에 놓았다.

꾸뻬가 받은 것과 똑같은 편지 봉투에, 똑같은 글씨체로 주소가 적혀 있었다.

"사진은 없고 그냥 글만 몇 줄 써 있더군."

친애하는 친구

나는 오랫동안 네가 나보다 나은 인간이라고 생각했었다. 그리고 이 생각은 나를 조금 괴롭혀왔어. 이제 네가 더욱더 좋은 인간이 될 수 있도록 해줄 수단을 네게 보낸다. 이걸로 나는 조금 덜 나쁜 인간이 되겠지.

곧 만나길 빈다. 아무래도 힘들 것 같지만.

꾸뻬는 에두아르가 타인의 의견 같은 건 무시하고 살고 있다고 생각했었다. 그러나 사실은 그렇지 않은 것 같다.

꾸뻬는 수첩에 적었다.

관찰 4   우리는 친구가 우리를 어떻게 생각하는지 그들의 의견을 중요하게 여긴다.

삼십억 달러 때문이로소이다

그날 밤 장 미셸과 꾸뻬는 아래로 강 풍경이 펼쳐지는 카페의 스카이라운지에서 맥주를 마시고 있었다. 작은 초롱불들과 오케스트라의 음악이 주변에 축제 분위기를 더하고 있었다. 저 아래 길 위에서 자고 있을 아이들과 도시 근교 어딘가의 매음굴에 갇혀 있을 어린 여자아이들, 지금도 병원 침대 위에서 혼자서 고통스러운 밤을 보내고 있을 환자들에 대해 완전히 잊을 수만 있다면.

흘러가는 강물의 어두움과 알코올이 잠시 그런 것을 잊을 수 있도록 그들을 도와주고 있었다.

꾸뻬가 물었다.

"이쪽에도 친구들이 많겠구나."

그러자 장 미셸이 대답했다.

"그렇지. 뭐, 친구라기보다는 전장의 전우랄까. 우린 다들 같은 모험에 흥분하고, 같은 문제에 맞서 싸우면서 서로를 도우니까. 게다가 여기 있는 사람들은 원체 이동이 잦아. 서로의 관계가 일시적이란 걸 모두가 알지. 오래된 친구는 원시림의 나무처럼 귀하게 여겨야 한다! 이 말을 이해하려면 어느 정도 나이가 되어야 겠지?"

"그럼 에두아르하고는 왜 그렇게 된 거야?"

"우리는 점점 서로 연락을 끊었지. 사실 내가 에두아르의 삶의 방식을 받아들이지 못했던 것이 아닐까. 에두아르도 내가 그렇다는 걸 느낀 것 같고. 결국 언제부턴가 우리 둘은 만나도 즐겁지가 않아. 그런데 이번에 그런 편지를 받고 보니……. 내가 지난 몇 년 동안 조금은 에두아르를 멸시했던 건 아닌지 죄책감이 들어. 이게 바로 에두아르가 내게 편지를 쓰면서 바랐던 것 아닐까. 내가 죄책감에 휩싸이는 것……."

꾸뻬가 말했다.

"그럴지도 모르지. 하지만 에두아르는 이미 다른 사람이 되었는걸?"

"다른 사람?"

오케스트라의 음악과 다른 손님들의 대화 소리가 소곤소곤 들리는 가운데 꾸뻬는 장 미셸에게 바라문디 경위의 방문과 삼십억 달러와 에두아르가 보낸 사진에 대해 모두 이야기해주었다.

장 미셸이 놀라서 물었다.

"삼십억 달러? 그런데도 언론에서는 보도조차 하지 않았단 말이야?"

"그 인터폴의 아가씨가 말한 바에 따르면, 이런 일들이 수없이 벌어져도 그중 극히 일부분만 언론에 보도된다고 하더군."

장 미셸이 맥주잔을 비우더니 말했다.

"아무래도 자네, 조심해야 할 것 같아."

"조심하라니?"

"과대망상인지 몰라도 이런 나라에 살다 보면 그런 감이 생기거든. 대체 에두아르가 훔친 그 많은 돈이 누구 돈일지 생각은 안 해봤나?"

"음……. 에두아르 본인이 다니던 은행에서 훔쳤지."

"그럼 더더욱 언론에 나올 법한 일인데, 왜 안 나왔을까?"

"은행의 평판이 떨어질까 봐 은행에서 막았겠지."

"맞아. 그리고 몇몇 고객들의 정체가 알려져도 은행이 평판에는 도움이 안 될 테고."

꾸뻬가 물었다.

"그럼 인터폴 그 아가씨는 뭐지?"

"인터폴에 대해 뭘 좀 아는 거 있나?"

"그녀가 인터폴에서 나온 사람이라는 거?"

"그건 뭘로 증명하지?"

인터폴 신분증, 경찰스러운 행동, 매력적인 미소와 잘 단련된 종아리와 낮은 굽의 구두……. 이것들이 결정적인 증거라고 할 수는 없었다.

장 미셸이 말했다.

"그리고 말이야……."

"그리고……?"

"돌아보지는 말고 들어. 사실 뒤쪽에 사내가 하나 있는데 좀 전부터 우리 쪽을 안 보는 척하면서 살피고 있네. 여기 자주 오는 사람도 아니고 한 번도 본 적 없는 사내야. 카운터 쪽. 키가 크고 덩치 큰 대머리 콧수염, 오스트레일리아나 북유럽 쪽 출신."

그러자 놀란 꾸뻬가 말했다.

"경찰 해도 되겠는걸……. 나는 화장실에 좀 다녀올게."

꾸뻬는 카운터 쪽을 지나면서 장 미셸이 묘사한 남자를 찾았다. 마침 남자는 맥주잔을 향했던 눈을 들어 꾸뻬 쪽을 보았고, 한순간 두 사람의 시선이 부딪혔다. 그러나 그는 이내 다시 맥주잔에 시선을 고정했다.

눈이 마주쳤던 순간에 꾸뻬는 남자의 시선에서 꾸뻬가 전혀 좋아하지 않는 어떤 공허함 같은 것을 느꼈다. 지금보다 좀 더 젊었을 때 꾸뻬는 경찰 심리학자들과의 공동 연구 프로그램으로 경찰과 함께 일한 적이 있었다. 남자의 시선에서 느낀 공허함은, 그 시절 꾸뻬가 만났던 많은 전과자들의 눈에서 발견했던 것과 같은 공허함이었다.

이윽고 자리에서 일어서며 장 미셸이 말했다.

"호텔에 태워다줄게."

장 미셸의 커다란 사륜구동 차는 꾸뻬에게 그 안에서라면 절대로 안전하다는 안도감을 주었다. 장 미셸은 자동차에 영혼이 있다면 그의 자동차는 행복한 영혼일 거라고 말했다. 시골의 여러

보건소를 다니며 진흙투성이의 언덕을 기어오르고 울퉁불퉁한 길을 달리는 것이 세계 어딜 가나 비슷비슷하고 으리으리한 도시의 대로를 달리는 것보다 행복할 거라고. 장 미셸이 낡은 콘크리트 처마 아래 입구에 차를 세우자 유니폼을 입은 문지기가 맞이하러 나왔다.

장 미셸이 당부했다.

"혼자 외출하지 말게. 아니면 내가 자네한테 누군가를 보내지. 우리 친구가 보내준 돈이면 진짜 보디가드도 고용할 수 있겠는걸."

"고마워. 하지만 난 내일 떠날 거야. 수사를 계속해야지."

"수사라기보단, 에두아르 찾기!"

"그래."

"전화라도 자주 하고, 어떻게 되어 가는지 소식을 알려주게."

"물론이지."

"오랜 친구들은……."

장 미셸이 읊기 시작한 구절을 꾸뻬가 이어받았다.

"원시림의 나무처럼 귀하게 여겨야 하지."

호텔 방에 돌아온 꾸뻬는 긴장을 풀려고 텔레비전을 켰다. 한 쌍의 젊은 남녀가 꽃이 가득한 수풀과 강물을 배경으로 감미로운 사랑 노래를 주고받고 있었다. 그들의 순수함과 아름다움은 무한한 행복에의 약속처럼 보였다.

꾸뻬는 수첩을 꺼내 장 미셸이 에두아르에 관해 한 이야기들을 떠올리며 몇 가지 항목을 메모했다.

관찰 5 우리는 친구의 삶의 방식을 인정한다.

에두아르와 꾸뻬는 장 미셸의 삶의 방식을 인정하기를 넘어서 일종의 경외심을 품고 있었다. 아리스토텔레스가 정의한 선한 우정과 일맥상통하는 내용이기도 했다. 우리는 친구의 선행을 보는 것만으로도 기쁨을 느낀다. 하지만 꾸뻬는 선하지만 왠지 성가시게 여겨지는 사람들도 몇몇 알고 있었다. 그리고 그들과는 절대로 친구가 될 것 같지 않았다.

한밤에 잠에서 깬 꾸뻬는 창문 밖을 살펴보았다. 호텔 반대편, 길모퉁이 어두운 쪽에 한 남자가 오토바이 위에 앉아 잠복 중이었다. 아마도 그의 목표는 꾸뻬일 것이다. 물론 아닐지도 모른다.

꾸뻬의 입가엔 슬그머니 미소가 지어졌다.

사실 클라라에게는 말할 수는 없었지만, 이 여행을 하는 가장 큰 이유 중 하나가 바로 모험에 참가한다는 즐거움이었다. 어린 시절 꾸뻬는 제임스 본드 영화를 보며 모험을 꿈꾸던 소년이었다. 그리고 마침내 이번 여행으로 어린 시절의 꿈과 흡사한 모험을 하게 된 것이다!

물론 꾸뻬는 이 여행이 제임스 본드의 비현실적인 모험과는 많이 다르다는 걸 알고 있었다. 제임스 본드처럼 누군가와 격렬한 총싸움을 벌일 일도 절대 없었으면 했다.

왜냐하면 장 미셸이 말했듯이,

관찰 6 오래된 친구는 원시림의 나무처럼 귀하게 여겨야 한다.

관찰 6번과 관찰 3번(**관찰3** 친구란 만나면 즐거운 사람이다.)이 서로 관련이 있을 것 같다는 생각이 들었다. 꾸뻬는 관찰 6번 아래에 '더 생각해볼 것!'이라고 적고는 다시 잠에 빠져들었다.

새로운 만남

 세상 사람들이 사는 모습은 참 다양하다.
 꾸뻬는 장 미셸이 사는 나라에서 좀 더 북쪽으로 올라왔다. 그 나라에서처럼 부자가 되기 위해서는 장관이나 장군이 되는 것이 아니라, 사업에 투자하고 세금을 내는 나라였다. 그리고 이곳은 모든 상황이 더 좋아 보였다. 아이들이 밤에 길바닥 위에서 노숙을 하지도 않았고 아침이면 저마다 책가방을 뒤로 메고 학교로 향하는 모습을 볼 수 있었다.
 꾸뻬는 이 나라에 도착하자마자 처음부터 놀라운 일을 경험했다. 공항을 나서며 꾸뻬는 모든 수도의 공항들이 그렇듯 외곽의 공장 지대를 지나려니 생각했다. 그런데 웬걸, 리무진 오른쪽으로는 바다가 펼쳐지고 왼쪽 창밖으로는 아침 햇살을 받아 가볍게 금빛으로 빛나는 나지막한 산들이 이어지고 있었다. 그야말로 '조용한 아침의 나라'구나! 꾸뻬는 그 별명이 딱 맞는다는 생각을 했다.

물론 이 나라가 항상 그렇게 조용했던 것은 아니었다. 공항이 위치한 도시도 과거에 이 나라를 차지하려고 전 세계에서 몰려와 정박한 연합군과 가장 힘센 두 형제 나라의 도움을 받던 북쪽 나라의 군대 사이에 참혹한 싸움이 벌어졌던 곳이다.

더운 지역에 있다 온 꾸뻬는 북쪽의 공기를 다시 느끼게 되어 만족스러웠다. 이곳의 겨울은 꾸뻬가 자란 대륙, 유럽 중에서도 북유럽의 겨울과 비슷했다.

호텔 로비에는 대사관에서 온 젊은 여자가 꾸뻬를 기다리고 있었다. 그녀는 마치 북유럽 여자처럼 키가 크고 하얀 얼굴에 신중한 인상이었지만, 길게 찢어진 눈에 풍성하게 드리운 검은 머리로 아시아 여인의 특성을 드러냈다.

여자가 말했다.

"제 상사의 부탁으로 약속 장소를 전해드리려 왔어요."

"대사관에서 만나기로 한 거 아니었나요?"

"다른 곳에서 만나고 싶다는군요."

꾸뻬가 물었다.

"……점심은 드셨습니까?"

"아직이요."

잠시 후 꾸뻬는 박정인이라는 이름의 이 여성과 함께 호텔 레스토랑의 커다란 유리창 옆에 자리를 잡았다. 꾸뻬의 앞자리에서 한국에 대해 설명해주는 정인은 시처럼 매력적이었고 유리창으로 쏟아지는 북쪽의 햇빛도 시적인 분위기를 더했다.

그녀가 말했다.

"우리나라는 지난 한 세기 동안 세 번이나 침입당하고 정복당했었죠. 그러다 보니 과거의 흔적들이 많이 사라졌답니다. 고궁들도 옛 모습대로 재건된 거예요."

그녀도 마치 몇 세기 전 이 나라에 몰려왔던 몽골족의 영원히 반복될 듯한 전형으로부터 재건된 듯한 모습이었다. 물론 이제는 그 옛날의 몽골족들이 들고 있던 활 대신 손에 쥔 예쁜 핑크색 휴대 전화에다 시크한 정장 차림으로 완전히 현대화된 모습이다.

정인의 모습을 보며 꾸뻬는 어째서 결혼을 하고 나면 매력적인 여자들을 그전보다 더 많이 만나게 되는 걸까 궁금해졌다. 전생에 저지른 죄에 대한 벌을 받는 걸까. 혹은 숙명적인 저주?

정인이 말했다.

"우리나라에도 유명한 정신과 의사들이 꽤 많아요."

"정신의학에 관심이 있으십니까?"

"비슷하지만 조금 다른 데 관심이 있죠."

정인은 현재 아리스토텔레스에 관한 논문을 쓰고 있다고 했다. 꾸뻬는 카린에게 정인을 소개해주어야겠다고 생각했다. 이렇게 카린의 친구를 한 명 더 늘려줄 수 있을 것 같다.

꾸뻬는 아는 척을 좀 해야겠다고 생각했다!

"참, 아리스토텔레스가 우정에 대해 정의한 것이 있지 않았던가요? 세 가지 형태의 우정."

그러자 정인이 꾸뻬를 향해 미소를 띠며 말했다.

"맞아요. 아리스토텔레스에게 우정의 최상의 형태는 선한 두 사람 사이에서만 이루어질 수 있는 것이었죠."

그리고 꾸뻬가 물었다.

"그런데 선하다는 건 어떤 걸까요?"

"사심 없이 선행을 베풀 의사를 가지고 있는가이죠. 선한 사람은 선행 그 자체에서 기쁨을 얻으니까요. 아리스토텔레스에 의하면, 우정을 나눌 때에는 또 하나의 자신과도 같은 친구에게 좋은 일을 먼저 하는 데서 기쁨을 얻는다고 해요. 그리고 친구인 두 사람이 모두 선한 사람들이라면 서로가 상대방이 선행을 베푸는 모습을 보며 기쁨을 얻을 수 있죠."

"선한 두 사람 사이의 선한 우정이라는 정의는 좀 엘리트주의적인 거 아닐까요?"

"그게 바로 제 논문의 주제에요. 하지만 아리스토텔레스는 필요에 의한 우정이나 쾌락을 위한 우정 등 다른 형태의 우정들도 인정했어요. 단지 그것들은 저차원의 우정이라고, 좀 더 불안정한 우정이라고 생각했죠."

꾸뻬는 마음속으로 카린에게 감사하며 좀 더 아는 체를 했다.

"그런데 성 토마스 아퀴나스는 우정에 대해 조금 다른 시각을 가졌던 것 같은걸요?"

"맞아요!"

정인은 꾸뻬가 이 주제에 대해 그렇게까지 많이 알고 있다는 것에 아주 놀라며 기쁨을 표했다. 이야기가 계속 이어졌다면 꾸뻬의 지식이 거기서 끝이라는 걸 알게 될 참이었지만, 다행히도 마침 전화벨이 울렸다.

그녀는 한참 상대방의 이야기를 집중해 듣더니 전화를 끊고 말했다.

"자, 이제 가셔야겠어요."

성 토마스 아퀴나스에 대한 대화는 다음 기회로 미뤄야 할 것 같았다.

밖으로 나가자 작은 깃발이 달리고 안락한 좌석이 장착된 대사관의 외교 차량이 운전기사와 함께 기다리고 있었다.

달리는 차 안, 창밖 대로변엔 특색 없는 건물들이 늘어서 있었지만 가까이 솟은 산들 덕분에 평범한 도시 풍경이 매혹적으로 변했다. 심지어 저 멀리, 대로의 끝자락이 산기슭과 접하는 곳에 무나 아름다운 궁궐이 자리하고 있는 것이 보였.

한참을 가다 보니 대로 한중간에 한 선왕이 왕좌에 앉은 모습으로 커다랗게 동상이 세워져 있었다.

정인이 설명했다.

"우리나라의 글자를 발명한 왕이에요."

차는 조용한 마을의 구불거리는 경사진 골목길을 따라 달렸다. 자욱한 안개 사이로 마을의 풍경이 드문드문 보였다. 길을 돌고 또 돌아 차가 멈춰 선 곳은 마치 전통 가옥처럼 생긴 어느 건물 앞이었다. 전통 음식점이었다.

정인이 꾸뻬를 들여보내며 인사를 했다.

"그럼 저는 이만 갈게요. 만나서 반가웠습니다. 점심 식사도 감사드려요."

그녀가 떠나자 꾸뻬는 묘한 안도감을 느꼈다.

결혼을 하고 나서는 더 이상 다른 여자들에게 눈길을 주는 짓은 절대 생각조차도 하지 않겠다고 결심한 꾸뻬였다. 아무래도 그건 중병에 걸려 움직일 힘도 없어지지 않는 한 거의 불가능한 이야기 같았다.

꾸뻬는 언젠가 남자와 여자 사이의 가장 큰 차이점을 깨달았다. 여자가 어떤 남자를 좋아하게 되면 그 여자에게 다른 남자들은 눈에도 들어오지 않는다. 하지만 남자는 한 여자를 사랑하고 그에 대해 행복해할 때에도 나쁜 짓 보기를 멈추지 못한다. 그건 진화 과정에서의 자연 선택에서 비롯된 문제다. 우리는 그리 지조 있지 못했던, 그렇기에 더 많은 후손들을 여기저기에 남길 수 있었던 자들의 후손이다. 그게 반복되면서 인간 유전자의 근원에는 후손들을 최대한 많이 남기고 싶어 하는 성향의 유전자가 더 많아진 것이다. 이 가설이 남자들의 자기 위안을 위한 변명만은 아닐 것이다.

하지만 결국은 인류가 스스로의 폭력 성향을 길들이는 데 어느 정도 성공한 것처럼, 부정한 성향도 스스로 제어할 수 있을 거라고 희망하며 개개인이 노력할 수는 있다. 꾸뻬는 인간은 어쩔 수 없이 그렇게 조심하면서, 부정한 성향을 제어해가면서 살아야 한다고 생각했다.

미닫이문을 열고 들어선 꾸뻬는 신발을 벗어 대나무 선반에 올려두었다. 좁은 통로를 따라 걷다가, 어두운 목재 골격이 드러난 지붕이 한가운데를 향해 솟은 방에 다다랐다. 그러자 얼굴에 미소를 띤 한국 여성이 다가와 특실로 꾸뻬를 안내했다. 나무 칸막이와 아름다운 수채화 병풍으로 사방이 막힌 특실에는 정장 차림의 체격 좋은 남자가 좌식 테이블 앞에 앉아 있었다.

"오는 길은 괜찮았습니까?"

장 마르셀은 거의 변한 것이 없는 모습이었다. 살은 조금 찐 것 같았지만 날카로운 눈빛은 여전했다. 눈이 웃지 않아도 입으로 미소 지을 수 있는 능력도 여전했다. 바라문디 경위라면 그 모순된 표정을 곧장 알아챌 수 있으리라. 바라문디 경위⋯⋯. 꾸뻬가 한국에 와서 장 마르셀을 만나고자 한 것도 사실 바라문디 경위 이야기를 하기 위해서였다.

하지만 그전에 일단 마룻바닥에 앉아야 한다.

다행히도 바닥에는 따뜻한 마루와 엉덩이의 접촉을 약간이나마 완충시켜줄 자줏빛의 실크 쿠션이 놓여 있었다. 그리고 꾸뻬는 몇 분 뒤면 접은 두 다리에 밀려올 통증에 대해서는 생각하지 않도록 최대한 노력하며 장 마르셀의 이야기를 귀담아 듣기 시작했다.

"저는 이 가게를 아주 좋아합니다. 한국 전통 음식을 내오는 곳이죠. 한국 음식이 불고기만 있는 게 아니랍니다. 그리고 여긴 단골들만 찾아오는 집이죠."

그때 종업원이 들어오더니 작은 음식 접시들을 내려놓기 시작했다. 야채와 고기들, 그리고 정확히 뭐가 들었는지 알아보기 힘들 정도로 다양하게 조리된 면 요리가 놓였는데 정말 맛있어 보였다. 좀 전에 박정인과 함께한 자리에서 시저 샐러드 하나만 먹은 것이 다행이라는 생각이 들었다.

꾸뻬는 이런 겨울 날씨에 딱 맞는 진한 잉크색의 깨죽부터 맛보기 시작했다.

"누가 우리 대화를 엿들을 염려도 없습니다. 일단 단골이 아니면 여기선 금세 눈에 띄거든요."

장 마르셀의 직업이 그의 말투에서 묻어났다. 꾸뻬는 지난번 여행에서 그를 알게 되었었다. 당시 꾸뻬는 장 마르셀을 만난 것이 우연이라고 생각했었지만 사실 그는 꾸뻬를 감시하며 따라다니는 중이있다. 상 마르셀은 꾸뻬가 찾고 있는 것을 꾸뻬보다 먼저 찾아낼 임무를 수행하고 있었다. 그때 꾸뻬가 찾던 것은 한 미치광이 과학자의 발명품이었는데, 누구든 두 사람이 함께 복용하면 즉시 서로 사랑에 빠지게 되는 사랑의 알약이었다. 상용화된다면 세상을 바꿀 수도 있을 엄청난 발명품이었다.

당시 장 마르셀과 꾸뻬는 둘 다 한창 사랑 때문에 고민이 많던 참이었다. 공통의 고민은 두 사람을 가깝게 만들었다. 밤새도록 포효하는 호랑이 울음소리가 들리는 곳에서 함께 겪은 모험도 둘을 친하게 엮어주었다.

하지만 결국 꾸뻬는 장 마르셀뿐 아니라 다른 누구도 그 마법과도 같고 위험한 알약에 다가가지 못하도록 막아버렸다. 알약을 찾아 가져가야 했던 장 마르셀의 임무는 결국 실패로 끝났다. 하지만 두 사람은 악수로 각자의 여행을 끝내며 좋은 사이로 남았다. 장 마르셀은 꾸뻬가 왜 그렇게 했는지 이해했던 것이다. 사랑이란 건 가능한 한 자연스럽게 생겨나야 한다는 걸.
오랜만에 장 마르셀을 다시 만나니 매우 즐거웠다. 꾸뻬는 그를 친구라고 칭할 수 있을까 생각해보았다.
그때 장 마르셀이 반색하며 외쳤다.
"오, 제일 중요한 게 나오는군!"
종업원이 묽은 오트밀 수프 같은 것이 담긴 작은 질그릇을 가져왔다. 그러자 장 마르셀이 그것을 꾸뻬의 잔에 따르고 자기 잔도 채웠다.
그러곤 건배를 외쳤다.
"위하여!"
살짝 맛을 보니 그것은 수프가 아니라 칼바도스와 우유를 섞은 듯한 차가운 음료였다. 약한 탄산이 살짝 혀에 닿았고 쓴맛과 단맛이 동시에 느껴졌다.
꾸뻬가 감탄하며 말했다.
"맛있군요!"
그리고 장 마르셀이 다시 각자의 잔을 채우며 대답했다.
"그렇죠? 막걸리라는 술입니다. 쌀로 만든 발효주랍니다. 보통은 저녁에 마시는 술이지만, 안타깝게도 오늘 저녁엔 제가 일이 있지 뭡니까."
유리창 밖으로 보이는 뜰에 뚜껑 덮인 커다란 항아리들이 가득 들어서 있었다. 바깥의 추운 공기 속에서 저렇게 막걸리를 저장할까?
문득 장 마르셀을 보자 그가 십 킬로그램 정도는 체중이 는 것 같았다. 그는 점점 더 중국의 배 나온 부처상을 닮아가고 있었다. 그래도 여전히 전직 군인다운 느낌이 남아 있었다.

장 마르셀이 꾸뻬에게 건넨 대사관 명함이라는 든든한 무기에는 '2등 서기관'이라는 직함이 새겨져 있었다. 장 마르셀은 직장을 바꾸었다. 사실은 같은 직장에서 부서만 바꾼 거라고 할 수도 있었다. 이제 그의 일은 나라를 위해 감옥같이 외부와 단절된 나라에 비밀리에 파견되어 중요한 인물들을 구출해내거나, 항만 지구에 잠입해 화물선의 내용을 확인하고 그 화물선을 침몰시키거나, 혹은 우방인 안전한 나라라고 믿고 방문한 테러 집단의 우두머리가 갑자기 심각한 교통사고를 당하도록 꾸미는 등의 일이 아니었다.

나이도 많아지고 체중도 늘어난 장 마르셀은 예전에 그가 하던 일과 같은 임무를 맡은 사람들이 이 지역을 지날 때 그들을 돕는 일을 한다. 정보를 모으는 일도 중요했다. 그의 지휘 아래 있는 부하들이 또 다른 이들로부터 얻어오는 수많은 정보를, 특히 감옥 같은 나라에서 이 나라로 망명 온 사람들이나 혹은 그 감옥 같은 나라에 아직도 살고 있는 사람들로부터도 정보를 얻어서 한데 모아야 했다. 그건 아주 복잡해 보이는 일이었다.

그들은 각자의 개인적인 근황에 대한 정보를 서로 나누었는데, 이제는 두 사람 모두 행복한 결혼 생활을 누리고 있었다.

마침내 그들은 오늘 만난 목적에 관해 대화를 시작했다.

장 마르셀이 군대식으로 말했다.

"부대에서는 신원 미상입니다."

일주일 전에 꾸뻬는 장 마르셀에게 편지를 보내 바라문디 경위의 이름과 함께 그녀의 외모를 상세히 묘사해 보냈었다.
"그게 무슨 말입니까?"
"그런 이름을 가진 사람은 어디에도 없었다는 말입니다. 선생님이 묘사한 모습과 맞아떨어지는 사람도 인터폴에는 없었습니다."
꾸뻬 역시 그렇지 않을까 하는 의심이 생기던 참이었다. 그래서 장 마르셀에서 편지를 보낸 것이었다. 그리고 막상 이렇게 확인을 해주니 소름이 끼쳤다.
장 마르셀이 말했다.
"게다가 그 사람이 꾸뻬 씨에게 접근한 방식은 공식적인 절차를 완전히 무시했습니다. 국립 경찰 쪽에서도 한 명을 파견해 함께 왔어야 합니다."
"일을 좀 더 쉽게 풀어가기 위해서 혼자 온 거라고 했어요."
"흠, 이 모든 것들이 과히 수상한 냄새가 납니다."
불길한 분위기를 가라앉히려 둘은 막걸리를 몇 모금 홀짝거렸다.
장 마르셀이 다시 입을 열었다.
"진짜 문제는 꾸뻬 씨의 친구 분이 과연 어떤 사람의 돈을 그렇게 많이 훔쳤나 하는 겁니다. 아시다시피 저는 이런저런 나라의 경찰들과 잘 알고 지내죠. 그중엔 금융 범죄에 총력을 기울이는 경찰들도 있고요. 그런데 이상하게도……."
발설해도 되는 이야기인지 고민을 하는 듯 그는 잠시 멈칫했다. 장 마르셀은 아마 이런 고민을 꽤 자주 해야만 할 것 같다.

"이상하게도 어떤가요?"

"어떤 소문도 풍문도 들리질 않습니다. 이 사건은 금액만 해도 엄청납니다. 그런데 그런 사건이 그 누구에게도 알려지지도 않았고 그 어떤 신고도 들어오지 않다니요. 제 은행이 만일 제 돈을 그만큼이나 잃어버렸다면 글쎄요……. 저라면 좀 소동을 일으킬 것 같습니다만."

꾸뻬가 긴장을 늦추려 농담조로 수긍했다.

"당연히 저 같아도 그러겠습니다!"

"그러니 결론은 한 가지뿐입니다. 친구 분이 훔친 돈이 깨끗한 돈이 아닌 거죠."

"그럼 더러운 돈…… 인가요?"

"말하자면, 도둑놈들의 돈을 훔쳐낸 겁니다. 혹은 더 질 나쁜 자들의 돈을요."

꾸뻬는 갑자기 굉장히 행복해졌다.

혈관을 간질이는 막걸리의 효과 때문만은 아니었다. 그의 친구 에두아르는 여전히 그대로였던 것이다. 에두아르는 훔칠 만한 사람들의 돈을 훔쳤고, 아마도 틀림없이 그 돈을 받을 만한 사람들을 돕기 위해 썼을 것이다. 장 미셸처럼.

뿌연 창밖으로 보이는 뜰에서는 식당의 종업원이 커다란 항아리의 뚜껑을 열고 긴 국자로 막걸리를 뜨고 있었다.

꾸뻬가 말했다.

"정말 다행이군요."

장 마르셀이 마치 정신 나간 사람을 보듯 꾸뻬를 쳐다보았다.

"그게 다행한 일인지 모르겠군요. 이런 일은 되도록 멀리하는 게 좋습니다. 특히나 결혼해서 한 가정의 아버지가 된 사람이라면요."

"압니다. 그렇다 해도 저한테는 좋은 소식입니다."

"뭐, 그렇게 생각하는 게 더 나을 수도 있겠군요."

장 마르셀이 다시 서로의 잔을 채우며 이내 웃음을 지어 보였다. 두 사람은 잔을 기울이고 외국에서 남자 둘이 만났을 때면 어김없이 나오게 되는 주제를 꺼냈다.

이 나라의 여자들은 어떤지?

장 마르셀은 이렇게 표현했다.

"얼음 위의 불이죠."

두 사람이 처음 만났던 때처럼 독신들 간의 대화를 여전히 나눈다는 게 재미있었다. 하지만 꾸뻬로서는 이런 대화가 어쩌면 에두아르 사건보다 더 위험할 수도 있겠다는 느낌이 들었다. 이런 이야기들은 꾸뻬가 피하고 싶은 감정들을 다시 불러일으킬 소지가 있었다.

잠시 침묵이 감돌았다.

이윽고 장 마르셀이 걱정스러운 눈빛으로 꾸뻬를 보며 말했다.

"꾸뻬 씨가 걱정입니다. 친구 분의 조언대로 하세요. 그분이야말로 당신의 안녕을 바라는 사람입니다. 친구 분을 찾으려 하지 마시고 가능한 한 빨리 댁으로 돌아가세요."

꾸뻬는 장 마르셀과는 자주 만나지도 못하고 지금껏 서로 가까워질 시간도 거의 없었으며 앞으로도 그럴 시간 따위는 전혀 없을 거라고 생각하지만, 그럼에도 불구하고 장 마르셀을 친구라고 느끼게 되었다.

    클라라의 편지를 다시 읽으면서 철학 수업의 기억이 다시 되살아났다. 아리스토텔레스는 '소금 한 숟가락을 나누어 먹었을 때 비로소 친구가 될 수 있다.'라고 말했다. 서로를 알기 위해서는 밥을 몇 끼 함께할 시간이 필요하다는 말이다.

    꾸뻬는 수첩에 새로운 관찰을 하나 더 써야겠다고 생각했다.

    관찰 7 친구란 나를 위해 걱정하는 사람이다.

경우에 따라서

꾸뻬는 장 마르셀에게도 우정에 대한 의견을 물어보아야겠다고 생각했다. 그가 아리스토텔레스나 성 토마스 아퀴나스 전문가는 아니겠지만.

꾸뻬가 장 마르셀에게 지금 진행 중인 '우정에 대한 연구'를 설명하자, 장 마르셀은 이 작업이 매우 흥미롭다고 생각하는 것 같았다.

장 마르셀이 말했다.

"우리 같은 일을 하는 사람들은 친구 사귀기가 쉽지 않습니다. 사람을 처음 만나면 아무리 순진해 보이는 사람이라도 의심부터 해야 하고, 우연히 맞닥치는 인연은 함정일 수도 있겠거니 의심해야 하죠. 게다가 함께 일하는 동료들 말고는 아무도 제 진짜 직업이 뭔지 모릅니다. 절대로 이야기하면 안 되거든요. 이런 것도 친구 관계에 한계가 되죠. 상대방은 나에 대해 잘 모르지만 나는 그 사람에 대해 좀 더 알고 있다는 사실이, 항상 저에게 어떤 우월감을 갖게 만듭니다. 그러니 인간관계가 건강치 못하게 마련이죠."

"그럼 직장 동료들하고는 괜찮겠군요?"

"그렇죠. 직장 동료들과는 서로 설명할 필요가 없으니까요. 하지만 그들은 일종의 '전우'들이지 친구라고 할 수는 없을 것 같습니다."

전우. 꾸뻬는 장 미셸 역시 같은 단어를 썼다는 것이 기억났다.

장 마르셀이 나쁜 기억을 떠올리는 듯한 어조로 말했다.

"사실 제 일을 하는 데 있어서 우정은 오히려 문제의 근원이 될 때가 많습니다."

"문제의 근원이요?"

"해외에 파견된 정보국 요원들이 현지인들로 하여금 아슬아슬한 정보를 털어놓도록 만드는 방법은 바로 그들과 친구가 되는 겁니다. 그들이 고국을 배신하도록 만들 포상으로는 돈, 이데올로기, 협박 등이 곧잘 쓰이긴 하죠. 그러나 그저 당신을 친구라고 여기는 것만으로도 얼마든지 위험을 무릅쓸 준비가 되어 있는 사람들도 꽤 많답니다. 그리고 가끔은 불가피하게도 그 우정이 상호적인 감정이 되어버릴 때가 있죠."

다음에 이어질 이야기를 짐작하면서 꾸뻬가 물었다.

"그게 무슨 말이죠?"

"그 친구들이 위험을 무릅쓰고라도 당신한테 아주 중요한 정

보를 털어놓는다고 합시다. 그리고 당신 상사는 이 정보를 활용하고 싶어 하는데, 아무리 조심한다 해도 상사 쪽에서 이 정보가 어디서 새어 나왔는지 눈치채는 것은 시간문제겠지요. 결국 당신은 당신을 친구라 생각해 철석같이 믿고 있는 그 친구를 희생시킬 수밖에 없습니다. 가끔은 더 중요한 정보원을 보호하기 위해서 그래야 할 때도 있겠고요."

둘은 잠시 침묵을 지켰다.

아리스토텔레스라면 이 이야기를, 필요에 의한 우정에 지나지 않았던 우정을 혼자서만 선한 우정으로 착각한 희생자 이야기로 쉽게 정의할 수도 있을 것 같았다. 하지만 아리스토텔레스는 어쩌면 우리가 얼마나 쉽게 다른 사람에게 애착을 가질 수 있는지, 그리고 심지어 원치 않는 상황에서조차도 그럴 수 있는지를 간과했는지도 모르겠다.

장 마르셀이 말했다.

"그런 점에서 이제는 현장에서 일하지 않으니 훨씬 편합니다."

꾸뻬는 그가 과거에 정신과 의사들과의 상담을 통해 도움을 받지는 않았을까 생각해보았다. 장 마르셀은 그렇지 않을 것 같았다. 어떤 연구 결과들에 의하면, 나쁜 기억을 상담사나 정신과 의사에게 털어놓기보다는 그 기억을 더 이상 생각하지 않음으로써 나쁜 기억으로부터 벗어나는 부류도 있다. 장 마르셀이야말로 이런 부류의 사람이 아닐까?

그리고 그는 전장의 전우도 직장 동료도 아닌 꾸뻬에게 비밀을 털어놓은 것이다.

관찰 8 친구란 비밀을 털어놓을 수 있는 존재다.

끝없는 의문들

그날 저녁 꾸뻬는 새로운 관찰에 대해 클라라에게 메일을 써 보냈다. 그런데 즉시 그녀의 답장이 도착했다.

비밀을 털어놓는다라……. 맞아. 그런데 사실 난, 어째서 비밀을 털어놓으면 기분이 나아지는지 그 이유가 궁금하더라. 비밀을 털어놓고 나면, 사실 친구가 위로의 말을 건네오기도 전에 기분에 나아지잖아. 당신은 정신과 의사니까 알겠지. 왜 그런 거야?

밤이 늦었고 꾸뻬는 이미 졸렸지만 얼른 답장을 써내려갔다.

친구한테 털어놓는다는 건 우리가 경험한 상황을 스스로 묘사하게 만들기 때문일 거야. 그러다 보면 그 상황을 스스로 좀 더 거리를 두어 바라보게 되고 강렬했던 감정도 좀 덜해지게 하니까. 혼자 쓰는 일기장에 털어놓는 것도 이런 효과를 낸다는 게 입증된 적도 있지. 트라우마로 남은 기억을 최대한 자세히 글로 적도록 했더니 사람들은 그 직후엔 더 고통스러워하지만 몇 주 후면 훨씬 나아진다고 해.

잠시 후 다시 클라라의 답변이 도착했다.

그럼 당신이 환자들한테 아무런 조언을 해주지 않아도 환자들이 자기 이야기를 하고 스스로 괜찮아지겠네! 당신 일이 좀 편해지겠는걸?

꾸뻬는 답변을 쓰며 잠이 다 달아나는 듯했다.

환자들은 나한테 좀 더 많은 걸 바라겠지. 친구에게 속내를 털어놓을 때도 뭔가를 바라긴 하잖아. 당신 생각엔 어떤 것 같아?

그리고 몇 초 후.

심판받는 게 아니라, 존중받고 인정받는다는 느낌? 나는 친구가 날 이해해주고 내가 느끼는 걸 그 친구도 느껴주길, 그리고 내 이야기를 듣고 나서도 계속해서 나를 좋아해주길 바라면서 속내를 털어놓게 돼. 친구나 정신과 의사나 마찬가지일 것 같아. 공감을 보여주기를, 때로는 연민을 표현해줬으면 하지. 그런 거 아닐까?

클라라는 정말 이 주제에 흥미를 느끼는 것 같았다.
꾸뻬가 대답했다.

정확해. 그걸 바로 '감정적 지지'라고 하지. 우리가 타인의 감정들을 이해한다는 걸, 그리고 어느 정도는 우리도 똑같은 감정들을 겪는다는 걸 보여주는 거야. 정신과 의사보다는 친구가 더 쉽게 보여줄 수 있겠지.

곧 클라라의 대답이 도착했다.

그거, 우정과 인간의 감정에 관한 통찰이 되겠는걸. 내 생각엔 이거야말로 진정한 우정의 기초인 것 같아. 게다가 아리스토텔레스가 말했잖아. 친구는 기쁨도 함께 나누고 슬픔도 함께 나누는 거라고. 그리고 이런 말도 했지. 진정 친구의 안녕을 바란다면 내 고뇌 때문에 친구를 괴롭게 만들고 싶지 않을 거고 괜한 슬픔을 안겨주고 싶지 않을 거라고 말이야. 그래서 정신과 의사라는 직업이 생겨난 거 아닐까. 내 문제를 한탄하느라 친구들을 괴롭히지 않기 위해서.

그리고 꾸뻬가 마지막으로 메일을 보냈다.

사랑해……. 이제 자야겠어.

깊은 잠에 빠져들기 전에 꾸뻬는 수첩을 펼쳤다.

관찰 9 친구란 내가 불행할 때 함께 슬퍼하고 내가 행복할 때 함께 기뻐하는 사람이다.

슈퍼우먼 만세!

솔렌느는 추종자 집단처럼 보이는 젊은 남녀들에게 둘러싸인 에두아르의 사진을 보고 있었다.

"솔직히 이렇게 봐서는 잘 모르겠는걸. 그냥 봐서는……. 처음 느낌에는 말이야. 티베트 소수 민족 집단이라는 것 정도만 알겠는데."

솔렌느는 고개를 들어 밝은 눈빛으로 꾸뻬를 보았다.

그녀는 건강해 보이는 큰 키에 머리는 금발이었는데, 플랑드르 원시 회화 속 성모처럼 길쭉한 얼굴을 하고 있었다. 항상 상냥하고 교양 있는 솔렌느는, 자주 만나지는 못하지만 꾸뻬의 가장 친한 여자 친구였다. 꾸뻬가 의대에 다니는 동안 그녀는 중국어부터 시작해 많은 동양어들을 공부했고 졸업 후에는 곧바로 아시아로 건너와 대사관 문화과에서 일하기 시작했다.

  그러나 행정 기관에서의 나날은 결국 솔렌느를 지치게 만들었다. 그녀는 조직 생활과 잘 맞지 않는 사람이었다. 솔렌느는 굉장히 예의가 바르고 지시에 잘 따르는 부하 직원이었지만, 상사들이 그렇게나 좋아하는 존경과 감탄의 표현을 슬그머니 해가며 모른 척 아부해줄 줄을 몰랐다.

  솔렌느는 마음으로 느끼지 않고는 억지로 지어내 말할 수 없는 사람이었다. 그리고 이런 사람들은 진정으로 존경할 수 있는 상사를 만나게 되지 않는 한 위계적인 조직에서는 오랫동안 일하지 않는 편이 낫다. 그녀도 딱 한 번 그런 상사를 만난 적이 있었지만, 웬일인지 그 상사도 얼마 못 가 조직을 떠나버렸다. 그 상사도 솔렌느처럼 아부할 줄 모르는 사람이었기 때문이다.

  지금 솔렌느는 프리랜서로 아시아에서 가장 낙후된 지역을 돌아다니며 소수 민족들의 미술품을 구입하고 그걸 수집가들이나 미술관에 파는 일을 한다. 꾸뻬는 그녀가 부자가 되지는 못하리라는 걸 알고 있었다. 왜냐하면 그녀는 가난한 사람들에게서는 지나치게 싼값에 물건을 사려고 하지 않았고 협상의 기술을 갖춘 부자들에게 물건을 비싸게 팔 수 있을 정도로 능글맞지도 못하기 때문이었다. 그러나 솔렌느는 미술품을 파는 사람과 사는 사람들 모두에게 존중받았고 특히 소수 민족 마을에 도착할 때면 마을 사람들은 열렬히 그녀를 환호했다.

  솔렌느의 작은 아파트는 고층 빌딩의 맨 위층에 자리 잡고 있었다. 작품을 사러 돌아다니며 오두막이나 아예 야외에서 자야 할 때가 많은 솔렌느는 세련되고 편안한 가구들이 있고 엘리베이터 바로 옆에 수영장을 갖춘 이곳이 마음에 들었다.
 계속 사진을 살피던 솔렌느가 말했다.
"어쨌거나 우리 친구가 건강해 보이진 않네."
 그러자 꾸뻬가 깊은 곳에서부터 빛을 뿜는 듯한 에두아르의 맑은 눈빛을 가리키며 말했다.
"아니면 오히려 지나치게 건강할지도 몰라."
 솔렌느는 다시 한 번 사진을 유심히 보았다. 그녀도 에두아르의 눈빛에서 무언가를 느낀 것일까.
 꾸뻬는 솔렌느가 참 매력적인 여자라고 생각했다. 그녀는 잘 웃고 삶에 대한 열정과 근본적인 다정함을 가진 사람이며, 항상 왠지 걸스카우트 소녀 단장 같은 씩씩한 느낌이 있었다. 솔렌느에게 현재 사귀는 사람이 있는지 꾸뻬는 모른다. 연애할 때도 그녀는 존경과 감탄을 표하면서 남자들을 띄워주는 법을 몰랐다. 그러나 남자들은 그걸 정말 좋아한다. 똑똑하고 독립적인 여자들이 결혼하기 힘든 이유도 같은 맥락일 것이다.
 완벽한 여자 앞에서 남자가 어떻게 슈퍼맨이 된 기분을 느낄 수 있겠는가.
 꾸뻬는 슈퍼우먼 타입을 좋아했지만, 솔렌느와 꾸뻬가 연인 관계로 발전된 적은 한 번도 없었다. 시간 차의 문제도 있었다. 두 사람이 알게 된 이후로 둘은 한 번도 동시에 솔로였던 적이 없었던 것이다. 그렇게 되면 이미 오랜 시간 동안 친구가 된 상태에서 우정을 사랑으로 발전시키기란 어렵다. 꾸뻬와 솔렌느는 둘 다 무언가를 두려워하고 있었을지도 모른다. 내일이면 어떻게 될지 모를 러브 스토리, 그 흔해 빠진 상품 때문에 진정한 우정이라는 희귀품을 잃게 되는 결말을.

이런 상황은 어떨까? 당신이 친구의 새로운 연인에게 끌리는, 게다가 황홀하게도 그 끌림이 상호적이라는 신호를 눈치챈 상황. 그런 경우 당신은 우정을 위해 사랑을 포기해야만 한다. 아무것도 느낀 적이 없는 척해야 하며, 가능하면 긴 여행을 떠나버리는 게 낫다.

만일 유혹을 이겨내기가 정 어렵다면, 당신의 친구가 실은 아주 친한 친구도 아닐뿐더러 필요에 의한 혹은 여흥을 위한 친구였을 뿐이라며 정당화해볼 수도 있을 것이다. 누군가의 연인이 되는 즐거움이 다른 누군가의 친구로 남는 즐거움보다 크다고 판단되면, 사랑이 여흥을 위한 우정을 깨뜨리기는 어렵지 않다. 그러나 당신에게 약간의 윤리 의식이 남아 있다면 당신은 죄책감을 느낄 것이다.

인간의 성적 자유를 향한 갈망의 가장 큰 족쇄, 죄책감.

꾸뻬가 수첩을 열며 생각에 잠겨 있는 동안 솔렌느는 어느새 돋보기로 더욱 자세히 사진을 살펴보고 있었다. 그녀는 사진 속 여자들이 하고 있는 은목걸이를 주의 깊게 살피는 모양이었다.

꾸뻬는 솔렌느가 집중할 수 있도록 조용히 발코니로 나갔다.

동남아시아의 열기가 꾸뻬를 압도했다. 안개 낀 태양 아래 이른바 '천사의 도시'가 정돈되지 않은 정원처럼 펼쳐져 있었다. 나무로 만든 옛날 집들, 야외 시장, 종려나무로 가득 찬 정원…….

그 화단 한가운데 마치 번쩍이는 고층 건물들의 작은 숲이 자라나 있는 것 같았다. 아직은 도로로 막지 않은 강줄기들 위로는 고가 도로와 현대식 지상 전철이 불쑥 솟아 있었다. 지난 한 세기 동안 거쳐온 아시아의 발전상이 집약된 듯한 풍경이다. 나무로 만든 수상 가옥부터 편광 유리로 지은 고층 빌딩까지. 저 멀리 강물이 은빛으로 빛나며 구불대는 것이 보였다. 꾸뻬는 솔렌느와 그랜드 만다리닐 호텔에서 한잔해야겠다는 생각을 했다. 지난 세기의 유명인이란 유명인들은 모두 이곳에 들러 꽃으로 장식된 배들이 석양 아래로 유유히 지나가는 모습을 바라보았다. 그만큼 역사적인 호텔이다.

클라라가 함께 왔다면 좋았을 것을.

솔렌느와 클라라는 서로 죽이 잘 맞았다. 처음 그 두 사람을 서로에게 소개시켜줄 때는 약간 걱정했었지만 둘은 만나자마자 몇 년은 알고 지낸 사이처럼 친해졌다.

그때 마침내 솔렌느가 외쳤다.

"아, 알아냈다!"

그러자 꾸뻬는 속으로 외쳤다.

슈퍼우먼 만세!

그리고 꾸뻬는 호텔로 이동하기 전에 잠시 시간을 내어 수첩을 펼쳤다.

관찰 10 진정한 우정이란 사랑 때문에 저버릴 수 없는 것이다.

예상과 다른 상황들

상황이 예상과 다르게 흘러가기 시작했다.

호텔로 돌아오자 호텔 룸 전화에 메시지 세 개가 남겨져 있었다.

"꾸뻬! 솔렌느가 네가 여기 와 있다고 하더군. 얼굴 좀 보자고."

몇 년 전이었던가. 이곳으로 이민을 간다며 떠난 예전 동료이자 친구인 브라이스였다. 둘은 그 이후로 전혀 만나지 못했다. 예전에 브라이스는 에두아르와 장 미셸과 함께 꾸뻬의 가장 친한 친구 중 하나였다.

"선생님, 만나 뵙고 싶습니다만 이 번호로 연락 주실 수 있으세요?"

바라문디 경위였다. 그녀는 휴대 전화 번호를 하나 알려주었다.

"선생님, 메시지 듣는 대로 이쪽으로 전화 주시겠어요?"
스타의 매니저인 마리아 안젤리나였다.
꾸뻬가 스타의 주변인들 중에서 유일한 정상인이라고 생각하는 사람이었다.
먼저 바라문디 경위에게 전화를 걸자 그녀가 따뜻한 말투로 반겼다.
"선생님이 이쪽에 와 계시다니 반갑네요."
꾸뻬의 귀에 마치 그녀가 미소를 짓는 소리가 들리는 듯했다. 먹잇감의 목에 송곳니를 찔러 넣기 직전에 짓는 표범의 미소일 것이다. 꾸뻬는 솔렌느와 만나기로 한 호텔 테라스에서 그녀와 만나기로 약속을 정했다.
이번엔 브라이스에게 전화를 걸었다.
"이봐, 꾸뻬! 얼마 만에 듣는 목소린가그래."
마치 꾸뻬가 여기 온 것이 모든 이들을 기쁘게 하는 것 같았다. 옛 동료 브라이스는 '푸시캣'인가 '돌리돌리'인가 하는 우스운 이름의 바에서 만나자며 늦은 저녁 시간으로 약속을 잡았다.
마지막으로 꾸뻬는 스타의 매니저에게 전화를 걸었다.
"스타의 상태가 좋지 않아요. 이쪽으로 와주셔야 할 것 같습니다."
스타는 북쪽 지역의 산골 소수 민족 마을에서 영화 촬영을 시작한 참이었다. 그녀는 이번 기회에 근처의 피난민 캠프를 방문하고 싶어 했다고 한다. 북쪽 국경 너머에는 중앙 권력과 지역 반란 세력 간의 영원한 전쟁이 계속되고 있었다. 몇 년 전부터 수천 명의 주민들이 끝나지 않을 것만 같은 기나긴 전쟁을 피해 산과 숲을 넘어 국경을 건너고 있었다. 그런데 피난민 캠프를 보고 온 이후로, 스타는 수면제를 다시 과용하기 시작했고 캠핑카에 틀어박혀 나오지 않으려 했다. 영화 제작사는 절망하기 시작했고 투자사에서는 촬영이 없는 날에 대해선 제작비를 댈 수 없다고 선언했다. 녹색 지옥 속의 진짜 지옥이었다.

매니저의 이야기를 듣던 꾸뻬는 강이 바라다보이는 발코니에 앉아 싱하 맥주를 하나 따고 매니저에게 스타를 바꿔달라고 요청했다. 꾸뻬는 마음의 평화를 유지하는 데 도움이 되리라 생각하며 장검 모양의 긴 배들이 저마다 꽃 장식을 달고 강물을 누비고 다니는 것을 눈으로 따랐다.

꽤 오래 기다려야 했다.

해가 떨어지는 걸 보고, 패랭이꽃과 재스민으로 장식된 뱃머리들이 물살을 가르는 걸 구경하고, 맥주를 반쯤 마셨을 때야 목소리가 들렸다. 숨 가쁜 목소리였다.

"너무나 처참해요."

"네?"

"너무나 처참하다고요. 그 사람들이 제게 해준 이야기 말예요."

꾸뻬가 물었다.

"그 사람들이요?"

그러자 스타는 마치 꾸뻬가 아무것도 이해하지 못하는 멍청이라도 된다는 듯 화난 목소리로 말했다.

"난민들 말이에요!"

"예, 압니다. 상황이 가혹하겠죠."

"아뇨, 전혀요. 캠프 사람들은 아주 양호한 환경에서 지내고 있었어요."

"그럼 뭐가 처참하다는 말이죠?"

"그 사람들이 제게 한 이야기들이요. 국경 저쪽에서 무슨 일이 벌어지고 있는지 말예요."

그리고 스타는 숨 가쁜 목소리로 공격당하고 불 질러지는 마을들, 가족들 앞에서 군인들에게 성폭행당하는 여자아이들, 대낮에 강제로 군대로 끌려가고 한밤에 몰래 반란군에 끌려가는 어린 남자아이들, 아이들 앞에서 죽음을 당하는 부모들, 그리고 또 수많은 참화들에 대해 이야기했다. 그녀는 울고 있었다. 주변에 있는 사람들에게는 좀체 움직이지 않았던 스타의 가슴이, 모르는 이들의 비참한 현실에 감응했던 것이다. 꾸뻬는 스타가 대화를 다시 시작할 수 있을 만큼 진정할 때까지 울게 내버려두었다.

문득 스타가 울음을 멈추더니 말했다.

"이제 알았어요."

"어떤 걸 알았나요?"

그리고 그녀가 대답한 문장은 그 뒤로 꾸뻬의 머릿속에 죽을 때까지 새겨졌다.

"행복해진다는 것은, 세상의 비참에 참여하는 거예요."

이게 다 진화와 자연 선택 때문이야!

향 연기가 피어오르고 하얀 재스민과 노란 금잔화 화환들로 가득한 길거리의 사원을 지나자 택시 기사는 잠시 운전대를 놓아두고 손을 모아 신을 향해 고개를 숙였다. 이곳에선 불상이 있는 곳이라면 어디서나 이렇게 기도하는 모습을 볼 수 있었다. 노점 상인들과 사업가들, 정장 차림의 젊은 여성들과 대학생들, 그리고 교복 차림의 고등학생들……. 모두가 존경심과 신앙심을 표현하기 위한 이 소박한 제스처를 잊지 않았다.

꾸뻬는 그들의 믿음과 기도 풍습이 그들을 좀 더 행복하게 하는 걸까 자문해보았다. 아마도 그렇지 않을까? 이제 꾸뻬의 나라에서는 자기 자신 이외의 다른 세계를 믿는다는 것이 마치 시대에 뒤떨어진 것처럼 여겨지고 있었다. 더 깊은 토론이 필요한 문제겠지만, 행복에 관한 연구들에 의하면 신앙을 가진 신자들이 그렇지 않은 사람들보다 더 많이 행복감을 느끼고 정신과 상담이나 약물 치료에 기대는 경우도 훨씬 적었다. 국민들의 정신 건강만을 생각한다면 국민들에게 종교를 장려하는 것도 괜찮을 것 같았다. 지나치게 헌신적인 신자들이 교조주의적인 정책을 내세워 국민들을 재단하려 하지만 않는다면 말이다.

잠시 후 꾸뻬는 화려한 샹들리에가 장식된 그랜드 만다리날 호텔 로비에 들어섰다. 호텔 직원들은 마치 신의 재림이나 오랜 친구의 귀환이라도 맞이하는 것처럼 일제히 꾸뻬를 향해 미소 지으며 두 손 모아 고개를 숙였다.

강변 테라스에는 아직 사람이 많지 않았지만 나이가 지긋한 백인 남성 몇몇이 앉아 있어서 꾸뻬의 나라에 온 것 같은 느낌이 들었다. 꾸뻬는 난간 바로 옆의 테이블에 자리를 잡았다. 꽃 장식을 단 배들이 강물을 가로지르는 모습이 가장 잘 보이는 자리였다. 방금 전 스타와 통화를 하는 동안 꾸뻬를 진정시키는 데 도움을 주었던 풍경이다.

"강 풍경이 마음에 드시나 봐요."

바라문디 경위였다.

혹은 본인이 바라문디 경위라고 주장하는 누군가였다. 언제나처럼 미소 띤 얼굴의 그녀는 치맛단이 나팔꽃 모양으로 벌어진 옅은 파란색 드레스를 입고 있었다. 그러니 경찰 같은 느낌은 사라지고 샤넬 핸드백을 맨 민소매 아래로 예쁜 팔을 드러내며 자기의 매력을 뽐내는 아름다운 젊은 여성으로만 보였다.

꾸뻬는 자리에서 일어나 그녀가 앉도록 의자를 빼주었다. 그녀는 마치 이런 남자를 처음 겪는다는 듯 꾸뻬의 신사적 행동에 즐거워했다.

그녀의 적갈색빛을 띠는 머리카락은 여전히 단정히 뒤로 묶여 있었지만 오늘은 부드러운 벨벳 리본으로 장식했고 진주 귀고리도 하고 있었다. 진주 귀고리는 그녀의 까만 피부에 아주 잘 어울렸다. 꾸뻬는 그녀의 입술이 살짝 반짝거리는 것도 놓치지 않았다. 여자들이 립글로스라고 부르는 화장품 같았다.

처음엔 꾸뻬를 겁나게 만들더니, 그다음은 유혹의 단계인가? 꾸뻬는 유독 슈퍼우먼들에게 약한 자기의 취향을 생각하면 그녀가 꾸뻬를 유혹하는 건 쉬운 일일 것 같다는 생각을 했다.

그들은 칵테일을 주문했다. 종업원은 마치 꾸뻬가 호텔의 지배인이라도 되는 양 아주 공손하게 대해주었다. 메콩 위스키 베이스의 타지토를 마시며 한없이 아름다운 강 풍경에 대해 시로의 감상을 나누고 나자, 꾸뻬는 먼저 이야기를 꺼내야 할 것 같았다.

"그나저나, 제 친구의 발자취는 좀 찾으셨나요?"

그녀가 미소를 지었다. 마치 재미있는 농담을 칭찬해주기라도 하는 듯한 미소였다.

"그랬다면 제가 지금 여기 있을까요?"

"글쎄요. 그저 저를 다시 만나고 싶었을 수도 있겠죠."

그녀가 꾸뻬를 바라보았다. 석양이 내려 그녀의 눈동자를 커피색으로 물들이고 있었다. 꾸뻬는 그녀가 정말 예쁘다고 생각했다. 그리고 꾸뻬가 결혼과 동시에 스스로 정한 규칙을 애써 떠올

렸다. '일 때문일 때를 제외하고는 젊은 여성과 단둘이 있지 말 것.'

그래. 오늘은 일 때문이니까 괜찮겠지.

바라문디 경위가 대답했다.

"저는 일과 개인감정은 확실히 구분하려고 노력해요."

그러자 꾸뻬가 농담을 했다.

"노력이 필요할 정도라면……. 개인감정이 있긴 있으시군요?"

그녀는 또 웃었다. 그녀가 웃는 모습을 계속해서 보고 싶어졌다. 남자의 기지 넘치는 언행에 웃음으로 응해주는 것은 먼 옛날 원시 정글에서부터 유래된 유혹의 기술이다. 그리고 바라문디 경위의 육식동물처럼 날카롭고 매혹적인 미소는 그 무엇보다도 정글과 잘 어울렸다.

바라문디 경위는 이내 다시 진지한 표정을 되찾았다.

"실은 많이 헤매고 있어요. 선생님 친구 분, 아주 철저하시더군요. 인터넷도 안 쓰고 전화 사용 기록도 전혀 없습니다. 알 카에다 테러리스트 급이에요!"

그러자 꾸뻬가 단호히 말했다.

"어쨌거나 저는 이곳에 단지 일 때문에 왔을 뿐입니다."

"그래요……. 아주 유명한 환자를 돌보고 계시더군요."

"제 생활을 감시라도 하는 겁니까?"

꾸뻬가 불쾌감을 표현하자 바라문디 경위는 놀란 듯 보였다.

"선생님 생활을 감시하는 건 아니에요. 단지 선생님의 이동 경로 정도는 파악하고 있습니다. 저희 시스템을 이용하면 호텔이나 항공권 예약 상황을 알아내는 건 어렵지 않다는 것 정도는 알고 계시겠죠."

결국 꾸뻬는 바라문디 경위에게 장 미셸과 꾸뻬를 염탐하던 콧수염 사내 이야기를 털어놓고 말았다. 바라문디 경위는 전혀 몰랐다는 듯 놀라움을 표했고, 어쨌든 꾸뻬가 보기에는 진짜로 놀라는 것 같았다. 바라문디 경위의 연기력을 과소평가하고 있는 것일지도 모르지만…….

꾸뻬가 휴대 전화를 꺼내며 말했다.

"이걸 보시죠. 그때 찍은 사진이 있습니다."

장 미셸과 함께 있던 바에서 꾸뻬는 휴대 전화로 전화를 거는 척하면서 소음을 피해 잘 들리는 곳으로 가는 양 콧수염 사내 쪽으로 다가갔다. 그러나 사내는 즉시 눈치를 챘는지 화장실에 가는 것처럼 급히 몸을 일으켰다. 꾸뻬는 프로 스파이가 아니었다. 그래도 휴대 전화로 사진을 한 장 찍는 데는 성공했다. 오, 마치 제임스 본드라도 된 듯한 느낌이었다!

꾸뻬가 바라문디 경위의 칵테일 잔 옆에 휴대 전화를 놓으며 말했다.

"그 남자 사진입니다."

그녀는 어여쁜 머리를 꾸뻬 쪽으로 기울여 사진을 주의 깊게 살펴보았다.

"전장에서는 신원 미상이네요."

호오, 바라문디 경위는 장 마르셀과 똑같은 말투를 쓰고 있었다. 분명 그녀도 군 경력이 있는 것이리라.

그녀는 정말로 사진 속의 남자를 모르는 것 같았다. 그렇다면…….

"그럼 제 친구 에두아르를 쫓고 있는 사람이 바라문디 경위님 말고도 또 있는 모양이군요."

바라문디 경위는 꾸뻬의 휴대 전화에 저장된 사진을 그녀의 기기에 전송했다. 바라문디 경위의 작고 귀여운 분홍빛 휴대 전화는 박정인의 것과 똑같은 모델이었다.

한편 꾸뻬는 어딘가 가까운 곳에서 장 마르셀의 연락책이 사진을 찍고 있으리라는 걸 알고 있었지만 그들 주변에는 아무도 보이지 않았다. 프로답게 멀리서 망원 렌즈를 이용하고 있을지도 모른다.

바라문디 경위가 말했다.

"조심하셔야 할 거예요."

모든 사람들이 꾸뻬에게 '조심하라'고 말하고 있었다. 에두아르가 처한 상황이 얼마나 심각한지 말해주는 듯했다. 한편으로는 그 말을 들으면 꾸뻬 자신이 혼자서는 아무것도 못하는 어린애처럼 여겨지는 것 같아 조금 화가 나기도 했다.

"왜죠?"

"저는 인터폴에서 나온 사람입니다. 불법 행위는 절대 하지 않고 선생님의 권리도 언제나 존중할 겁니다."

꾸뻬는 바라문디 경위가 사실은 경위가 아니라는 것을 알고 있다는 걸 내심 즐기면서도 티를 내지 않으려고 노력했다.

바라문디 경위가 말을 이었다.

"하지만 선생님의 친구 분한테 돈을 도둑맞아서 화가 잔뜩 난 사람들도 있으니까요. 그들은 에두아르가 어디 있는지 선생님은 알 거라고 생각할 테고, 그럼 선생님께 위협을 가할 수도 있겠죠."

꾸뻬가 물었다.

"인터폴에서 저를 보호해줄 수는 없나요?"

"그것도 고려해볼 수 있겠죠."

"그런데 에두아르는 대체 누구의 돈을 훔친 겁니까? 그 은행 계좌의 주인이 누구냐는 거죠."

"그건 말할 수 없습니다. 수사 기밀 사항이에요."

"경위님이 털어놓으면 저도 에두아르에 대해서 좀 털어놓을 수 있을 텐데요."

그러자 바라문디 경위가 웃으며 말했다.

"선생님은 재미있는 분이시군요. 흐름을 완전히 뒤엎는 걸 좋아하시죠. 아닌가요?"

"그런 생각은 못해봤습니다."

그때 갑자기 솔렌느가 야외 테라스에 들어서며 눈으로 꾸뻬를 찾기 시작했다.

이런!

꾸뻬는 바라문디 경위와 솔렌느와 만나게 되는 상황을 원치 않았다. 솔렌느가 소수 민족 전문가라는 사실을 알게 되면 자연스레 에두아르의 칩거 장소에 대한 힌트가 될 수도 있었다. 그래서 약속 시간을 한참 뒤로 정했는데 솔렌느가 너무 일찍 도착하고 말았다.

결국 솔렌느가 꾸뻬를 발견하고는 걸음을 재촉해 다가왔다. 꾸뻬는 바라문디 경위에게 들키지 않으면서 솔렌느가 오지 못하게 하는 방법을 급히 떠올려야 했다.

꾸뻬는 아름다운 표범 같은 바라문디 경위 쪽으로 가까이 다가가서 그녀의 빛나는 눈동자에 은근한 시선을 던지기 시작했다.

"당신 말이 맞습니다. 우리가 다른 상황에서 만났으면 좋았겠다는 생각이 들어요."

무슨 말이냐며 화를 낼지도 모른다고 생각했는데 예상 외로 바라문디 경위의 얼굴에 약간의 즐거움이 묻어났다. 그리고 그건 꾸뻬를 매우 당황스럽게 했다. 어쨌거나 솔렌느가 다가오지 못하게 만드는 데는 성공한 것 같았다. 솔렌느가 자리에 멈춰 섰다.

바라문디 경위가 꾸뻬에게 물었다.

"다른 상황이라면 어떤 거죠?"

꾸뻬가 짐짓 능글맞게 답했다.

"제 눈빛만 봐도 이미 다 눈치채신 것 같은데요?"

그러자 그녀는 작게 웃었다. 이내 꾸뻬는 바라문디 경위의 손 위에 자기 손을 얹었고, 바라문디 경위는 조금 망설이다 손을 휙 뿌리쳤다. 꾸뻬는 멀리서 그 장면을 본 솔렌느가 당황하며 호텔 로비로 다시 들어가는 것을 힐끗 보았다.

하지만 엄청난 충격을 받은 듯한 솔렌느의 얼굴을 보자 또 다른 걱정이 밀려왔다.

'일이니까 어쩔 수 없죠.'

꾸뻬는 언젠가 장 마르셀이 했던 말을 떠올리며, 나중에 솔렌느에게 어떻게 설명해야 할지 미리 생각해보았다.

잠시 후 꾸뻬는 휴대 전화에서 칩을 빼서 봉투에 넣어 호텔의 리셉션에 맡겼다. 장 마르셀의 정보원이 그걸 가져가서 지문을 떠 검색 시스템에 넣어볼 것이다.

그리고 솔렌느는 좀 전 상황에 대해 꾸뻬가 설명하자 쉽게 믿어주었다.

꾸뻬는 점점 더 제임스 본드가 된 기분을 즐기고 있었다.

솔렌느가 말했다.

"정말 놀랐잖아. 너만은 절대 그런 사람이 아닐 거라고 생각했거든."

이 말을 듣자 꾸뻬는 슬프기도 하고 동시에 행복하기도 했다. 친구 솔렌느가 자기를 어떻게 생각하는지가 꾸뻬에게는 중요하기 때문에(**관찰 4** 우리는 친구가 우리를 어떻게 생각하는지 그들의 의견을 중요하게 여긴다.) 그녀가 꾸뻬에게 좋은 이미지를 가지고 있다는 걸 알아서 행복했다. 하지만 솔렌느는 알지 못하는 모습, 클라라를 아주 사랑함에도 불구하고 여전히 마음속은 유혹에 흔들리는 꾸뻬 자신의 본모습 때문에 슬펐다.

이게 다 진화와 자연 선택 때문이야!

꾸뻬는 생각했다.

그 남자의 미행

 차 안에 한 남자가 앉아 기다리고 있었다. 아주 추운 날씨여서 남자는 엔진을 가동시키고 히터를 켜두고 싶었지만 자제했다. 엔진 소리는 괜히 사람들의 주의를 끌 수도 있다.
 다행히도 차창 밖으로 비가 내리고 있었다. 비가 올 때 사람들은 주변에 신경을 덜 쓰게 된다. 아마도 평화로운 주택가에 주차된 평범한 렌터카에 관심을 가지는 사람은 아무도 없을 것이다. 빗물로 흐려진 차창 너머로는 남자의 큰 키나 무성한 콧수염도 눈에 띌 리 없었다.
 남자는 룸미러로 자기 얼굴을 힐끗 보았다.
 미행을 당한다거나 국경을 넘어야만 하는 긴급한 상황에서 밀어버리기 위한 용도로 콧수염을 길러왔다. 콧수염에 대한 개인적인 애착도 생겼는데, 군대를 떠나면서 기르기 시작한 수염은 남자에게 자유의 상징이나 마찬가지였다.

룸미러에 회색 메르세데스 세단이 나타났다. 이 차는 아니다. 정신과는 소아과와 더불어 제일 벌이가 안 되는 전공이라는 걸 알고 있었다. 다른 전문의들에 비해 진료 시간이 너무 길어서 하루에 많은 환자를 볼 수 없기 때문이다. 이런 좋은 차를 타고 다니지는 않을 것이다.

유럽으로 돌아오라는 명령을 받았을 때는 안심했었다. 남자는 이미 미행 표적에게 자기 존재를 들켜버렸다고 확신하고 있었다. 그럼에도 불구하고 미행을 계속한다는 건 비틀린 마조히즘 외엔 아무것도 아닐 것이다. 표적인 정신과 의사 양반을 너무 과소평가한 것이 문제였다. 게다가 친구 의사는 그 지방을 훤히 꿰고 있었다.

사실 더 결정적인 이유도 있었다.

남자는 미행을 하기에 적합한 인물이 아니었다. 인내심도 부족하고 외모 역시 너무 눈에 띈다. 오히려 실전 격투는 어디서도 빠지지 않을 만큼 그의 주특기였다. 하지만 오늘도 또 그에게 내려진 임무는 행동 대장이 아니라 관찰자였다.

그때 작은 자동차가 남자의 차를 지나쳐 집 앞에 멈춰 섰다.

이 차다!

어깨에 비옷을 걸친 젊은 여자가 파일로 머리를 가려 비를 피하며 차에서 내렸고 재빨리 뒷좌석 문을 열었다. 어린 남자아이가 내리는 비에는 아랑곳하지 않고 품에 안은 강아지에만 신경 쓰며 내렸다. 엄마는 아이의 어깨를 두드리며 얼른 들어가라고 부추기는 동시에 정원의 울타리 문을 열려 했다.

남자가 이미 약품을 부어 녹여 놓아 잘 열리지 않는 자물쇠를 열기 위해 여자가 애쓰는 동안, 그는 천천히 그녀를 관찰했다.

그녀는 예쁘면서도 착실한 느낌을 풍겼는데, 여자와 어머니의 모습이 동시에 있는 것 같았다. 남자는 그녀의 얼굴과 남자아이의 얼굴, 그리고 묘하게 이쪽을 바라보는 것 같은 강아지의 모습까지 정확히 머릿속에 이미지로 저장했다.

겨우 자물쇠가 열리고 그들은 정원을 가로질러 집으로 뛰어 들어갔다.

손에 열쇠를 쥔 채 앞서가는 엄마와 강아지가 땅으로 뛰어내리지 않도록 단단히 품에 안은 아이. 얼마나 감동적인 장면인가!

'가까운 사람으로 협박하면 아무도 못 버텨, 아무도.'

그의 고용주가 이렇게 말했었다. 맞는 말이라고 생각한다. 그래도 한 가족 전체를 괴롭히는 건 왠지 좋지 않은 추억이 될 것 같았다……. 흐흐, 그럼 강아지부터 괴롭혀봐?

남자는 같이 웃어줄 사람이 옆에 아무도 없다는 것이 못내 아쉬웠다.

돌리돌리

 마치 다른 종류의 가게는 절대 할 수 없다는 듯 길 양쪽이 모두 술집으로만 가득한 이상한 거리였다.
 간판 위에 반짝이는 네온사인이 불꽃놀이처럼 밤하늘을 색칠하고 술집에서 흘러나오는 음악이 귀를 멍하게 했다. 젊은 아시아 여자들이 의자에 올라앉은 채로 커튼으로 가려진 술집 안으로 들어오라며 손짓하고 있었다. 꾸뻬는 그들에게 어색한 미소로 양해를 구하며 거리를 헤쳐갔다.
 거리는 온갖 인종과 다양한 나이대의 남자들로 홍수를 이뤘다. 일본인, 서양인들……. 모두들 신나 보였고 어떤 남자들은 무리 지어 술집 앞 야외 테이블에 자리를 잡고 젊은 여자들과 함께 맥주를 마시고 있었다. 여자들은 산타클로스 모자를 쓰고 빨간 반바지에 망사 스타킹을 신고 있어서 마치 축제 분위기였다.

꾸뻬는 거리 위의 남자들의 홍수에 놀라며 생각했다. 이곳은 산타클로스의 동굴 같은 곳이다. 소년들이 자라서 성인이 되어서도 여전히 소년인 채로 있는 그런 장소. 집집마다 크리스마스 장식이 반짝반짝 빛나는 거리처럼, 이 거리는 순수한 즐거움을 뿜어내고 있었다. 그 흥겨움이 인공적이라는 걸 알지만 그럼에도 불구하고 어린아이도 어른들도 모두를 신나게 하는 크리스마스처럼, 이 거리의 행복한 술꾼들과 그들의 웃음, 잔에 맥주를 따르는 여자들도 마냥 즐거워 보였다.

술집에서 흘러나오는 댄스 음악의 규칙적인 박자 사이로 걸으며 꾸뻬는 색색의 간판들을 살폈다.

롱건, 선인장, 샤크, 틸락, 바카라, 수지웡, 카우보이……

그리고 마침내 꾸뻬는 1960년대 스타일로 푸른색과 빨간색의 두 마리 고양이가 늘어지고 얽히면서 '돌리돌리'라는 글씨가 되는 화려한 간판 앞에 도착했다.

그다지 매력적이지는 않지만 얼굴에 미소를 띠고 가슴이 파인 옷을 입은 두 젊은 여자가 친절하게 출입구의 커튼을 열어주었다.

들어서자마자 음악 소리에 귀가 멍해졌다. 눈앞에는 여자들의 아름다운 맨다리들이 숲처럼 펼쳐졌다. 스무 명 남짓의 젊은 여자들이 비키니 차림으로 춤을 추며 무대 아래쪽에 나타난 꾸뻬에게 미소를 던졌다.

어슴푸레한 조명에 눈이 익숙해지자 두 줄짜리 계단식 벤치가 무대를 둘러싸고 있는 것이 보였다. 벤치 위에는 다양한 인종으로 보이는 몇몇 남자들이 앉아서 놀라운 집중력으로 댄서들을 바라보고 있었다.

꾸뻬는 다시 한 번 무대 위의 여자들을 쳐다보았다.

이럴 수가, 그녀들은 정말이지 어린애들 같기만 한데.

그때 누군가가 친근하게 꾸뻬의 팔을 건드렸다. 돌아보니 한 종업원이 교정기를 낀 채로 미소를 지으며 꾸뻬에게 이 신흥 종교의 다른 독실한 신도들 사이에 앉으라고 권하고 있었다. 어쩌면 굉장히 오래된 종교일지도 모르지만.

한 번 더 계단식 벤치 쪽을 살피면서 무대 주변을 한 바퀴 돈 끝에야 꾸뻬는 그의 존경스러운 동료이자 친애하는 친구가 벤치의 둘째 줄에 앉아 있는 걸 발견했다.

브라이스.

그는 아직 꾸뻬가 도착한 줄도 모르는 것 같았다.

번호표를 단 여자들

서로 나란히 앉게 된 꾸뻬에게 브라이스가 물었다.

"14번 봤어?"

사실 꾸뻬는 이렇게 어린 여자들이 춤추는 것을 똑바로 쳐다본다는 게 조금 불편했다. 젊음과 아름다움이 내뿜는 강한 빛에 눈이 멀기라도 할 것처럼 꾸뻬에게는 편하지가 않았다.

반면에 춤을 추는 그녀들은 아주 편안해 보였다. 음악의 리듬에 맞춰 몸을 흔들고, 만들다 만 새장의 철창같이 무대 위에 고정된 금속 봉을 날씬한 두 팔을 들어 단단히 잡은 채로 꾸뻬 쪽으로 미소를 날리고 있었다. 몇몇은 벽을 가득 채운 거울에 비치는 자신들의 모습에 취한 듯도 보였고, 동그란 엉덩이와 가녀린 어깨를 더욱 격렬히 움직이는 새로운 동작을 시도해보는 것 같기도 했다.

다른 여자들은 춤을 추면서 자기들끼리 서로 웃으며 이야기를 하기도 했다. 마치 비키니를 입고 지하철에서 마주친 여자 친구들 같았다.

몇몇은 상의까지 벗은 채여서 회전목마의 리듬처럼 나타났다 사라지는 귀여운 가슴들이 수놓은 아름다운 별자리 같았다.

그런데 자세히 보니 그녀들은 모두 팬티 끈에 숫자가 쓰인 배지를 하나씩 달고 있었다. 번호는 아주 큰 글씨로 쓰여 있어서, 시력이 아주 나쁜 남자라도 마음이 끌리는 여자를 자리로 불러 술을 같이 마시고 싶다고 종업원에게 번호를 지정할 수 있을 것 같았다.

브라이스가 가리킨 14번은 그중 가장 키가 컸고 다른 여자들보다는 나이도 조금 많을 것 같았는데, 적어도 스물다섯은 되어 보였다. 타고난 재능인지 부단한 연습의 결과물인지 몰라도 그녀는 가장 유연하고 능숙하게 춤을 추었는데 본인도 그걸 자랑스러워하는 것 같았다. 브라이스와 눈빛을 주고받으며 살짝 미소를 띠자 그녀의 얼굴이 생기 있게 빛났다. 봉을 잡고 빙글빙글 돌아설 때 훤히 드러난 등 위로 윤기 나는 검은 머리채가 흩날렸다.

브라이스가 말했다.

"문제는, 벌써 한두 명의 일본인 후견인이 그녀를 잡아두고 있다는 거야. 계속 저렇게 춤을 추러 나오고 자리로 부르면 같이 술을 마실 수는 있지만 2차까지 나갈 수는 없거든."

꾸뻬는 브라이스가 왜 그렇게 14번에 집착할까 궁금했다. 다른 여성들도 14번만큼이나 예뻤다. 꾸뻬가 보기엔 14번보다 더 매력적인 여자들도 있었다. 모두들 14번보다는 대담함이 조금 부족해 보였지만, 어쩌면 그녀들이 이 직업에 뛰어든 지 얼마 되지 않아 아직 수줍음이 다 벗겨지지 않아서 그런 것 같기도 했다. 하이힐에도 아직은 익숙하지 않아 보였다.

꾸뻬는 출입구의 문간에 놓인 조그만 불상을 발견했다.

부처가 이 어둑어둑한 공간에 박애심의 빛을 비추고 있는 것 같아 보였다. 아마도 그 옛날 나폴리의 매음굴에도 저렇게 십자가나 성모상이 놓여 있지 않았을까? 거기 있던 누구도 그걸 알아채지는 못했을지라도…….

브라이스가 말했다.

"14번만 빼고 다른 여자들하고는 거의 다 2차까지 가봤지. 특히 8번하고 17번은 아주 훌륭해."

꾸뻬는 애써 8번과 17번을 쳐다보지 않으려 했다. 갑자기 저렇게 어린 여자아이들의 사생활에 대해 알게 되는 것이 불편했다. 하지만 듬성듬성 비어 있는 벤치 한가운데 자리에서는 너무나 쉽게 그녀들이 눈에 들어왔다. 그들은 브라이스를 향해 친근하고 장난스러운 표정을 지으며 술자리에 그들을 불러달라고 사인을 보내고 있었다.

참다못한 꾸뻬가 물었다.

"우리 다른 데 가는 게 어때?"

그러자 브라이스가 동의하지 않는다는 눈빛으로 쳐다보았다.

"잠깐, 체면이 있지! 예의는 지켜야지. 저 애들을 불러 술 한잔씩 사주자고."

　브라이스가 살짝 사인을 보내자 두 명의 젊은 댄서들은 즉각 기쁜 표정으로 무대를 내려왔다. 둘은 높은 하이힐을 신은 채로 겨우 균형을 잡으며 바 옆에 놓인 가벼운 블라우스를 걸치더니 이쪽으로 왔다. 정숙함을 잊고자 마련된 이 장소에서도 아주 약간의 단정함은 필요한 것 같았다.

　곧 꾸뻬는 스무 살짜리 젊은 여성의 몸이 뿜어내는 열기와 그녀가 사랑스럽게 쏟아내는 질문의 폭풍을 맞고 있었다. 왓 이즈 유어 네임What is your name? 웨어 두 유 컴 프롬Where do you come from? 꾸뻬가 대답을 하려 몸을 돌리자 그녀가 얼굴 가까이 다가와 미소를 지었다.

　다행히도 꾸뻬는 정신과 의사로서의 훈련을 통해 불편한 마음을 숨기는 법을 배웠다. 그래서 자기 목에 부드럽게 팔을 감고 웃고 있는 17번과 마주 보며 헤벌쭉 웃고 있는 브라이스 녀석을 보면서도 괜찮은 척할 수 있는 것이다!

　데킬라 한 잔씩이 서빙되었고, 모두 함께 '사랑과, 영광과, 아름다움을 위하여!' 건배했다. 꾸뻬는 그녀들이 이미 '아름다움'이라는 항목은 지니고 있다고 생각했다. 그런데 사랑과 영광이라니, 과연 그 둘을 이 장소에서 찾을 수 있을까……. 그러거나 말거나, 브라이스는 다가갈 수 없는 공주들의 관심을 얻어낸 남자처럼 자랑스러움과 기쁨에 가득 차 보였다.

　꾸뻬는 우정에 관한 관찰 5번을 떠올렸다.

관찰 5 우리는 친구의 삶의 방식을 인정한다.

이 관찰에 의하면 브라이스와의 이런 재회도 받아들여야 할까?

물론 당황스러운 상황이긴 해도, 꾸뻬가 브라이스와 다시 만나게 돼서 즐거움을 느낀다는 데에는 변함이 없었다. 우정에 관한 관찰 3번이 그대로 적용될 것 같았다.

관찰 3 친구란 만나면 즐거운 사람이다.

그런데 왜 이런 당황스러운 상황에서도 여전히 브라이스를 만나서 즐거움을 느끼지?

그건 관찰 6번과 관계가 있을 것 같았다.

관찰 6 오래된 친구들은 원시림의 나무처럼 귀하게 여겨야 한다.

떠나온 남자

　잠시 후 네 사람은 폭이 길쭉한 이상한 영국식 펍에 자리를 잡았다.
　다른 손님들이라곤 몇십 년 전에 유행하던 스타일의 마른안주와 함께 맥주잔을 앞에 두고 비밀스럽게 대화를 나누고 있는 나이든 서양 남자들뿐이었다. 어떤 이들 곁에는 아시아 여자가 앉아 있기도 했다. 어느 정도 나이가 있는 여성들이었지만 그래도 곁에 앉은 남자보다는 적어도 스무 살 정도는 어려 보였고, 모두 오래된 커플 같았다.
　펍 내부는 정말 영국의 펍처럼 꾸며져 있었다. 벽에는 사냥하는 모습이 조각된 오래된 벽화며 1960년대 투우 포스터 같은 것들이 붙어 있었다. 아마도 펍 주인이 그 옛날 영국인들이 사랑하던 스페인 땅을 떠나 또 다른 천국을 찾아 나서던 그 시절의 것이 겠지.

주인의 모습은 보이지 않았지만 세 명의 젊은 여자 종업원들이 성실하게 손님들을 챙기고 있었다.

레크와 노크라는 이름의 8번과 17번은 펍에 오게 된 걸 재미있어 하는 것 같았다. 곧 그녀들은 스무 살 특유의 식욕을 발산하며 브라이스가 주문해준 키드니 파이를 탐욕스레 먹기 시작했다.

좀 전에 꾸뻬는 브라이스가 그녀들을 데리고 나오기 위해서 '돌리돌리' 주인에게 일종의 합의금을 건네는 것을 보았다.

그러면서 브라이스가 소곤거렸다.

"여자들을 데리고 나오려면 술집에 돈을 내야 해. 그다음 일은 여자하고 고객 사이에서 결정하는 거고."

사실 꾸뻬는 브라이스가 술집에서 나오자마자 이상한 제안을 하지나 않을지 걱정을 하고 있었다.

레크와 노크는 샤넬 핸드백 중에서 제일 예쁘고 단정한 모델의 모조품을 매고 있었다. 샤넬 법률부는 모조품 때문에 속깨나 썩겠지만, 한편으로는 코코 샤넬 여사도 흐뭇해할 만큼 이 생기발랄한 두 아가씨들의 취향은 고급이었다.

꾸뻬를 만나서 행복한 듯 보이는 브라이스가 물었다.

"그나저나, 친구! 이 아름다운 미소의 나라에는 어쩐 일로 온 거야?"

피곤한 눈과 불뚝 나온 배를 하고는 젊어 보이려고 분홍색 폴로셔츠를 입은 그의 모습 위로, 예전에 꾸뻬가 알고 지내던 브라이스의 모습이 겹쳐 보였다.

꾸뻬는 브라이스에게 에두아르의 실종과 바라문디 경위의 방문, 병원에 강림한 대천사 장 미셸 이야기 등을 간단히 요약해 이야기해주었다. 반사적으로 한국에 갔었던 이야기는 뺐는데, 장 마르셀에 관련된 내용은 이야기하지 않는 것이 나을 것 같았다. 그리고 왠지 모르게 솔렌느를 만난 이야기를 하는 것도 꺼려졌다.

브라이스와 솔렌느도 서로 아는 사이이지만, 꾸뻬가 솔렌느에게 브라이스 이야기를 꺼냈을 때 그녀는 눈을 내리깔며 말했기 때문이다.

"너는 이미 그 친구를 잃어버렸어."

꾸뻬는 브라이스가 길을 잃고 헤매는 것 같다고 생각했다.

레크와 노크에게 태국어로 이야기하며 그녀들을 웃기려고 노력하는 브라이스는, 길을 잃어 퇴폐 속으로 빠져버린 듯한 모습이었다. 그나저나, 적어도 꾸뻬보다는 외국어 습득에 뛰어난 친구가 한 명 더 있었다.

문득 브라이스가 말했다.

"노크는 네가 마음에 드나 봐. 레크도 그런 것 같지만……. 내가 보기엔 노크랑 네가 뭔가 통한 것 같은데?"

"둘 다 매력적이지만, 난 이미 결혼했다고 전해줘."

꾸뻬의 대답을 브라이스가 태국어로 통역해주자 레크와 노크는 그들의 예쁜 치아가 드러나도록 크게 웃기 시작했다.

꾸뻬가 물었다.

"뭐가 그리 웃기지?"

"그녀들은 네 대답이 농담이라고 생각하는 거야."

꾸뻬가 왼손의 결혼반지를 보여주며 말했다.

"하지만 난 정말 유부남인걸."

"네가 결혼했다는 걸 못 믿는다는 게 아니야. 단지 저 애들에겐 그게 말도 안 되는 핑계나 농담으로 들릴 뿐이지. 안 그럼 네가 그 술집에 왜 갔겠어?"

"너 만나러 간 거야."

"그래, 그래. 알았다. 내가 잘 설명할게."

브라이스의 설명을 들은 레크와 노크가 이번에는 뭔가 경이로운 표정으로 두 손을 꼭 모아 쥔 채 꾸뻬를 바라보았다.

브라이스가 말했다.

"어이쿠. 이 애들은 이제 점점 더 네가 마음에 드나 봐. 한 여자에게 충실한 남자는 그녀들의 꿈이거든. 나 같은 나비족들 말고."

"나비족?"

"이 꽃에서 저 꽃으로 날아다니는 나비 말이야. 술집 여자들도 고객들이 자기한테만 충실하길 원해. 어쨌거나 그녀들도 여자야. 뭐, 손님이 다른 여자에게 돈을 쓰면 그만큼 나한테 쓰는 돈이 줄어든다는 생각도 있겠지만. 그렇게 단순하게 설명할 수 있는 문제는 아니지."

레크와 노크가 외출해서 얼마나 즐거워하고 있는지를 보면서, 브라이스가 끊임없이 그녀들을 웃겨주려고 노력하는 모습을 보면서, 꾸뻬 역시 그것이 그렇게 단순하게 설명할 수 있는 문제가 아니라는 데 동의했다.

그때 반바지를 입고 양말을 신은 채로 샌들을 신은 노신사가 펍으로 들어섰다. 곁에는 약간 살찐 여자가 부축하듯 그의 팔짱을 끼고 있었다. 노크와 레크의 큰언니나 젊은 엄마뻘 정도 될 것 같았다.

브라이스가 소곤대며 말했다.

"제임스와 비야."

제임스는 조심스레 방향을 틀어 꾸뻬의 테이블 쪽으로 다가 왔다. 브라이스가 의자를 하나 당겨 왔고 레크와 노크가 자리를 좁혀 비의 자리를 마련해주었다.

브라이스가 꾸뻬에게 말했다.

"제임스는 특이한 인물이야. 그는 이십 년 전에 비와 결혼했지."

약간 비만한 데다 왼 어깨 위의 문신 때문에 첫눈에는 다소 위협적인 느낌이었지만 사실 제임스의 아내 비는 따뜻한 미소와 반짝이는 눈빛을 가진 아주 유쾌한 사람이었다.

그녀가 레크와 노크와 이야기를 나누는 동안 브라이스가 제임스와 꾸뻬를 서로에게 소개해주었다.

제임스가 말했다.

"아, 정신과 의사라고요. 옛날에 정신과 의사에게 도움받을 일이 있었죠. 꽤 도움이 된 적도 있었어요."

꾸뻬는 곧 제임스가 전쟁 때문에 이 나라에 오게 되었음을 알게 되었다. 공산 진영의 두 형제 나라와 자유 진영이 서로 대립하느라 이곳에서 멀지 않은 한 작은 나라에 터를 잡고 일으킨 전쟁이었다. 그 때문에 그 작은 나라는 극심한 고통을 겪었다.

제임스가 젊었을 때, 그러니까 꾸뻬가 아직 어린아이였을 당시엔 장 마르셀과 제임스 같은 사람들은 모두 군대에 몸을 담고 있었다. 동남아시아에서 장전된 자유 진영의 폭격대가 국경을 넘고 넘어 폭탄과 함께 고엽제까지 덤으로 퍼붓던 시절이었다. 전쟁에 지친 자유 진영이 물러나자 공산 진영의 두 형제와 그 친구들은 드디어 그 작은 나라와 그의 이웃 나라들을 전부 집어삼켰고, 이후로 수많은 사람들이 '위대한 사회주의'의 그늘 아래 목숨과 자유를 잃어야 했다.

제임스는 자기 나라에 돌아가 퇴역 군인으로 살기보다 이 나라에 남기로 결정했다고 했다. 그는 이곳 생활에 잘 적응한 듯 보였다. 게다가, 놀라지 마시라. 그가 바로 이 펍의 주인이었다!

그렇다면 왜 이 펍은 텍사스 스타일이 아니라 영국 스타일일까?

제임스가 말했다.

"어머니가 영국 분이셨지요. 아버지가 전쟁이 끝난 뒤에 영국에 정착해서 어머니를 만나셨답니다."

제1차 세계 대전 때였다.

꾸뻬는 재미있는 연구 결과 하나를 생각해냈다.

이 시기에 젊은 미국 군인들은 여자에게 입 맞추는 것을 남녀 관계에서 금세 도달할 수 있는 단계로 받아들였다. 반면에 젊은 영국 여자들에게 입 맞추는 것은 최종 단계에 이르기 직전에나 할 수 있는 행위였다. 그 결과 미국 군인들은 사귀는 아가씨들을 전혀 이해할 수 없게 되었다. 그녀들은 처음에는 너무나도 조심스럽다가, 어느 순간 갑자기 대담해졌다. 물론 이러한 영국 아가씨들에게는, 처음에는 지나치게 거칠었던 미국 군인들이 어느 순간 더 이상 뭘 어떻게 해야 할지 모르는 박력 없는 남자처럼 군다고 생각되었다.

 아마도 제임스의 부모님은 이런 문화 차이에 의한 난관을 잘 극복한 듯하다. 게다가 제임스와 비가 행복한 커플을 이뤄 사는 모습을 보면 아들 제임스에게도 그런 능력을 물려준 것이 아닐까.

 제임스는 꾸뻬에게 이 나라를 방문한 이유를 물었다.

 "소수 민족 사회에 머물며 연구를 하고 싶습니다. 텔레비전이 없는 사회와 행복의 관계에 대해 관심이 있거든요."

 "그럼 서둘러야겠군요! 흥미로운 연구 주제입니다만, 어떤 소수 민족을 찾아가실 건가요?"

 꾸뻬는 솔렌느가 찾아낸 한 소수 민족의 이름을 댔다.

 그러자 제임스는 아주 주의 깊게 꾸뻬를 바라보았다.

 "그거 참 흥미롭군요."

 그가 행복에 대한 연구 운운하는 꾸뻬의 대답을 믿지 않는다는 것이 훤히 보였다.

 제임스가 덧붙였다.

 "나도 그들을 좀 알죠. 그 사람들은 일본이 식민 지배를 하던 시절에 우리 편이었어요. 전쟁이 한창일 때도 그랬죠. 그런데 우린 그들을 내팽개쳐버렸어요. 불쌍한 사람들."

 그리고 대화의 주제는 바뀌었고 제임스와 그의 아내는 메콩 위스키를 마시며 브라이스와 이야기를 나누었고 레크와 노크는 레몬파이 하나를 나누어 먹었다.
 꾸뻬는 이 자리가 마치 오랜 친구들끼리의 다정한 모임 같다고 생각했다.

내리막길의 친구

 브라이스의 거실 천장에는 근처 술집들의 간판 불빛이 북극 오로라처럼 드리워져 있었다.
 방 안에는 이 지역을 여행하면서 모은 물품들이 여기저기 흩어져 있었다. 미얀마의 석고 불상, 원목으로 만든 인도네시아 조각상들, 만주 아편 파이프……. 그리고 에두아르의 사진 속에서 젊은 여자들이 하고 있던 것과 비슷한 목걸이들…….
 물건들은 벽 쪽에 약간 어지럽게 늘어져 있었다. 혼자 사는 사람이 이사 와서 제대로 정리할 생각 없이 살고 있는 아파트 같았다.
 레크와 노크는 이내 한 방 안으로 사라졌다.
 꾸뻬는 브라이스가 그들을 따라 방으로 들어가고 싶을 거라고, 그래서 꾸뻬가 얼른 떠나주었으면 하고 바라지 않을까 생각했지만 그렇지 않았다. 아무래도 브라이스는 꾸뻬와 좀 더 이야기를 하고 싶어 하는 것 같았다.

꾸뻬는 브라이스가 전도유망한 동료였던 시절을 떠올렸다.

브라이스는 파리에서 가장 부유한 동네에 병원을 가지고 든든한 고객층을 확보하고 있던 정신과 의사였다. 양복 왼쪽 주머니에는 항상 넥타이와 색을 맞춘 손수건을 꽂아 치장하던 그였다.

그렇다고 브라이스를 그저 세속적인 의사라고 평가하는 건 공정치 않았다. 브라이스는 탁월한 진단 능력을 갖추고 있었고 자신이 직접 빠르게 처방해줄 수 있는 환자와 그렇지 않은 환자를 빠르게 구분해냈다. 다루기가 좀 더 어려운 환자들은 젊은 동료 의사들에게 넘겨주었는데, 그 동료 의사들 입장에서도 환자를 얻을 수 있어 좋았다. 게다가 브라이스라는 선배 의사가 환자를 맡길 만큼 믿음이 간다는 뜻으로 받아들여져 평판이 높아지는 효과도 있었다.

게다가 브라이스는 요양소를 경영하는 주주이기도 했다. 그는 작은 성을 개조한 요양소에 일주일에 두 번 들러서 환자들을 격려했다. 별 다섯 개짜리 호텔의 방값에 익숙한 부유층들은 요양소에 그 정도 돈을 내는 것을 이상하지 않게 생각했고, 브라이스는 그들에게 병원보다 요양소가 훨씬 낫다는 걸 어렵지 않게 설득시킬 수 있었다.

브라이스는 방송에도 종종 얼굴을 비쳤는데, 사람의 마음을 끄는 데가 있는 그의 눈빛은 특히나 상처 입은 영혼들에게 아주 훌륭한 효과를 냈다.

그를 시기하는 사람도 있긴 했지만, 대부분의 사람들은 그의 성공과 능력을 높이 평가했다.

어떤 이들은 브라이스가 실제로 환자들의 병을 치료하기 위한 일은 아무것도 하지 않는다며 폄하하기도 했지만, 브라이스는 자신의 의술 활동을 사업가가 하듯 경영할 줄 아는 의사였다. 게다가 브라이스는 일주일에 하루는 오후 시간을 비워 종합 병원에 무료 진료 봉사를 하러 갔다. 가난한 환자들은 네 달을 기다려서라도 그의 진료를 받고 싶어 했다.

꾸뻬와 브라이스는 고등학교 시절 친구인데 대학을 다니는 동인 시로 만나지 못했다.

그러다 꾸뻬가 파리에 개인 신료소를 열면서 다시 만나게 되었다. 지방 대학에서 갓 올라온 꾸뻬는 파리에 전혀 연고가 없었는데, 브라이스는 그런 그에게 환자를 소개시켜주며 열심히 도와주었다. 다루기 어렵거나 절망적인 상태의 환자들뿐만 아니라 브라이스 본인이 해결할 수 있었던 환자들도 기꺼이 꾸뻬에게 보내주었다.

그렇게 꾸뻬는 좋은 평판도 얻고 고객도 늘려갈 수 있었다.

아리스토텔레스가 분류한 선한 친구의 개념 그대로, 브라이스는 일반적으로 좋은 일을 하며 자신의 이익을 염두에 두지 않고 친구가 잘 되도록 하는 사람이었다.

또 브라이스는 재미있는 친구였고 꾸뻬와 만나면 항상 즐거웠으며 겉으로 드러나는 모범적인 모습과 반대로 세상에 쉽게 순응하려 하지 않는 면모도 있었다.

꾸뻬가 생각하기에 그는 진지하지만 진지한 척하지 않는 부류에 속하는 사람이었다.

이 분류법에는 네 종류의 부류가 있는데, 나머지 세 가지의 조합은 이렇다. 진지하고 또 진지함을 내세우는 부류, 진지함 없이 진지한 척하는 부류, 진지함이 없으며 그런 척도 하지 않는 부류. 그리고 브라이스가 속한 첫 번째 부류가 꾸뻬가 가장 선호하는 그룹이었다.

그런데 어느 날, 브라이스의 완벽한 삶이 갑자기 무너지기 시작했다.

브라이스의 환자 한 명이 그를 성희롱으로 고소하는 사건이 벌어진 것이다.

언론은 흥분했다. 브라이스는 이미 유명한 의사였으니 그보다 좋은 기삿거리는 없었다. 브라이스는 의사 협회와 재판장에 소환되었다. 알고 보니 그를 고소한 그 환자와 여러 달 동안 관계를 맺어왔다는 것이 밝혀졌다.

브라이스는 어느 날 저녁 술집에 앉아 꾸뻬에게 주장했었다.

"진료실에서만은 절대 하지 않았어."

브라이스가 그 환자와 헤어지려고 하자 그녀가 고소장을 낸 것이다. 마침내 적당한 징계가 선고되고 의사 협회에서도 그 정도 징계로 넘어가려 하는데, 이번엔 다른 환자가 고소장을 냈다. 그리고 또 다른 환자가, 그다음에는 또 다른 환자가 나타났다.

그 과정에서 브라이스는 친구들마저 거의 잃었다.

브라이스는 나중에 꾸뻬에게 이렇게 말했다.

"그들이 우울증 환자나 정신 착란증 환자들이라서가 아니야. 사랑에 목마른 여자들일 뿐이지."

꾸뻬는 그런 브라이스를 슬프게 바라보았다.

그는 남자로서 아주 매력적이었고, 정신과 의사로서의 매력도 결코 덜하지 않았을 것이다. 이 매력적인 의사는, 진료소에서 생겨나는 감정들을 잘 제어하지 못했다. 여자들은 강하면서도 친절하고 이해심 있어 보이는 남자를 앞에 두면 끌리게 된다. 그리고 대부분의 경우 의사들은 진료실에서 환자들의 눈에 그렇게 보이기가 쉽다. 게다가 브라이스는 예쁜 푸른 눈을 가졌으니…….

여자 환자들은 꿈에서 깨어나는 순간 속은 것 같은 기분이었고, 브라이스가 믿게 한 것처럼 그에게 그녀만 있었던 게 아니라는 사실을 알게 되었을 때 분노에 치를 떨었다. 이혼, 제명, 그리고 형사 재판……. 브라이스는 '권력 관계에 의한 성폭력' 판결까지 가는 것을 지우 면했고 상처 입은 부인과 아이들과 재산을 모두 남겨둔 채 떠났다.

그 당시 브라이스 사건을 화젯거리로 삼았던 사람들은 분개하거나 빈정거리거나 혹은 희열에 찬 빚쟁이 무리들같이 굴었다.

꾸뻬는 그들을 이해할 수 있었지만 그들에게 동의하지는 않았다. 그리고 브라이스의 잘못된 처신에 대해서도, 그를 이해할 수는 있지만 그에 찬성하지는 않았다.

"그 사람이랑 아직도 친구 하는 거야?"

사람들이 놀라며 묻곤 했다.

꾸뻬는 자문해보았다.

당연히 브라이스는 여전히 내 친구다. 쾌락을 좇느라 좋지 않은 결과를 빚었지만, 꾸뻬는 알고 있었다. 브라이스는 자기 자신에게도 타인에게도 나쁜 일을 하려던 의도는 결코 없었을 것이다. 마치 무심코 성냥을 가지고 놀다가 어쩌다 불을 내서 집을 태운 어린아이처럼, 나쁜 결과를 낼 생각은 결코 없었을 것이다.

그리고 지금, 브라이스는 점점 더 내리막길을 굴러떨어지고 있는 것 같다. 다윈이 보면 가슴 아파했을 정도로, 그는 자연 선택의 법칙에 따라 자기 자신을 내버려두고 있었다(다윈 본인은 아주 도덕적인 사람이어서, 인간의 본성과 진화 현상이 전혀 도덕적이지 않다는 결론을 내며 비탄에 잠겼던 사람이었다).

브라이스가 꾸뻬 앞에 놓인 소파 위에 앉으며 말했다.

"뭔가 계속 불만이 있는 것 같던걸, 친구."

꾸뻬는 주저했다.

"뭐랄까……. 꼭 반대하고 싶은 건 아니지만."

"네가 이걸 이해했으면 좋겠다. 나는 여기서 나쁜 짓을 하는 게 아니라고."

레크와 노크가 노예처럼 다뤄지는 것도 아니고, 브라이스가 그녀들을 인간적으로 대하는 모습을 보면 일단 그 말은 맞는 것도 같았다. 하지만 그렇게 어린 여자아이들을 계단 위에 놓인 장난감 집듯 데리고 나오는 모습은 역시…….

브라이스가 말했다.

"사실 우린 서로 돕는 거야."

"서로 돕는다고?"

"그래. 인간이 맞닥뜨릴 수 있는 삶의 가장 큰 두 가지 재앙에서 서로를 구해주는 거야. 노화와 가난."

꾸뻬는 브라이스가 세상을 보는 방식이 예전과 크게 달라지지 않을지도 모른다는 생각이 들었다.

"저 애들과 함께 있으면 내가 아직도 젊은 것 같은 느낌이 들어. 그건 값으로도 매길 수 없는 거고, 어쩌면 그 기적 같은 효과에 비하면 너무 싼 비용일지도 몰라. 그리고 저 애들의 가족들은 내 덕분에 조금이나마 가난을 덜 수 있어. 저 애 여동생이 학교에 갈 수 있고, 다른 동생은 치아 교정기를 살 수 있고 아픈 삼촌은 약을 살 수 있지."

"말하자면 네가 저들의 사회 보장 제도 대신인 셈이란 거군."

"맞아, 정확해. 나뿐만이 아니지. 이 거리 전부, 그리고 서너 군데 있는 다른 거리들이 다 그래."

브라이스는 창밖에 비치는 간판의 불빛을 가리켰다.

"마사지숍들도 마찬가지고……. 그것들이 다 이 나라의 가난한 사람들을 지키는 사회 보장 제도이자 의료 보험이야. 예쁘게 생긴 여자아이는 공장에서 일하거나 가정부로 일해서 버는 돈의 열 배는 쉽게 벌 수 있어. 그 돈은 전부 다 그 아이들의 가족에게 가게 되고. 가족들은 다 알면서도 자기 딸이 서빙이나 가정부를 해서 돈을 번다고 믿는 척하지."

꾸뻬는 장 미셸의 병원 입원실에 누워 있던 여자아이를 떠올리며 물었다.

"장기 밀매에 희생되는 여자아이들은 어쩌고?"

그러자 브라이스가 대답했다.
"그런 일은 이곳에서는 일어나지 않아. 일부 아시아인들에게만 공개되는 매음굴에서 일어나는 일이지. 어릴수록 건강 상태가 좋다고 생각하는 놈들도 있어서 어린 여자아이들을 사고파는 시장도 있고."
"그런 이야기를 들은 적은 있지만……."
"아시아로 섹스 관광을 오는 서양 남자들은 사실 매춘 시장의 아주 작은 부분일 뿐이고, 제일 더러운 부분도 절대 아니야. 하지만 서양 남자를 공격하는 게 어쩐지 정치적으로 공정해 보이니까. 그 편이 눈에 띄기도 하고. 아동 성도착자 문제도 있지만, 그것도 이 거리의 문제는 아니야."
꾸뻬는 병원에서 일하면서 아동 성도착증 환자를 진료한 적이 있었다. 법원의 결정으로 의무적으로 정신과 진료를 받아야 했던 환자였는데, 그로 인해 꾸뻬는 아동 성도착자들에 대해 어느 정도는 잘 알고 있었다. 그들을 '돌리돌리'가 있는 이런 거리에서 발견할 것 같지는 않았다.
꾸뻬가 물었다.
"그럼 이 나라에 사회 보장 제도가 잘 정착된다면 어떨 것 같아?"
그러자 브라이스가 대답했다.
"유럽에서 나타난 현상이 이곳에서도 그대로 나타나겠지. 사회 보장 제도가 없는 나라에서 온 외국인 매춘부들만 남게 되는 거야. 그리고 그들은 여전히 장기 밀매매의 희생자가 될 위험 속에 놓일 테고……. 불쌍한 사람들이야."

"음. 그럼 매춘을 없앨 가장 좋은 방법은……."

"세금을 많이 내는 거지! 적정선의 최저 임금을 책정하는 것도 물론."

"오, 윤리적인 면이 아직 남아 있긴 하네."

브라이스가 정색하며 물었다.

"놀리는 거야?"

꾸뻬는 순간적으로 브라이스의 고통을 느꼈다.

그리고 말했다.

"아니. 정말 그렇게 생각했어. 나는 네가 세상에 나쁜 결과를 불러일으킬 만한 일을 하지 않으려 한다는 걸 알거든."

"이해해줘서 고마워. 물론 나도 내가 언제나 성공적이지 않았다는 걸 알아. 결국 나쁜 결과를 만들고 말았으니까."

꾸뻬는 브라이스가 보통의 방법으로 여자를 유혹하기 어려운 못난 남자들만이 매춘부를 찾을 거라는 일종의 클리셰를 반증한다는 생각을 했다. 브라이스는 언제나 여자 앞에서 자신감이 있었고 유머 감각과 푸른 눈동자도 예전 그대로였다.

브라이스뿐만이 아니었다. '돌리돌리'에서 본 손님들이나 술집 거리에서 마주친 남자들도 다들 번듯했다.

거기에 대해 브라이스는 이렇게 설명했다.

> 매춘에 대해 논의할 때면 우린 항상 성관계 이전에 오고 가는 것에 대해 이야기한다. 여자를 유혹해야 하는 단계를 건너뛰

기 위해 돈을 낸다. 하지만 성관계 이후의 일에 대해서는 이야기하지 않는다. 우린 채무를 남기지 않기 위해, 특히 감정적 채무를 남기지 않기 위해 돈을 낸다. 즉, 남자에게 매춘부와의 성관계란 채무감 없는 섹스인데, 이런 것은 일반적인 관계에서는 절대 있을 수 없다. 돈을 내는 성관계는 상대방을 실망시키거나 기대에 어긋나거나 헛된 희망을 심어주는 것을 피할 수 있으므로, 결국 나쁜 결과를 피하려는 한 방법인 것이다!

어쨌거나 브라이스는 꽤 오랫동안 그만의 윤리론을 다듬어온 것 같았다. 그리고 그 이론을 꾸뻬에게 설명할 수 있어서 만족스러워 보였다. 드디어 친구의 눈앞에서 정당한 자신을 증명해 보였다는 사실에 안도한 듯도 했다.

모두들 그렇듯, 브라이스도 자기 행위를 윤리적으로 정당화하고 싶어 할 뿐이었다. 특히나 친구 앞에서 그렇다. 관찰 4번이 말해주듯.

관찰 4 우리는 친구가 우리를 어떻게 생각하는지 그들의 의견을 중요하게 여긴다.

둘 사이에 침묵이 감돌았다.
예전에 알고 있던 브라이스라는 사람과 오늘 밤 발견하게 된 그의 새로운 면모를 모두 더해서, 꾸뻬는 브라이스에게 여전히 우정이라는 감정을 가지고 있음을 깨달았다.

아리스토텔레스에 의하면 이 관계는 선한 우정이 될 수는 없었다. 지금의 브라이스를 선한 사람이라고 하긴 어려웠다. 하지만 꾸뻬와 본인 스스로에게 자기를 정당화하려 애쓰는 모습을 보면, 그는 여전히 '선'을 갈망하고 있었다. 브라이스가 그런 번민을 내비치지 않았다면, 그저 지금 그의 모습과 삶에 완전히 만족하고 있는 것 같기만 했다면, 꾸뻬가 다시 그에 대한 우정을 느끼기란 어려웠을지도 모른다.

꾸뻬는 우정에 대한 새로운 관찰을 떠올렸다.

관찰 11 친구란 우리의 결점에도 불구하고 우리를 좋아해주는 사람이다.

그런데, 어느 정도까지? 너무 많은 결점은 사람 사이의 관계를 불가능하게 하지 않을까? 아리스토텔레스는 어떻게 말했더라…….

그리고 나는 어떤지. 내 결점은 무엇인가?

꾸뻬는 여러 가지를 자문해보았다.

결국 꾸뻬도 브라이스와 크게 다르지 않은 사람인 것 같았다. 꾸뻬도 만일 성관계를 하기 위해 돈을 내기 시작했다면 가산을 탕진할 만큼 빠져들었을지도 모른다. 하지만 그의 친구와 달리 꾸뻬는 자신이 법정 소사를 거치기 전에 친구가 성욕과 쾌락을 좇다 고통스러운 나날을 보내는 것을 경험했을 뿐이었다.

그리고 꾸뻬는 사랑하는 클라라를 만난 것이야말로 가장 큰 행운이라고 생각했다. 브라이스의 아내를 떠올려보았다. 브라이스는 좋은 선택을 한 것 같지는 않았다.

그때 갑자기 레크인지 노크인지 알 수 없는 목소리가 브라이스를 부르기 시작했다. 그의 친애하는 친구 브라이스의 얼굴이 어슴푸레한 거실을 환히 비추기라도 할 것처럼 환해졌다.

꾸뻬는 이제 자리를 피해줄 시간이라는 걸 깨달았다.

"난 그만 가봐야겠어……. 괜찮지?"

꾸뻬는 자리에서 일어났다.

동행

솔렌느는 차 안에서 길게 누운 채 잠이 들어 있었는데, 금빛 머리칼이 쏟아져 내려 얼굴을 반쯤 가리고 있었다. 부드러운 가죽 시트로 덮인 의자를 완전히 뒤로 젖힌 채였다.

그들은 미국제 사륜구동 차의 뒷좌석에 앉아 있었는데, 거실처럼 커다란 차량은 공기쿠션 위에서 고속도로를 달리는 것같이 편안한 느낌을 주었다.

운전수는 비디오 게임 속에서나 볼 법한 날렵함으로 다른 차들을 앞지르며 맹렬한 속도로 질주했다. 그리고 중력의 법칙과 운동의 법칙을 거스를 수 없는 꾸뻬의 몸이 마구 흔들렸다. 꾸뻬는 자고 있는 솔렌느의 안전벨트를 채워주었다. 차량 계기판 위에는 작은 금불상이 놓여 있었는데, 차량이 굴러도 떨어지지 않을 정도로 아주 단단히 접착되어 있었다.

중앙 분리대 대신 얇은 화단으로 상하행선이 분리된 고속도로는 흡사 미국의 고속도로의 모습을 떠올리게 했다.

하지만 멀리 사원의 지붕과 종려나무들이 보이고, 땅속에 반쯤 묻힌 거대한 공룡의 등뼈같이 보이는 화강암 산봉우리들이 논 위로 솟아올라 있었다. 예쁜 크림색 소들이 길을 따라 걷고 있고, 낚시꾼은 잔잔한 우물에 낚싯대를 던지고 있었다.

스타는 북부 지역 어딘가에서 꾸뻬를 기다리고 있었다. 어쩌면 꽥꽥거리며 분노를 쏟아내는 모습으로 꾸뻬를 맞이할지도 모른다.

꾸뻬가 브라이스의 집에서 나와 호텔로 돌아왔을 때, 시간이 늦어도 꼭 전화를 해달라는 스타의 메시지가 남겨져 있었다.

지난번 꾸뻬와 마지막으로 전화 통화를 하고 나서 스타는 다시 촬영에 임하기 시작했는데, 언제나 한두 시간 늦게 나타나서 촬영 감독을 미치게 만든다고 했다. 스타의 비서가 제작 프로듀서를 바꿔주었는데, 프로듀서는 꾸뻬가 촬영지에 와주길 바란다며 이동할 준비도 다 해줄 것이고 보답도 할 거라고 말했다.

꾸뻬는 지도를 살펴보았고 촬영지가 국경 근처라는 걸 확인했다. 그리고 그곳은 에두아르가 숨어 있는 소수 민족의 거처가 있는 지방에서도 멀지 않았다.

에두아르에게 접근할 수 있는 좋은 기회일 것 같았다.

그 근처는 정글 계곡과 산으로 뒤덮여 잘 숙련된 팀도 하루에 십 킬로미터 이상 전진하기가 어려운 지역이라고 장 마르셀이 이야기했었다. 그래서 에두아르도 그렇게 오랫동안 들키지 않고 원하는 만큼 숨어 있었을 수 있는 거라고.

어쨌거나 정신과 의사로서의 진료 활동을 위해 이동한다는 좋은 핑계로 북쪽 지역으로 갈 수 있는 기회였다.

꾸뻬는 바라문디 경위에게도 전화로 미리 알렸다. 설마 그녀가 미행하지는 않기를 바라면서. 전화 통화를 하면서 꾸뻬와 바라문디 경위는 지난번 그랜드 만다리날 호텔의 테라스에서 오고 갔던 미묘한 대화에 대해서는 서로 전혀 내색하지 않았다.

바라문디 경위가 다시 한 번 경고했다.

"조심하세요."

그리고 꾸뻬가 대답했다.

"조심할 게 뭐 있을까요. 저는 친구들과 함께 떠납니다."

"선생님이 보여주신 사진 속 남자의 정체를 알아냈어요. 추천할 만한 인물은 아니더군요."

"그럼 저는 뭐 추천할 만한 인물인가요?"

꾸뻬의 농담에 바라문디 경위가 한숨을 쉬며 말했다.

"선생님은 항상 농담만 하시는군요."

"아무튼 조심하도록 하겠습니다. 그런데 만일 그 남자가 다시 나타나면 어떻게 해야 하죠?"

"거리를 두고 떨어져 계세요. 그리고 절대로 혼자 계시지 마십시오."

"절대로 혼자 있지 않도록 하죠."

바라문디 경위는 잠시 망설이는 듯하더니 덧붙였다.

"그 남자는 선생님 친구 분이 훔친 돈의 주인을 위해 일하는 사람이에요."

사실은 당신 역시 그렇지 않을까……. 꾸뻬는 속으로 생각했다.

바라문디 경위가 말을 이었다.

"아파르트헤이트 이전에는 남아프리카 군대에 있던 사람이에요. 그런데 그쪽에서도 쫓겨나게 되었죠."

"거기 남아 있기엔 잔혹함이 모자랐나 보군요?"

"아뇨. 너무 넘쳤던 거죠."

꾸뻬는 눈이 멀어버릴 것같이 강렬한 태양 아래 끝없이 펼쳐지는 논밭 풍경을 바라보며 바라문디 경위와 나눴던 대화를 곱씹었다. 그녀의 경고가 불안하긴 했다. 하지만 동시에 꾸뻬는 바라문디 경위의 말을 믿을 수도 없었다. 아마도 그 콧수염 사내야말로 진짜 경찰일지 모른다. 혹은 매년 송별회 때 산타 역힐을 하는 평범한 은행 직원일 수도 있다.

브라이스가 조용히 물었다.

"솔렌느는 자는 거야?"

브라이스는 솔렌느와 꾸뻬의 뒷자리에 앉아 있었다.

그의 집에 갔던 다음 날, 꾸뻬와 브라이스는 점심을 함께 먹기 위해 다시 만났었다. 꾸뻬는 그랜드 만다리날 호텔 근처에서 발견한 어느 한국 식당에 브라이스를 데리고 가서 막걸리를 맛보게 했다.

꾸뻬는 그가 스타를 만나러 갈 것이고 그것이 에두아르에게 접근할 수 있는 기회라고 생각한다는 걸 열심히 설명했다. 그 과정

에서 꾸뻬가 자신이 스타의 정신과 의사라는 사실을 이야기하자 브라이스의 얼굴 위로 약간 불편한 듯한 질투의 표정이 지나갔다. 아주 잠시, 몇 초간의 먹구름이.

질투는 아름다운 감정은 아닐 것이다. 특히나 친구 사이에서는 더욱 그렇다.

하지만 꾸뻬는 브라이스를 이해할 수 있었다. 예전에, 꾸뻬보다 훨씬 전부터 브라이스는 유명인들의 정신과 의사였다.

그러나 이내 브라이스는 꾸뻬와 함께 에두아르를 찾으러 가겠다고 제안했다.

"두 사람 정도 있어도 나쁘지 않을 거야. 에두아르를 찾으려면. 그리고 스타를 위해서도 그래. 내가 도움이 될 수도 있겠지……."

"솔렌느가 같이 가기로 했는데."

"그럼 솔렌느만 괜찮다면 같이 갈게."

브라이스는 약간 부끄러워하면서 말했었다.

그리고 나중에 물어보니 솔렌느는 괜찮다고 했다. 그렇지만 오늘 아침 호텔에 집합했을 때 솔렌느와 브라이스는 서로 별로 말을 하지 않았다. 브라이스 혼자서 눈에 띄게 친근하고 다정한 태도로 말을 걸어보았지만.

그때 솔렌느가 눈을 떴다.

"내 얘기 하는 중이야?"

"아냐, 그냥 브라이스가 네가 자고 있냐고 물어서."

"브라이스는 배려심이 넘치는 남자거든."

솔렌느는 마치 재미있는 농담을 찾아냈다는 듯 미소를 지으며 말했다. 그리고 브라이스는 뭔가 대답을 하고 싶은 모양이었지만 결국은 아무 말도 하지 않았다.

꾸뻬가 질문을 던졌다.

"에두아르가 우리를 보면 좋아할 것 같아?"

브라이스가 대답했다.

"그럼, 당연하지. 우리의 친애하는 친구 에두아르인걸."

솔렌느도 덧붙였다.

"어쨌거나 나는 에두아르를 만나면 기쁠 거야."

바라문디 경위, 덩치 큰 콧수염 남자, 장 미셸과 장 마르셀이 염려하던 것들……. 이 모든 것에 대해 꾸뻬에게 전부 듣고 나서도 솔렌느와 브라이스는 꾸뻬와 함께 가겠다고 고집을 굽히지 않았다.

꾸뻬는 둘에게 에두아르의 사진도 보여주었는데, 그들도 에두아르가 정상적인 상태가 아닌 것 같다는 데 동의했다.

확실히 에두아르는 지금 보살핌이 필요한 것 같다.

솔렌느가 말했다.

"우리 다시 예전처럼 모두 모이겠네."

그리고 꾸뻬는 관찰 2번을 떠올렸다.

관찰 2 친구를 위해서라면 자기 것을 희생하거나 위험을 감수할 수 있다.

관찰 2번을 적으면서 꾸뻬는 이 관찰이 어떤 사람들에게는 우정을 정의하는 데 있어 아주 중요할 수 있다는 생각을 했었다. 다행히도 꾸뻬는 이런 측면을 스스로 시험해보아야 하는 상황을 겪은 적이 없었다. 아직까지 꾸뻬는 삶의 일상적인 슬픔과 걱정들 외에는 정말로 험난한 위험 상황을 겪은 적은 없었으니 말이다.

꾸뻬는 잠시 계기판 위의 부처를 향해 조용히 기도를 올렸다. 이런 비극의 부재가 앞으로도 계속되기를, 또한 꾸뻬의 가족들에게도 그렇기를.

그리고 스타가 꾸뻬의 환자라는 이야기를 듣자 일순 어색해졌던 브라이스의 얼굴을 떠올렸다. 브라이스가 내비친 감정인 질투는 분노, 기쁨, 슬픔 등 다른 모든 감정들과 마찬가지로 인간이 쉽게 제어할 수 없다. 질투를 한다고 해서 무작정 비난하기는 어렵다. 오히려 더 중요한 건 질투를 느낀 다음에 어떤 행동을 하는지에 달렸다.

브라이스는 꾸뻬를 돕겠다고 나섰다.

관찰 12 질투만 계속한다면 친구라고 할 수 없다.

꾸뻬는 장 미셸과 솔렌느, 그리고 관찰 9번에 해당될 많은 친구들을 차례차례 떠올려보았다.

관찰 9 친구란 내가 불행할 때 함께 슬퍼하고 내가 행복할 때 함께 기뻐하는 사람이다.

다시없을 경험

고속도로를 벗어난 지 한참 지나자 이제 도로는 점점 더 거친 화강암 벽을 드러내고 있는 숲으로 뒤덮인 언덕 사이로 구불거리고 있었다. 나무로 지은 수상 가옥들과 강가 나무 그늘 아래서 헤엄치는 아이들이 보이면서 주변 풍경은 과거 시대로 돌아간 듯했다. 크림색 소들 대신 바위 같은 색깔의 물소들이 나타났다.

숲 언저리에는 코끼리 한 마리가 걷고 있었는데, 몰이꾼이 코끼리 목 위에 앉아 있었다. 차량이 진입할 수 없는 숲에서는 코끼리들이 쓰러진 나무통을 끌어내는 용도로 쓰인다. 너무나 똑똑한 이 동물이 몸을 좌우로 흔들며 걷는 모습을 보면서 꾸뻬는 국경 건너편에서는 이 녀석들이 자연환경을 파괴하는 데 쓰이고 있음을 기억해냈다.

브라이스가 말했다.

"코끼리 타고 한 바퀴 돌면 좋겠다. 다시없을 경험일 거야!"

꾸뻬는 브라이스가 새로운 것에 대한 개방성 점수에서 아주 높은 점수를 기록할 거라고 생각했다. 아마도 평범한 정신과 의사로 남기에는 지나치게 높은 점수일 것이다.

그러자 솔렌느가 경험담을 털어놓았다.

"그래. 그건 정말 다시없을 경험이야. 평지에서는 조금 흔들리긴 해도 그럭저럭 괜찮지만 길이 조금만 울퉁불퉁해지면……. 겁을 먹거나 멀미를 하거나, 둘 중 하나지!"

브라이스가 감탄했다.

"넌 정말 멋진 직업을 가진 것 같아."

"맞아. 그렇긴 하지. 하지만 좀 더 직업으로서 합당한 소득을 얻었으면 좋겠어."

"그건 아주 간단해. 네가 산 작품들이 아주 비싼 물건이라고 사람들을 설득하면 돼. 그리고 제일 싼 물건들을 우선적으로 구입해야지. 내가 너한테 이런 조언을 한 적이 없었을 거야……. 나는 네가 그렇게 할 수 없다는 걸 잘 알거든!"

그러자 솔렌느가 대답했다.

"역시 넌 유능한 정신과 의사야."

그리고 브라이스가 말했다.

"그건 모르겠어. 하지만 확실한 건 내가 유능한 사업가였다는 거지."

꾸뻬는 어색함을 녹이는 듯한 둘의 대화에 기분이 좋았다.

브라이스와 솔렌느 사이에 무슨 일이 있었는지를 파악하는 데 많은 설명이 필요하지는 않았다. 브라이스는 언제나 모든 여자들에게 그렇듯 솔렌느가 브라이스의 단 한 명의 여자인 것처럼 생각하게 했을 것이다. 어느 날 솔렌느가 자신은 그저 번호를 달지 않은 여자 중 한 명이었다는 걸 알게 되기 전까지는.

수풀 사이로 나뭇잎으로 짠 지붕이 나타났다.

백여 채의 집들이 서로 다닥다닥 붙어 길을 따라 굽이굽이 이어지며 언덕 위를 뒤덮고 있었다.

솔렌느가 말했다.

"저기가 난민 수용소야."

이 난민 수용소가 처음 생긴 지는 이십 년이 넘었는데, 국군과 반군이 전쟁을 재개할 때마다 국경 너머에서 숲을 통해 이쪽으로 건너 오는 사람들이 많아지면서 수용소는 점점 커졌다고 한다.

이곳이 바로 스타가 방문했던 난민 수용소로, 다음 날 온 세상의 신문들이 그녀의 방문 모습 사진을 실었다. 커다란 야생 공원 속에서 무릎을 꿇은 채로 사랑스럽게 웃는 아기들을 두 팔로 반겨 안은 스타의 모습은 아름답기 그지없었다. 그리고 꾸뻬는 그 기계적인 미소 뒤에 실제로 그녀의 진실된 감정이 숨어 있다는 걸 잘 알고 있었다.

"곧 도착합니다!"

꾸뻬와 친구들은 이제 운전수의 독특한 악센트에 익숙해진 참이었다.

차는 수용소를 에두르는 좁은 길로 진입해 숲 안쪽으로 들어서

고 있었다.

낮게 뜬 태양이 나무들 사이로 햇빛을 비추고 있었기에, 차가 빠르게 달리자 그늘에서 양지로, 양지에서 그늘로 연속적으로 바뀌었다. 마흔 살이 되고 난 뒤 체감하는 시간의 흐름처럼 빠른 속도였다.

그런 생각을 하니 꾸뻬는 문득 클라라에게 전화를 하고 싶어졌다.

하지만 휴대 전화는 이미 통화 불가능 지역임을 나타내고 있었다. 차는 이제 완전한 비포장도로 위로 들어섰다. 트럭이나 코끼리 두 마리가 정면으로 나란히 서서 지나갈 수 있을 정도로 널찍한 길이었다.

솔렌느는 창밖 풍경을 흥미롭게 보고 있었다.

"이런 곳은 우기 동안에는 차가 지나다닐 수가 없어. 사방이 진창으로 변하거든."

"그럼 주민들은 어떻게 해?"

"걸어 다니거나, 아니면 작은 오토바이를 타기도 해. 물론 그러고 나면 옷을 다 버리게 되지만."

꾸뻬가 물었다.

"우기가 시작되는 건 언제쯤인데?"

솔렌느가 대답했다.

"얼마 안 남았어. 이 주 후 즈음에는 비가 오기 시작할 수도 있어."

꾸뻬는 영화 제작사의 고뇌를 이해하게 되었다.

우기가 시작되면 영화 촬영은 불가능해진다. 제작사는 우기를 알리는 일기 예보와 스타의 상태를 알리는 일기 예보 양쪽을 오가며 신경 써야 했던 것이다. 게다가 두 번째 일기 예보는 첫 번째 일기 예보보다 훨씬 신뢰가 가지 않았으니.

끝이 보이지 않게 이어지는 비포장도로를 달려가면 갈수록 산세는 점점 험해졌다.

문득 솔렌느가 기대에 가득 차서 외쳤다.

"아, 멋진 여행이 될 거야!"

브라이스도 한마디 덧붙였다.

"그럼. 그럴 거야."

꾸뻬도.

"우리 친구 에두아르에게 고마워하자고!"

솔렌느가 느낀 기쁨이 나머지 둘에게도 전해져 왔던 것이다. 솔렌느가 행복해하자 꾸뻬도 행복해졌고, 브라이스도 그랬다.

우리는 친구들이 서로 감정을 나누는 공감에 대해 이야기할 때면 주로 슬픈 감정만을 생각한다. 하지만 친구는 기쁨도 함께 나눈다.

그리고 가끔은 우리가 행복해하는 것만으로도 우리의 친구도 행복하게 할 수 있다. 절대로 잊지 말아야 할 사실이다.

관찰 13 친구가 되면 괴로움뿐 아니라 기쁨을 함께 나누고 싶어 한다.

정글 속 마을로

　그들은 이곳에 교회가 있으리라고는 생각도 못했다.
　마을의 다른 집들처럼 짙은 색 나무로 기둥 위에 올려 지은 오두막 건물이었다. 하지만 십자가 위에 세워진 작은 종루는 그것이 교회임을 확실하게 했다. 교회는 비탈진 산의 경사면에 붙은 채로 강가에까지 총총히 이어지는 마을의 다른 집들을 내려다보고 있었다. 꾸뻬 일행의 차는 방금 그 얕은 강을 건너온 참이었다. 어느새 해가 지고 비가 내리기 시작했기 때문에 꾸뻬는 과연 이 마을을 나갈 때도 무사히 강을 건널 수 있을지 궁금해졌다.
　운전수는 마을 광장처럼 보이는 곳에 차를 주차했다. 강에서 가장 가까운 첫 번째 집에서 강가까지 적토가 깔린 평평한 곳이었다. 마을 전체를 두 개의 벽이 내려다보는 형태였는데, 나무로 뒤덮인 커다란 초록색 산 벽이었다. 거대한 초록색 조각은 멋지지만 일견은 무섭기도 했는데, 마치 이 두 개의 벽이 어느 날 다시 닫힐지도 모른다는 느낌을 주었기 때문이다.

두 명의 아이가 나타났다. 어린 남자아이는 검은색과 붉은색 줄무늬의 판초 같은 망토를 입고 있었고 여자아이의 망토는 하얀색과 분홍색으로 짠 것이었다. 꾸뻬가 문을 열자 아이들은 어리둥절하며 꼼짝 않고 멈추었다. 다가가야 할지 도망가야 할지 모르는 것 같았다.

"어쩜 저리 귀여운지!"

솔렌느가 감탄했다.

참으로 좋은 엄마가 될 사람이지만 아직은 아이가 없는 여성들이 가질 수 있는 감성이 그녀의 목소리에서 느껴졌다.

차 밖의 더위가 꾸뻬를 확 덮쳐 그는 입을 열 엄두조차 내지 못했다. 달궈진 대리석 기둥이 땅속으로 녹아내릴 것만 같은 열기였다. 이 나라 날씨에 익숙한 브라이스조차도 익숙지 않은 더위인지, 그의 얼굴이 온통 땀으로 범벅이었다.

운전수는 재빨리 일행의 짐을 꺼내주고는 곧바로 다시 차에 올랐다. 차는 맹렬한 속도로 징검다리를 건너며 요란하게 물거품을 일으켰다. 아이들이 그게 우스운지 웃어댔고 운전수는 둑 반대편에 차를 주차했다. 그도 강물이 불어날까 걱정이 되었던 모양이었다.

오두막집들의 기둥 아래에는 다른 아이들도 많았는데 꾸뻬 일행을 지켜보고 있었다.

이 마을엔 아이들만 있는 걸까……?

아니었다. 꾸뻬는 아이들 속에서 그들의 부모 몇몇을 발견했다. 그들 역시도 남자와 여자가 다른 색상의 옷을 입고 있었다.

그때 맨발의 남자 하나가 두 손을 모아 미소와 함께 꾸뻬 일행에게 인사를 했다. 그는 일행에게 다가와 유럽식으로 악수를 했다.

그러자 마을 사람들도 그를 따라 했고, 꾸뻬와 친구들은 마을 사람들 모두에게 화답하고 그들 모두와 악수를 나눠야 했다. 유세 활동을 펼치는 정치인이 된 것 같았다. 와랑 마을 전체가, 최고 연장자들은 담뱃잎에 검붉게 물든 입술로 그리고 아이들은 귀여운 이를 드러내며 꾸뻬 일행에게 웃어주었다.

여자아이들은 모두 하나같이 단발머리를 하고 있어서 고급 학교의 기숙생들 같은 느낌을 주었다. 아이들이 두 손을 모아 궁궐 속 맨발의 공주들처럼 우아한 동작으로 인사를 하자 더더욱 그랬다.

"그쪽에 서 계시지 마세요. 여기 햇빛은 구름도 뚫고 내려와서 아주 뜨거울 거예요."

셔츠와 바지 차림의 서양 남자 하나가 나타나며 일행에게 말을 걸었다. 그는 꾸뻬와 비슷한 나이대로 보였는데, 더위가 전혀 불편하지 않은 듯 편해 보였다. 아마도 건강해 보이는 마른 몸 때문일까. 볼이 푹 팬 길쭉한 얼굴과 햇빛에 탈색된 옅은 눈썹 아래 빛나는 회색 눈동자가 그를 마치 금방이라도 예언을 쏟아낼 선지자처럼 보이게 했다. 하지만 말할 때의 건조한 음조를 들으면 그런 느낌이 사라졌다.

마치 남자가 허가를 내려주기라도 한 것처럼 갑자기 아이들이 꾸뻬 일행에게 다가왔다. 하지만 여전히 어느 정도 거리를 둔 채였다.

"이 아이들이 수줍음을 좀 탑니다. 이렇게 외부 사람이 많이 온 적이 많지 않거든요. 영화에서나 좀 봤지요."

그는 장이라는 이름의 신부라고 자신을 소개하며, 영화 촬영팀이 언덕 너머 숲 속의 빈터를 야영지로 삼아 지내고 있다고 꾸뻬 일행에게 알려주었다.

"영화 촬영팀은 이 마을 사람들을 야영지에 초대해서 같이 지내고 싶어 했습니다. 하지만 저로서는 조금……. 이 마을 사람들이 평온함을 유지하고 싶어 한다는 걸 설명하느라 애를 먹었지요. 사실 내가 한 건 마을 촌장의 결정을 전달해준 것뿐이지만요. 이 마을 대표는 제가 아니에요. 전 그냥 신부 나부랭이죠."

솔렌느가 물었다.

"그럼 성부님은 여기 사신 지 오래되셨나요?"

꾸뻬는 솔렌느가 성부님이라는 단어를 전혀 어색함 없이 사용하는 데 조금 놀랐다.

신부가 대답했다.

"오 년째입니다. 제가 오기 전에는 로베르 신부님이 계셨는데, 그분이 돌아가셨을 때죠. 이 마을에서 삼십이 년을 사셨으니 마을 사람들은 아주 당황했었습니다."

"사고로 돌아가셨어요……?"

"아니요. 열병 때문이었습니다. 도시 병원에 도착하기 전에 숨을 거두셨어요. 그 당시 일흔여덟 살이셨죠."

꾸뻬가 물었다.

"말라리아였나요?"

"검사를 해봐도 정확히 알 수 없었습니다. 이런 곳에는 온갖 바이러스들이 너무나 많으니까요."

집 가까이에 도착하자 유행 지난 안경을 쓴 온화한 느낌의 한 남성의 사진이 나무 기둥에 붙어 있었다. 통나무를 수직으로 세워 만든 작은 제단 위에는 붉은 양초가 타고 있었다.

로베르 신부님이로군.

일행은 사다리를 올라가 장 신부의 거실로 들어갔다. 거실은 집 전체의 한쪽 반을 차지하고 있었는데, 창문이 양쪽으로 열려 있었다.

신부가 너그럽게도 낡은 선풍기를 켜주었다. 선풍기 바람이 왼쪽에서 오른쪽으로 회전하며 방 안을 쓸었고, 선풍기 머리가 멀어질 때마다 꾸뻬는 어서 이쪽으로 돌아오기를 빌고 있었다. 장 신부는 강에 설치된 조그만 동력기로 전기를 만들어 쓰고 있다고 설명했다. 신부의 방은 굉장히 간결해서, 영수증 더미 하나와 공책 몇 권이 놓인 작은 원목 테이블이 가구의 전부였다. 그리고 벽에는 십자가 하나, 그리고 그 옆에 눈 쌓인 산골짜기에 세워진 작은 교회 앞에서 렌즈를 향해 웃고 있는 한 무리의 남자들 사진이 붙어 있었다. 상쾌한 느낌의 풍경이 스위스를 떠올리게 했다. 아마도 선교지로 떠나기 전에 성직자들끼리 모여 찍은 사진이 아닐까? 장 신부도 지금보다 훨씬 젊은 모습으로 대열 가운데서 웃고 있었다.

꾸뻬가 사진을 유심히 보는 것을 발견한 장 신부가 말했다.

"예전에 같이 일하던 동료들이에요. 지질학자들이죠."

"지질학자들과 신부님들이 같이 일하셨나요?"

"그게 아니라, 제가 신부가 되기 전에는 지질학자였거든요."

장 신부는 선교를 떠나는 신부들 중 대부분은 자신의 길을 찾기 전에 다른 일을 하던 사람들이 많다고 했다. 꾸뻬는 좋은 방식이라고 생각했다. 어떤 길을 선택할 때 포기해야 하는 것이 무엇인지를 알고 선택하는 것.

"우연히도 도착하신 날짜가 좋았습니다. 제가 항상 이 마을에서만 지내지는 않거든요. 다른 마을에도 불려갑니다."

장 신부가 말했다.

"다른 마을에서는 왜 신부님을 찾나요?"

브라이스가 물었다.

"미사, 결혼식, 장례식, 세례식, 신지어 집을 새로 지으면 축복을 내려야 하죠. 고해 성사는 물론이고요."

시골의 신부 역할을 맡은 장 신부는 매우 많은 마을들을 돌아다녀야 하는데 우기가 닥쳐오면 비포장도로는 걸을 수조차 없게 변한다. 게다가 숲 속에 잠복해 있던 말라리아나 다른 의문스러운 바이러스들이 숲에서 흘러나오기도 한다. 그뿐 아니라 조금은 외롭지 않을까. 꾸뻬는 생각했다.

"이곳 사람들은 전부 모태 신앙입니다. 이런 곳에서 신부를 한다는 건 아주 큰 수혜이지요."

장 신부가 그거야말로 그가 고향에서 이렇게나 먼 곳에 와 있는 이유를 집약하고 있다는 듯 말했다.

"신부님이 이 마을을 개종시키셨나요?"

"아뇨, 전혀 그렇지 않아요."

장 신부는 브라이스가 마치 재미있는 농담이라도 한 것처럼 대답했다.

"이곳의 마을들은 제가 오기 이미 오래전부터 기독교 마을이 되어 있었어요. 심지어 로베르 신부님이 오기 전부터 그랬죠. 가끔은 다른 마을들도 우리를 따라 개종을 하고 싶어 하기도 하지만, 일부러 개종을 설득하러 다니지는 않아요. 무속 신앙 마을들이 기독교로 개종을 하죠. 불교 마을들은 그대로 있어요. 우린 승려들과 아주 좋은 관계를 유지한답니다. 신교도 마을하고도요."

"개종을 하고 싶어 하는 마을들은 어째서 그런가요?"

솔렌느가 물었다.

"우리 마을의 삶이 어떤지 봤으니까요. 그리고 여러 가지 이유들이 있겠지만……. 너무 광대한 주제가 될 것 같습니다."

장 신부가 웃으며 말했다.

"그런데 기분 전환이 필요할 때는 어떻게 하시죠?"

브라이스가 묻자 장 신부가 그를 바라보았다.

"물론 저도 그럴 때가 있습니다. 예를 들면 레드 와인을 마시며 동향 사람들과 이야기를 나누고 싶을 때가 있죠. 특히 밤에는요. 하지만 그런 것도 다 지나갑니다. 너무나 자연스러운 인간의 욕구이지만, 소명을 따르다 보면 욕구는 알아서 꺼집니다."

장 신부가 브라이스를 바라보며 말했다.

"저는 아직 그런 경험을 해본 적이 없답니다."

브라이스가 말했다.

"그건 형제님이 아직 소명을 찾지 못했기 때문입니다."

"어쩌면 제 소명이 이미 저를 찾아왔었는데 제가 그걸 놓쳤을 수도 있죠."

"그럴 수도 있지요. 우리는 간혹 장님이 되곤 합니다. 타인도, 그리고 우리 스스로도 잘 보지 못하죠."

"저 역시도 장님이었던 것 같습니다."

브라이스가 말했다.

장 신부와 브라이스가 만난 지 삼 분 만에 나누는 대화가 이런 방향으로 흐르는 것에 몹시 놀랐다.

그때 장 신부가 꾸뻬 쪽으로 몸을 돌리며 말했다.

"어두워지기 전에 다른 마을에 좀 가봐야겠습니다. 그쪽 마을에 숙어가는 사람이 있다는군요……. 잠시 이분하고만 이야기를 좀 나눠도 될까요?"

장 신부가 브라이스와 솔렌느에게 양해를 구하며 꾸뻬를 발코니로 데리고 갔다. 어차피 창문에 유리가 끼워져 있지 않았기 때문에 나가서 이야기를 한들 브라이스와 솔렌느는 여전히 대화 내용을 다 들을 수 있었다. 하지만 장 신부는 별로 신경 쓰지 않는 눈치였다.

"들으셨겠지만, 저는 영화 촬영 때문에 온 사람들 중에 딱 한 사람에게만 예외를 적용해주었답니다."

언덕의 꽤 높은 곳에 집 한 채가 보였다. 커다란 반얀나무 뿌리가 집을 휘감아 꽉 죄는 듯 보이고, 그 그늘 아래 집이 위치했다. 발코니에는 우아한 사파리 의상 빨래가 널려 있었다.

"그녀가 많이 힘들어하더군요."

장 신부가 말했다.

어디서나 반짝이는 여자

스타가 많이 힘들어하는 건 사실이었지만 적어도 더위는 그녀에게 큰 문제가 아닌 것 같았다. 화장기 없는 얼굴로 긴 셔츠라고 해야 할지 짧은 원피스라고 해야 할지 모를 폴로셔츠를 입고 있었는데, 비현실적이게 하얀 두 다리를 훤히 드러내고 있었다. 그녀는 꾸뻬가 도착하자 선풍기를 켜주고는 차를 준비하겠다며 방 안으로 사라졌고, 꾸뻬는 선풍기 곁에 놓인 의자에 앉았다. 역시 스타는 어딜 가나 대접받는지 그녀가 머무는 집은 장 신부의 집보다 더 커 보였다. 구조는 두 개의 방으로 나뉜 형태로 똑같았는데, 강가로 나무 발코니를 낸 거실과 한쪽은 반대편 산등성이 숲으로 트여 있는 침실이었다. 침실의 열린 문틈으로 매트리스 없이 짧은 다리에 판자만 올린 침대 위에 세탁한 옷과 속옷들이 마구 흩어져 있는 모습이 보였다.

"여기 있으면 소소한 가사 노동이 저를 지탱해줘요."

스타가 찻주전자를 들고 나오며 말했다.

"야외 촬영용 캠핑 트레일러는 너무 지겨워요. 거긴 그냥 호텔 같거든요. 약간 덜 좋은 호텔."

그녀는 꾸뻬 앞쪽에 깔린 돗자리 위에 아시아 사람들처럼 양반 다리를 하고 앉았다. 그 탓에 그녀가 최근 되찾고 싶어 하는 순수함을 상징하듯 하얀 속옷이 살짝 보여서 꾸뻬는 당황하며 애써 눈을 돌렸다. 방 한쪽에는 이불이 잘 개어져 마루 위로 놓여 있었다. 다른 사람이 함께 지내고 있는 걸까.

"제 매니저 거랍니다. 그녀도 이곳에서 지내는 걸 마음에 들어 해요. 게다가 가톨릭 신자거든요."

그녀의 매니저는 필리핀 사람이었는데, 아마도 엄청나게 인내심이 뛰어나고 이해심도 넘쳐날 것이다. 그렇지 않고서야 스타의 기분 변화를 견디기 어려울 테니. 꾸뻬에게도 공격성을 드러내던 모습을 생각해봤을 때 그녀가 최악의 컨디션에서 자신의 매니저를 어떻게 대할지, 상상조차 하기 싫었다.

슬슬 제대로 된 상담을 시작해볼 참이었다. 하지만 오늘 꾸뻬는 평소처럼 자기 상담실에 있는 것이 아니라 스타의 방에 있었다. 스타는 큰 호의를 베푼다는 듯 선풍기를 꾸뻬 쪽으로 돌려주었다. 이 모든 것이 꾸뻬를 조금 어색하게 하긴 했다.

"장 신부님은 만나보셨어요?"

스타가 물었다.

"네. 잠시 외출하시더군요."
"신부님은 정말 대단한 분이세요!"
스타가 눈을 빛내며 말했다. 꾸뻬는 스타의 경외심을 이해할 수 있을 것 같았다. 그러나 스타의 경우라면, 장 신부를 숭배하는 단계가 지나면 어느 순간 그를 격렬하게 증오하는 단계로 변화될 수 있음을 걱정했다.
"그런데 선생님은 어떻게 신앙의 도움 없이도 사람들을 낫게 할 수 있는 척하시죠?"
스타가 물었다.
"신앙에 호소하는 건 제가 할 일이 아닙니다. 장 신부님 같은 분들이 그래서 계시지요. 우리는 각자 역할을 나누고 있다고 할 수 있어요."
"말도 안 되는 소리예요!"
스타가 격분한 채로 말했다.
"잠시만요. 그럼 신앙은 어떤 방식으로 당신을 돕고 있나요?"
"저한테 신앙심이 있는지 없는지도 아직 몰라요!"
"하지만 좀 전에 장 신부님이 도움이 된다는 이야기를 하셨잖아요……."
"장 신부님과 함께 있으면 마치 저한테 신앙심이 있는 것 같은 생각이 들어요. 하지만 이렇게 선생님과 이야기할 때면……."
그녀가 회의적인 표정으로 꾸뻬를 바라보았다. 꾸뻬는 이 예민한 주제에서 벗어나 지금 더 급한 문제들로 대화를 돌리기로 했다.
"지난번 마지막으로 전화로 이야기를 나눈 후로는 좀 어떠셨나요?"

"사실 저는 이곳에서 마음이 편해요. 여기선 아무도 저한테 어떤 걸 기대하지 않거든요. 여기 아이들은 제가 만나러 가기만 하면 아주 좋아하죠. 텔레비전이 아직 없기 때문에 제가 유명하다는 것도 잘 몰라요. 게다가 이 집에서 혼자 조용히 지낼 수도 있고, 그러면서도 절대로 외롭다는 느낌은 들지 않아요."

창밖으로 저마다 단순하고 꼭 필요한 작업에 열중하고 있는 마을 사람들의 모습이 보였다. 물을 길러 가거나, 옷을 빨고 있거나, 강물에 낚시 그물을 설치하거나 산비탈 경작지에서 쌀 수확을 마무리하고 있었다. 정말 그랬다. 이 마을에서는 각자가 혼자인 채로, 그럼에도 외로움을 느끼지 않으며 지낼 수 있을 것 같았다.

꾸뻬는 매니저의 침구 위에 놓인 잡지 한 권을 빌건했다. 스타가 사랑스러운 어린아이들을 두 팔로 안아주려는 장면이 표지에 실려 있었다.

"그런데 촬영장에 가기만 하면 아주 끔찍해요. 모두들 저한테 너무 많은 걸 기대하거든요. 그리고 전 이제 이번 역할이 싫어졌어요."

꾸뻬는 스타가 처음 이번 역할에 대해서 이야기할 때 얼마나 열정에 가득 차 있었는지가 기억났다.

"참, 학교가 시작될 시간이네요. 같이 보러 가요!"

스타가 급작스럽게 말하더니 방으로 들어가 청바지를 입었다. 그제야 꾸뻬는 그녀가 입고 있던 것이 짧은 원피스가 아니라 그저 길이가 긴 폴로티셔츠였다는 걸 알 수 있었다.

교실은 일반 집들보다 좀 더 큰, 비탈 높은 곳에 위치한 건물을 쓰고 있었다. 입구에는 머리를 길게 땋아 늘인 두 명의 젊은 여성들이 그들을 기다리고 있다. 그 젊은 여성들은 도시에서 몇 년을 머물며 고등학교까지 마쳤다고 장 신부가 설명해주었다. 그리고 이제는 그녀들이 아이들에게 글을 가르치는 선생님 역할을 하고 있었다. 전혀 다른 문자를 쓰는 그들의 민족어와 태국어를 다 가르쳤고 영어도 조금 가르쳤다. 게다가 스타가 도착하고는 교육 방법이 더욱 풍부해졌다. 노래로 영어를 가르치게 된 것이다.

서른 명 남짓의 남자아이들과 여자아이들은 다섯 살부터 열두 살까지의 나이로 모두 아주 착하고 조용히 수업을 들었다. 교실 앞의 스타와 꾸뻬를 바라보는 아이들의 작은 갈색 얼굴이 조금 긴장되어 보였다. 하지만 스타가 노래를 부르기 시작하자 아이들의 미소가 방 안을 환히 빛냈다. 마치 그들이 경배해 마지않는 어떤 기적이 그들 앞에 돌아온 것 같았다.

"올드 맥도널드 해드 어 팜 Old MacDonald had a farm, ..."

행복에 가득 찬 귀여운 목소리들이 스타의 노래를 따라 불렀다. 두 젊은 선생님들은 칠판에 가사를 적고 있었다.

꾸뻬는 스타를 바라보았다. 그녀에게서 빛이 나는 것 같았다.

그녀의 입술은 가볍게 미소를 띠고 있었고 눈으로는 가끔 허공을 보며, 또 가끔은 아이들을 바라보며 눈을 맞췄다. 그녀는 마치 다시는 내려오고 싶지 않은 지복의 상태에 도달한 것처럼 보였다.

아이들은 그녀가 누구인지도 잘 모르고 유명인이라는 것도 알지 못했다. 하지만 그녀는 이유 없이 스타가 된 것이 아니었다.

정글 한가운데 판자로 벽을 세운 이런 교실 안에서조차, 단지 노래를 부르는 것만으로 그녀는 우리 주변의 공기를 별처럼 반짝반짝 빛나는 무언가로 가득 채우고 있었다.

센토사

그날 밤 꾸뻬 일행은 마을로 돌아온 장 신부와 저녁 자리를 함께했다. 스타는 야간 촬영 일정이 있어서 오지 못했는데 그녀의 빈자리는 꽤 크게 느껴졌다. 그리고 그녀가 없는 자리는 더욱 그녀를 생각나게 했다.

마을 전체가 이미 잠에 빠져든 지 오래였지만 그들을 위해 발전기가 돌아갔다. 그 덕에 조도가 낮은 전구 하나가 음식에 불빛을 비춰줄 수 있었다. 마을 아낙들이 밥을 많이 해왔고 이름 모를 풀들로 샐러드를 만들어주었다. 사냥한 고기를 넣은 듯한 스튜 같은 것도 있었는데 장 신부가 그게 사슴 고기라고 했다. 보통 사냥꾼들이 잡아 오는 것이라곤 주로 다람쥐나 쥐 정도라, 귀한 손님들을 대접하려고 저장해둔 것이었다. 꾸뻬와 친구들은 방콕에서 가져온 캘리포니아산 쉬라즈 와인을 꺼내 왔고, 와인병을 본 장 신부가 아주 기뻐했다.

"거봐요. 오늘 저녁에는 제가 욕구를 좀 풀겠네요. 모국어로 이야기할 수 있는 친구들과 레드 와인이라!"

그런 신부의 반응에 브라이스는 뭔가 어색해 보였다. 도착해서 장 신부와 나눴던 진지한 대화를 의심하고 있는 것 같았다. 그에 비해 솔렌느는 자기 집처럼 편안해 보였다. 오후엔 마을 여자들과 이야기까지 나누며 시간을 보냈는데, 솔렌느는 이 마을 사람들이 쓰는 민족어를 알지는 못하지만 약간 비슷한 다른 민족어를 할 줄 알았기 때문에 금세 배웠다.

꾸뻬도 기분이 좋았다. 열기에도 어느 정도 익숙해졌다. 그래도 쉬라즈 반 잔을 마시고 나자 몸이 뜨끈해지며 얼굴이 땀으로 범벅이 되어버렸다.

장 신부는 솔렌느에게 이 마을을 돌아보니 어땠냐고 물었다.

"이 마을 여자들은 아주 행복해 보여요. 여기선 모든 걸 자급자족하며 살아야 하긴 하지만, 그래도 다들 만족해하는 것 같아요."

"맞아요!"

장 신부가 맞장구를 쳤다.

"마을 사람들의 삶의 질도 많이 나아졌어요. 요즘은 도시 보건소에서 진찰을 받을 수도 있고 출산도 거기 가서 할 수 있답니다. 학교를 짓고 나서부터는 아이들이 교육도 받고 있지요. 게다가 국경을 넘어온 난민들은 여기서 안전하다고 느끼며 지냅니다."

"건강과 안전. 행복을 위한 두 가지 필수 조건이죠. 특히나 이 두 가지 요건이 파괴된 경험을 가진 사람일수록 더욱 그렇고요."

꾸뻬가 말했다.

"하지만 마을 사람들은 여전히 아주 가난하죠. 마을 전체를 통틀어 휴대 전화는 두 대뿐이고 그것도 이십 킬로미터는 나가야 통화가 가능하고요."

솔렌느가 말했다.

"마침 한 관대한 자선가 덕분에 위성 전화가 한 대 들어왔습니다. 사용비가 너무 많이 들어서 급한 상황이 아니면 쓸 수 없겠지만요."

"그럼 이 마을 사람들은 일반적인 소비재에 전혀 접근이 없나요?"

브라이스가 물었다.

"그런 셈이죠. 거의 없다고 보면 됩니다. 물건들이 여기까지 운송되기도 힘들고 비용도 만만찮죠. 게다가 이곳 사람들은 아직 그런 욕심이 없어요. 텔레비전이 없으니까요. 하지만 이런 상태가 언제까지 계속될지……."

"에피쿠로스적인 삶이로군요. 소박하고 자연스러운 쾌락을 추구하며 살죠. 우정, 가족, 일용할 양식과 자연."

꾸뻬가 말했다.

"한 가지, 에피쿠로스와 그의 친구들은 하인을 두고 살았지만 이 마을 사람들은 하루 종일 노동을 하며 산다는 점이 다르군요. 산비탈에 쌀농사를 지어보세요. 얼마나 힘들다고요."

"하지만 앞으로는 변화가 생기지 않을까요?"

솔렌느가 물었다.

"물론 그럴 겁니다. 마을 사람들이 그 변화를 잘 준비할 수 있도록 도와야죠. 도시에서의 생활에 대비도 해야 하고요. 하지만 지금으로선 도시로 공부나 일을 하러 갔던 젊은이들도 결국 다 마을로 돌아와 결혼해 살더군요. 처음엔 그걸 보고 놀랐습니다. 아직까지 이 마을 사람들은 센토사를 간직하고 있는 겁니다."

"센토사요?"

"불교 덕목 중에 하나야. 자신이 가진 것에 만족하는 것."

솔렌느가 대신 설명했다.

"그렇군요. 텔레비전과 광고들이야말로 우리가 가지지 못한 것을 욕망하도록 만들기 위해 있는 것들이죠."

"동지 여러분, 아시다시피 이 세상의 모든 경제 활동은 센토사의 반대 방향으로 흘러갑니다."

브라이스가 말했다.

"그러니까, 새로운 휴대 전화를 사면 더 행복해지리라고 믿게 만든다는 거고? 거기다 남들보다 먼저 사면 더더욱 행복해질 거라고 말이지?"

솔렌느가 물었다.

"바로 그거야."

"여기 사람들은 가진 것을 서로 나눕니다. 앞으로 얼마 동안은 괜찮을 거예요. 도시에 가서 살다가 돌아온 사람들도 크게 바뀌지 않은 채 돌아오더군요. 아직까지는요. 스튜 좀 더 드시겠습니까?"

망설이며 스튜 접시를 바라보던 브라이스에게 장 신부가 물었다.

꾸뻬는 장 신부가 아마 우정에 대해서도 좋은 견해를 들려줄 수 있지 않을까 싶었다. 특히 성 토마스 아퀴나스에 대해 묻고 싶었다. 마침 솔렌느가 에두아르의 사진을 꺼내 장 신부 맞은편 탁자에 올려놓았기 때문에 이야기를 꺼내기 좋을 것 같았다.

"하나님 맙소사!"

사진을 본 장 신부가 말했다.

"신부님이 보시기에도 이 친구가 어딘가 아파 보이시나요?"

"잘은 모르겠지만, 아마도 이 마을까지 가는 길이 험난했을 겁니다."

"이들은 크라족이죠……?"

솔렌느가 물었다.

"그렇습니다. 알고 계시는군요?"

"잘 아는 건 아니지만 그 부족의 공예품이 손에 들어왔던 적이 있거든요. 그곳에 가본 적은 없습니다."

"크라족은 호전적인 민족입니다. 우리 와랑 사람들도 그들을 두려워하죠. 사실 모든 사람들이 그들을 두려워합니다. 국경 너머 나라의 장군들도 두려워할 정도죠."

장 신부가 국경 쪽을 가리켰다.

"그들은 스스로 작은 정부까지 세웠어요. 정부군도 그들이 사는 곳에 쳐들어가지 못합니다. 오히려 협상을 하고 싶어 하죠."

모든 사람들이 겁을 내는 민족 속으로 숨어 들어갈 생각을 하다니, 정말 좋은 아이디어 아닌가! 꾸뻬는 에두아르가 여전히 무모하면서도 여전히 똑똑한 사람이라는 생각을 했다.

이런저런 이야기를 하다 보니 성 토마스 아퀴나스에 대해 묻는 건 또 미뤄야 할 것 같았다. 그날 밤, 꾸뻬는 마을에 막 들어온 위성 전화기 덕분에 클라라의 이메일을 읽을 수 있었다.

> 내 사랑
> 자기가 지난번에 성 토마스 아퀴나스에 대해 이야기했었지. 그 얘기는 줄곧 나를 괴롭혀 왔어. 토마스 아퀴나스가 우정에 관해 적은 구절을 찾겠다고 책을 이리저리 뒤적였지. 결국 사랑에 관한 글을 찾아냈어. 사랑은 믿음, 소망과 함께 세 가지 신학적 덕목의 하나지.(자기는 이런 쪽이랑은 좀 멀어진 것 같으니까 한번 정리해주는 거야!) 그런데 사랑은 사실 신을 향한, 그리고 이웃을 향한 사랑이고 요약하자면 결국 우리 모두는 신의 친구들이라는 거야. 설명하기 참 어렵네……. 이제 자야겠어.

신의 친구라. 로저가 들으면 좋아할 것 같은 표현이었다.

그만의 방식

 불 꺼진 방 안, 어둠 속에서 브라이스는 꾸뻬에게 스다의 증상이 급성 양극성 우울증인 것 같다는 이야기를 했다. 그녀의 갑작스럽고 빠른 기분 변화는 그 때문일 것이라고.
 브라이스는 촬영장에 가고 싶어 했다. 스타를 만나고 싶은 것이었다. 꾸뻬는 브라이스가 예전의 삶을 생각하며 들떠 있다고 느꼈다. 그가 유명 인사들의 정신과 의사였을 때 영화계 인물들을 상담해주던 브라이스는 영화 시사회에 초대되곤 했었다.
 "급성 순환 양극성 장애야. 그래서 그렇게 기분 변화가 심한 거지. 단순한 인격 장애 때문이 아니라고 봐."
 브라이스가 말했다.
 꾸뻬는 좋은 의견이라고 생각했다. 정신과 의사로서 환자 중개

업에 가까운 일을 했던 브라이스지만, 진단을 하는 데에는 특출한 능력이 있었다. 하지만 스타를 만나고 싶어 안달하는 브라이스의 모습은 꾸뻬를 약간 숨 막히게 했다.

"알았어. 먼저 내가 스타한테 너에 대한 이야기를 할게. 그러고 나서 그녀가 너를 만나고 싶어 하면 같이 가자고."

꾸뻬가 제안했다.

"아니, 그러지 말고 그냥 같이 가서 나를 소개해줘. 그게 더 간단하잖아."

"그건 좀 허락 없이 난입하는 것 같은데."

"스타도 나를 마음에 들어 할 거야. 장담해."

"그렇긴 하겠지. 내일 상황을 봐서 결정하자고."

"알았어."

브라이스가 이미 잔뜩 설레는 목소리로 대답했다.

꾸뻬는 어서 자고 싶었다. 학교 교실의 책상과 의자를 벽 쪽으로 밀고 돗자리 두세 장을 겹쳐 깔아서 매트리스로 삼아 마룻바닥 위에 잠자리를 마련했다. 우리가 너무 자주 잊어버리게 되는 소박한 행복을 기억해내었다. 침대에서 잠드는 것.

얼굴 위로 끌어당긴 모기장에서 살충제 냄새가 나서 기침이 나왔다. 꾸뻬는 다음번 여행 때는 야영 장비를 잘 준비해야겠다고 다짐했다. 동시에 꾸뻬는 다음 여행이란 게 있을까 의심했다. 아마도 클라라와 꼬마 꾸뻬와 함께 떠나야겠지?

크라족과 에두아르에 대한 생각이 머릿속을 채웠다. 사진을 다시 주의 깊게 보고 나서 솔렌느와 장 신부는 에두아르가 크라족

가운데서도 유난스러운 종족인 크라 라오 집단에서 살고 있다는 데 동의했었다. 이 종족을 발견한 영국인들에게는 '야생 크라'라는 별명으로 불렸던 집단이다.

크라 라오족은 지난 세기의 탐험가들이 관심을 가졌던 소수 민족으로, 그들의 예술품이 오늘날 수많은 유럽의 박물관에 전시되어 있다. 크라 라오족 사람들에게 노예로 잡히거나 머리가 잘리지 않고 무사히 돌아올 수 있었던 똑똑한 탐험가들만이 유럽으로 가져올 수 있었던 물품들이었다. 그들에게 방금 막 깨끗이 잘린 머리는 다산과 풍작의 징표로 여겨지기 때문이다.

국경 너머 나라의 중앙 세력은 크라족이 따로 분리해서 공식적으로 그들만의 크라국 건립을 선언하지 않는 한, 그들을 간섭하지 않고 내버려두었다. 정부군의 장군들도 그들에게 싸움을 걸기 위해 멀리서 오는 것을 주저했다. 용기를 내어 말하자면 식인 풍습이 남아 있는 그들의 호전적인 전통과, 정글화된 산봉우리를 끼고 자리 잡은 지형적 특징은 아무리 거대 권력들이라고 해도 두 번 생각하게 만들었다. 크라족이 국경을 오고 가는 암거래로 양쪽 모두 이득을 가져간다는 걸 이미 오래전 깨닫고 나서는 더욱더 그랬다. 현명한 자가 크라족을 평범한 시민 국가로 편입시켜야 한다는 급진적인 생각을 하는 대열의 문제아들을 진정시켰고 목재, 인력, 광물과 마약 거래 등은 정부에도 현실주의자 친구들이 생기게 했다.

에두아르는 크라족 중에서도 가장 과거의 풍습을 간직하고 있는 크라 라오족 집단에 가서 지내는 것이 유리할 것을 꿰뚫어 보고 선택했을 것이다. 저지대에 자리 잡은 다른 크라족들은 이제는 마을 촌장들이 일본제 사륜구동 차를 몰고 다니며 위성 전화로 암거래 진행을 지휘하는 등 변해가고 있었다. 그래서 크라 라오족은 크라족 지역 안에 그들만의 작은 지구를 형성했다. 게다가 크라 라오족의 더욱 호전적인 전통에 크라족 자체에서도 그들을 건드리기 힘들었고, 역시나 크라 라오족과의 암거래 이익으로 그들은 더더욱 입을 닫았고…… 또…….

그런데 이 장소는 삼십억 달러를 쓰기에 좋은 장소는 아니다. 돈을 관리하는 것조차 쉽지 않을 것이다. 성능 좋은 위성 전화가 있지 않는 이상.

꾸뻬는 에두아르에 대해 생각하다 다시 장 미셸을 떠올려보았다. 그러고는 관찰 5번을 다시 써야겠다는 생각을 했다.

관찰 5 수정 친구란 그들의 삶의 방식을 찬탄할 수 있는 사람이다.

야생 코끼리

　스타의 매니저 마리아 안젤리나는 작고 호리호리한 사람이었는데 똑똑해 보이는 빛나는 눈빛을 가지고 있었다. 그녀는 꾸뻬가 예전에 홍콩에서 보았던 고층 사무실 건물 그늘에 앉아 휴일을 즐기던 필리핀 청소부들을 생각나게 했다. 그들은 돈을 벌어 고향에 남아 있는 가족들에게 보내느라 카페에 갈 돈이 없었다. 마리아 안젤리나도 매니저 월급으로 고향의 가족들을 먹여 살리고 있을지 모른다.
　"촬영이 끝날 때까지 있어 주시면 너무 좋겠네요."
　마리아 안젤리나가 말했다.
　"그건 예정에 없던 일입니다."
　꾸뻬가 대답했다.

"제작사에서도 꼭 그래주셨으면 하고 있어요."

촬영팀의 텐트는 작은 발전기를 돌려 냉방이 잘 되어 있고 아주 편안해서 꾸뻬는 이 주 정도 더 머물 수 있도록 조정해볼까 하는 생각이 들었다. 이곳에서의 이 주 동안 소득은 일반적인 상담 치료로 치면 두 달 치 정도에 상당하는 것이다. 클라라 역시 좋아할 것이다. 하지만 꾸뻬는 제작사가 밀어붙여 남게 되었다는 걸 눈치채면 과연 스타가 좋아할지 확신이 서지 않았다. 이곳에 오기 전에 마지막으로 전화 통화를 했을 때 스타는 이 분에 한 번씩 꾸뻬에게 "선생님이 오셨으면 좋겠어요."라고 사정했었다. 그녀는 전화로 이야기하는 데 지쳤고 사실상 전화로 하는 대화는 아무런 도움도 되지 않았다. 하지만 의사로서의 역할이 어디까지인지 주의해야 한다. 게다가 꾸뻬가 이 여행을 시작한 이유는 스타의 손을 잡아주기 위해서가 아니라 에두아르를 찾기 위해서였다.

"제가 스타와 논의해보겠습니다. 어쨌든 저는 이쪽에서 해야 할 작은 여행이 있습니다. 하지만 끝내고 다시 여기 들를 수도 있겠죠."

꾸뻬가 말했다. 이렇게 말하면서도 꾸뻬는 사실 그 작은 여행이란 걸 대체 어떻게 해야 할지 아이디어가 떠오르지 않았다.

텐트의 휘장이 걷히며 앵글로색슨족으로 보이는 남자 한 명과 여자 한 명이 아주 피곤해 보이는 모습으로 들어섰다. 영화 제작자 앤과 조지였다. 그 둘은 온화하고 아주 고상해 보이는 사람들이었다. 그들이 뉴욕 맨해튼의 어퍼 이스트사이드의 시크한 바에 앉아 조용히 대화를 나누는 모습이 떠올랐다. 하지만 지금 그들은 신경 발작 직전인 듯했다.

"며칠이나 더 계실 수 있나요?"

앤이 물었다. 앞으로 또 다른 문제가 안 생길 리 없다는 듯 간절했다.

"잠시만요. 저는 예정된 여행을 좀 해야만 합니다."

앤과 조지는 아연실색한 표정으로 꾸뻬를 바라보았다.

"그런데 스타가 없는 자리에서 이렇게 우리끼리 모여 이야기하는 걸 스타가 보면 좋아하지 않을 거예요."

마리아 안젤리나가 말했다.

꾸뻬도 동감이었다. 즉시 자리를 뜨려고 하는데, 또 텐트의 휘장이 걷히고 이번에는 브라이스가 나타났다. 브라이스는 그새 좀 야윈 것처럼 보였지만 활기 있게 보였다.

꾸뻬가 브라이스를 소개했고, 그러다 한 가지 아이디어가 떠올랐다.

"아주 유능한 정신과 의사인 제 동료 브라이스가 아마 여러분과 함께 있어줄 수 있을 것 같습니다. 물론 제 친구가 동의한다면 말이죠."

앤과 조지가 이번에는 희망에 가득 차서 브라이스를 주시했다.

"그게 좋은 생각인지 잘 모르겠습니다. 스타는 이미 그의 의사 꾸뻬와 전이가 발생한 단계라 제가 그 자리를 대신하기는 어려워 보입니다."

브라이스가 그 제안에 아주 기뻐할 거라 생각했던 꾸뻬는 놀라고 말았다. 한편으로는 스타를 만나고 싶은 욕망보다도 함께 에두아르를 찾으러 가고 싶어 하는 브라이스의 모습을 보자 행복했다.

친구란 당신을 걱정하는 사람이다. 꾸뻬는 되뇌었다.

그때 텐트 문이 열리고 스타가 나타났다.

"저에 대한 대책 회의라도 하는 거예요?"

스타의 두 눈에서 불꽃이 튀었고, 꾸뻬가 말했다.

"아닙니다. 제가 당신 동의 없이는 아무것도 결정할 수 없다는 걸 이 친구들에게 설명하는 중이었어요."

그러자 스타가 말했다.

"이 사람들은 제 동의 따위는 상관도 안 해요! 선생님이 여기 있었으면 하는 거죠."

앤이 무언가를 말하려 했지만 조지가 그녀의 팔에 손을 얹으며 저지했다.

꾸뻬는 어긋난 상황을 어떻게든 되돌려보기 위해 말했다.

"어쨌든 이건 우리 두 사람이 알아서 의논할 문제니까요."

그러자 스타가 브라이스를 가리키며 물었다.

"근데 이 사람은 누구죠?"

"제 친구이자, 동료 정신과 의사입니다. 같이 여행 중이죠."

그러자 스타가 브라이스에게 말했다.

"정신과 의사처럼은 안 보이시네요."

브라이스는 자신이 지을 수 있는 가장 매력적인 미소를 지어 보이며 대답했다.

"그럼에도 불구하고, 맞습니다."

그러나 스타는 발을 돌려 텐트를 나가며 말했다.

"당신은 못 믿을 사람 같군요."

마리아 안젤리나가 일어나 밖으로 따라 나갔다. 조지와 앤은 말문이 막힌 채였고, 브라이스는 심각하게 당황한 표정이었다.

꾸뻬가 말했다.

"그럼, 저도 가봐야 할 것 같군요."

조지가 당부했다.

"부탁드립니다. 며칠 더 계셔주세요."

"최선을 다해보지요."

"선생님의 진료비를 어떻게 드릴지 이야기해보겠습니다."

"좋습니다. 하지만 아직은 아니에요."

스타는 이미 사라지고 없었다. 꾸뻬는 더위에 넋이 나간 듯 보이는 촬영팀 기사 몇몇만 마주쳤다. 그중 한 명이 꾸뻬에 스타가 어느 쪽으로 갔는지 알려주었다. 그쪽으로 가자 스타와 마리아 안젤리나가 마을 쪽으로 난 오솔길을 오르고 있는 것이 보였다. 나무숲 사이로 둘의 실루엣이 사라지기 직전이었다. 꾸뻬는 그녀들을 따라갔다.

경사가 가파른 길이었다. 조금만 더 심해지면 위에서 잡아주는 손이 필요할 정도였다. 겨우 나무 그늘에 다다랐을 때는 그녀들의 모습이 더 이상 보이지 않았다. 하지만 길이 오솔길 하나밖에 나 있지 않아서 그들이 길을 잃지만 않는다면 그리 크게 걱정할 일은 아니었다. 스타의 방향 감각이 특히 이렇게 화가 나 있는 상태에서 능력을 발휘할 수 있을지는 모르겠지만. 그러나 마리아 안젤리나는 오솔길이 없어도 길을 잘 찾을 수 있을 것이다.

꾸뻬가 작은 봉우리에 다다랐을 때 마리아 안젤리나의 모습이 보였다. 그녀는 나무 기둥에 등을 기댄 채 창백한 얼굴로 가쁜 숨을 쉬고 있었다. 그녀가 말했다.

"건강 문제가 좀 있는데……. 곧 수술할 예정이에요."

"심장판막 손상입니까?"

"맞아요. 스타는 저쪽으로 올라갔어요."

스타는 기다려주지 않았던 것이다. 꾸뻬도 마리아 안젤리나를 기다리지 않고 먼저 올라가기로 했다. 그녀도 이해하리라.

가파른 길을 기어오르며, 꾸뻬는 마리아 안젤리나의 병에 관해 의학적 관점을 되짚어보면서 산행의 고통을 잊기로 했다. 아마도 그녀는 어린 아기들이 인두염에 걸렸을 때 제대로 항생제를 처방받기 힘든 나라들에서 자주 발생하는 심장판막 기형을 앓고 있을 것 같았다. 제대로 항생제를 처방받지 못하면 많은 수의 어린아이들이 연쇄구균에 대한 염증 반응을 일으키는데, 이 반응이 판막을 손상시켜 수술이 필요하게 된다. 하지만 아기의 가족이 수술 비용을 마련할 수가 없어 방치하게 되는 것이다.

마리아 안젤리나는 다행히도 성인이 될 때까지 판막 기형의 정도가 그리 심해지지 않아서 지금처럼 심한 신체 활동만 하지 않으면 괜찮았다. 그리고 건강 보험의 혜택이거나 혹은 그녀의 존재를 꼭 필요로 하는 스타의 관대함 덕분에 곧 수술을 받을 수 있다니 행운이었다.

꾸뻬는 산 정상에 다다랐고, 길은 반대편 마을 쪽으로 내려가게 되어 있었다. 하지만 스타의 모습은 어디에도 보이지 않았다. 벌써 아랫마을에 도착했을까? 아니다. 그건 불가능해 보였다. 순간적으로 꾸뻬는 최악의 상황을 직감했다. 그녀는 길을 잃은 것이다.

꾸뻬는 즉시 마리아 안젤리나가 있던 방향으로 되짚어가며 스타가 어느 지점에서 길을 잘못 들어섰을지 찾아보았다. 마침내 꾸뻬는 어떤 바위 앞에서 길이 두 갈래로 나누어지는데 한쪽 길이 전혀 다른 방향으로 나 있는 걸 발견했다. 꾸뻬는 그쪽 길을 따라가며 혹시나 발자국이 나 있지나 않은지 바닥을 살폈다. 풀들이 아주 최근에 밟힌 자국이 있었는데 사람인지 동물인지 알 수가 없었다.

이쪽 길은 경사가 좀 완만한 편이었는데, 점차 길이 희미해지더니 어느 순간 완전히 없어졌다. 꾸뻬는 이름 모를 온갖 나무들 사이로 걷고 있었다. 이 빠진 모양의 바나나 나뭇잎만 겨우 알아보았다. 이 길로 들어섰다면 스타도 자기가 길을 잃었다는 걸 눈치챘을 것이다. 그렇지 않을까?

꾸뻬는 스타를 한번 불러보기로 했다. 그 순간 꾸뻬의 눈에 스타의 모습이 보였다. 그녀는 똑바로 선 채로 커다란 나뭇잎 커튼 앞에 가만히 서 있었다. 꾸뻬가 그녀를 향해 다가가려 했을 때, 어렴풋이 우지끈 하는 소리가 들렸다. 그러고는 스타 앞의 나무들이 진동하고 나뭇잎들이 몸을 떨었다. 나무 기둥 뒤에서 거대한 그림자가 나타났다.

코끼리였다. 야생 코끼리.

꾸뻬의 몸이 순간 경직되었다. 스타가 꾸뻬 쪽을 보았고 그녀의 눈빛에 공포가 어려 있었다. 꾸뻬가 지금껏 스타에게서 보았던 공포의 눈빛보다 훨씬 더 강한 공포였다. 꾸뻬는 스타에게 움직이지 말라는 사인을 보냈다.

코끼리는 아직 어슴푸레하게 그 모습을 드러낸 정도였다. 어두운 숲 속에서 약간 더 짙은 거대한 그림자가 움직이고 있는 모양새였다. 스타는 온몸을 바들바들 떨며 울먹이기 시작했다. 꾸뻬가 조금씩 그녀에게 다가갔다. 클라라와 꼬마 꾸뻬 생각도 잠시 났다. 어디선가 본 적이 있는, 야생 코끼리가 사람을 만났을 때 발생할 수 있는 상황들에 대해서는 떠올리지 않으려고 아무리 애써도 생각이 났다. 야생 코끼리는 호기심이 많고 불안해하는 편이다. 화를 낼 수도 있다. 사람을 발로 뭉개버릴 수도 있다. 발정기의 수컷과 새끼와 함께 있는 암컷은 가장 위험한 상대다. 갑작스럽게 움직이는 건 최대한 자제해야 한다.

드디어 꾸뻬가 스타 곁에 도착했다. 스타가 꾸뻬의 두 팔에 뛰어드는 순간, 코끼리도 움직임을 뚝 멈췄다. 나뭇잎들 사이로 야생 코끼리의 눈동자가 보였다. 꺼칠꺼칠한 검은 피부 속에 박힌 반짝이는 작은 보석 같았다. 그 눈동자가 꾸뻬와 스타를 관찰하고 있었다.

꾸뻬는 스타를 어깨에 둘러매고 방향을 돌려 코끼리를 등진 채 천천히 나아가기 시작했다. 뒤에서 다시 우지끈 하는 소리가 들려왔다. 그들을 향해 돌진하는 코끼리의 발밑에서 땅이 진동하는 것이 느껴졌다. 꾸뻬에게 매달린 스타는 흐느껴 울었다. 아기들이 어딘가에 부딪혀서 터뜨릴 때처럼 숨이 끊어질 듯한 울음이었다.

일 미터 앞으로 나아가는 것이, 조용한 일 초의 순간이, 꾸뻬에게는 마치 무한히 길고 긴 시간처럼 느껴졌다.

스타는 꾸뻬의 목을 꼭 안고 놓으려 하지 않았고, 그녀의 두 눈에서 흐르는 눈물이 꾸뻬의 볼에 느껴졌다. 과연 이 사건이 정신과 의사와 환자로서의 관계를 망치지나 않을지 꾸뻬가 생각했다.

꾸뻬는 길이 난 곳까지 오는 데 성공했고, 거의 동시에 마리아 안젤리나의 모습이 보였다. 그녀는 여전히 숨이 차서 가쁜 숨을 쉬고 있었지만 꾸뻬와 스타가 돌아와서 기뻐했다. 꾸뻬는 마치 코끼리가 들을지도 모른다는 듯 아주 작은 목소리로 그녀에게 말했다.

"코끼리."

더 설명하지 않아도 그녀는 이해했고, 그들은 조용히 마을 쪽으로 함께 내려왔다.

그날 밤 꾸뻬는 클라라와 꼬마 꾸뻬의 목소리를 잡음 없이 듣는 기쁨을 누릴 수 있었다. 사정이 어려운 장 신부의 위성 전화기를 쓰고 싶지 않았기 때문에 제작사의 위성 전화기를 사용했다.

꾸뻬가 클라라와 꼬마 꾸뻬에게 말했다.

"아주 잘 지내. 걱정하지 마."

"걱정 안 해. 당신 친구들도 같이 있으니까."

다행히 클라라는 아직 브라이스의 변화에 대해 몰랐다. 그래서 브라이스가 꾸뻬에게 약간 풀기 힘든 숙제 같은 친구라는 것도 몰랐다.

이번에는 꼬마 꾸뻬가 물었다.

"아빠. 지금 정글에 있는 거예요?"

"응."

"그럼 거기 호랑이도 있어요? 코끼리도요?"

"호랑이는 모르겠지만 코끼리는 있더구나. 아빠가 직접 봤지. 그것도 야생 코끼리를."

"캬오! 야생 코끼리요? 걔네들도 길들일 수 있어요?"

"그럼, 당연하지."

"그럼 아빠가 걔네들을 길들이실 건가요?"

"아빠는 사람 길들이는 법은 알지만 코끼리 길들이는 법은 모른단다."

그 말이 정말 사실이라면 얼마나 좋을까, 꾸뻬는 스타를 떠올리며 생각했다.

문득 꾸뻬는 클라라에게 할 질문이 떠올랐다.

"클라라. 생각해보니 남자들 간의 우정이나 남자와 여자 사이의 우정은 나도 알 수 있지만 여자들 간의 우정은 어떤지 알 수가 없잖아. 당신 생각엔 여자들 간의 우정이 남자들 간의 우정과 다른 점이 뭐라고 생각해?"

"좋은 질문이긴 한데……."

그때 옆에서 듣고 있던 꼬마 꾸뻬가 대답을 대신했다.

"우리 남자들은 같이 뭘 하는 걸 좋아하는데 여자들은 자기들끼리 끊임없이 수다를 떨어요!"
 꾸뻬와 클라라가 웃음을 터뜨렸다.
 꼬마 꾸뻬가 불만이라는 듯 물었다.
 "왜 놀리고 그러세요!"
 그리고 꾸뻬와 클라라가 차례로 말했다.
 "놀리는 거 아니란다, 꼬마 꾸뻬."
 "사실 그건 진짜 좋은 대답이야."
 꾸뻬는 마지막 인사를 했다.
 "고마워. 또 전화할게."

 정말로 꼬마 꾸뻬의 대답은 우정에 대한 진지한 연구들을 떠올리게 했다. 우정에 대해 지금까지 꾸뻬가 적어온 모든 관찰 내용은 여전히 유용하겠지만, 확실히 성별 차이도 고려해야 한다는 생각이 들었다.
 꾸뻬는 수첩을 꺼내 새로운 관찰을 적어 내렸다.

 관찰 14 남자들은 같이 무언가 하는 걸 좋아하고, 여자들은 자기들끼리 끊임없이 수다를 떤다.

얼마의 행운

다음 날 아침 꾸뻬는 브라이스, 솔렌느와 함께 산 정상에 다시 올라갔다. 장 신부는 그 코끼리가 국경 너머에서 건너 온 소규모 이 야생 코끼리 무리에 끼어 있던 한 마리일 거라고 했다. 그리고 다시 강을 건너 국경 너머로 돌아갔을 거라고. 꾸뻬가 장 신부에게 어제의 모험에 대해 이야기하자 신부는 이렇게 결론을 내려주었다.

"이곳에서 산다는 건 얼마간의 행운이 따라야 하는 일이죠."

그렇게 말하며 장 신부는 여유롭게 팔뚝 위에 앉은 모기를 눌러 잡았다.

산 위에서 바라보면 한쪽으로는 와랑 마을이 훤히 보이고 다른 쪽으로는 영화 촬영팀의 야영지가 보였다. 숲 속의 빈터를 캠핑

카 주차장으로 삼고 나무 아래에 최신식 텐트들이 즐비하고 발전기가 여러 대 돌아가는 모습은 마치 완전히 다른 시대의 마을 같았다. 아직 이른 시각이었지만 벌써 촬영지에는 움직임이 느껴졌다. 사람들이 이리저리 오가고 한 무리의 작업팀은 폭포 가에서 찍을 장면을 준비하기 위해 숲 속으로 사라졌다.

서쪽으로는 크고 작은 산봉우리들이 바다처럼 이어졌다. 가까이 있는 산들은 짙은 녹색이었고, 멀어질수록 안개와 여명의 효과까지 더해져 흐리게 보였다. 여명은 이제 막 걷히기 시작한 참이었다. 광대한 숲은 웅장한 모습으로 무엇에도 동요하지 않을 듯 거기 있었다. 너무나 멋진 풍경이었다. 하지만 이곳에 도로를 만들 생각을 한다면 무서울 수도 있는 풍경이다.

솔렌느가 지도 위의 한 지점을 짚으며 말을 꺼냈다.

"크라 라오족은 여기 있어. 그리고 우리는 여기 있고."

그러자 브라이스가 말했다.

"오십 미터 정도 되겠군."

"그렇지만 두 마을 사이에는 길이 나 있지 않아."

"강을 따라가면 어떨까?"

"강도 다른 방향으로 흐르고 있어."

그러자 생활 감각을 증명할 때면 절대로 바보 취급당하기 싫어하는 꾸뻬가 지도를 짚으며 끼어들었다.

"잠깐. 여기까지만 일단 내려가면 여기에서 크라 라오족 마을로 올라가는 길하고 연결되어 있잖아!"

"그렇긴 한데, 이쪽 길로 걸어가면 군대 검문을 당할걸. 크라 라오족 마을은 관광객들에게 개방된 곳이 아니야."

문제는 또 있었다. 장 신부의 말에 따르면 정글 속에서 그만한 거리를 이동하려면 코끼리나 노새를 타고 가도 여러 날이 걸린다고 한다. 잘 단련된 팀의 경우라도 걸어서 며칠이 걸릴 거라고도 했다. 매일 아침 삼 킬로미터씩 뛰는 솔렌느를 제외하면 꾸뻬 일행은 잘 단련된 팀이라고 하긴 어려웠다. 브라이스는 나름 규칙적인 신체 활동을 수행하는 생활 방식을 취하고 있긴 하지만.

그때 꾸뻬가 아이디어를 냈다.

"에두아르를 우리 쪽으로 오게 하는 거야! 우리가 여기까지 가면 에두아르도 여기까지 오는 거지."

그러자 솔렌느가 응수했다.

"상담 치료에서처럼? 환자도 움직여야만 한다, 그거지?"

"맞아. 비슷해."

브라이스는 한숨을 쉬었다.

"그런데 에두아르가 올지 어떻게 알아?"

"장 신부님이 했던 이야기를 생각해봐. 신부님도 가끔은 친구들을 만나고 와인도 나눠 마시고 싶다고 하셨잖아. 에두아르도 똑같지 않을까?"

"그렇긴 하지만……."

꾸뻬 일행은 다시 광대한 정글을 바라보았다. 산봉우리들이 저 멀리 수평선까지 길게 이어지며 일렁이고 있어서 거대한 척추처럼 보였다. 에어컨을 튼 쾌적한 사무실과 고급스러운 레스토랑이며 비즈니스 라운지 따위에 익숙한 한 사람이 도대체 어떻게 이런 곳으로 떠나올 수 있단 말인가?
　내 앞에 타오르던 불은 꺼졌다.

　꾸뻬는 솔렌느에게 이 구절을 아냐고 물었다.
　"팔리 경전에 나오는 구절이야. 모든 유혹이 사라지는 걸 뜻하지."
　그렇담 이제 더 이상 에두아르는 와인 한 잔을 마시고픈 욕망도 없는 상태가 아닐까? 하지만 꾸뻬는 그렇지 않을 것 같았다. 어떤 불자들이 주장하는 것과는 달리, 꾸뻬는 인간의 성격은 환영이 아니기에 그렇게 쉽게 없애버릴 수 있는 것이 아니라고 생각했다.
　브라이스가 말했다.
　"아무튼 에두아르한테 우리가 여기 있다는 걸 알려야 해."
　그리고 꾸뻬가 대답했다.
　"맞아, 그래야 해."
　잠시 후 꾸뻬 일행은 장 신부를 찾았다. 그는 교회의 신자 두 명과 함께 새로운 교회 건물의 위치를 검토하고 있었다.
　"지금 교회는 너무 작아졌어요. 게다가 강물이 불어나면 접근도 힘들고요."
　두 명의 와랑 남자들은 심각한 표정으로 지도를 주시하며 장 신부와 민족어로 몇 마디를 나누었다. 그들에게 새로운 교회 건설은 굉장히 엄숙한 프로젝트임이 느껴졌다. 교회가 유럽에 처음 세워지던 시기에 그랬듯. 바깥엔 태양 빛이 마을 풍경 위로 작열

하기 시작했다. 하루 중에 가장 시원한 시간이 끝나가고 있었다.

솔렌느가 말을 꺼냈다.

"우리 친구에 대해서 신부님께 여쭤볼 것이 있어요."

그리고 그들의 이야기를 전부 듣고 난 장 신부가 말했다.

"제 생각엔 여러분의 친구도 이미 여러분이 여기 있다는 것을 알고 있을 것 같군요. 이 숲에는 구멍들이 많답니다. 와랑 마을의 코끼리가 나무를 싣고 숲을 건너기도 하고, 끊임없이 무언가가 오고 갑니다. 게다가 여러분의 등장은 아주 특이한 사건이죠. 그 친구 분이 이쪽에 일말의 신호를 보낼 수 있도록 제가 몇몇 연락책을 알아볼 수 있을 겁니다."

"그렇게 해주시면 정말 좋겠습니다."

"과연 이래도 되는지는 모르겠습니다……. 하지만 여러분이 원하신다면 해보지요."

그때 꾸뻬는 미뤄뒀던 질문을 꺼내도 될 것 같다는 생각이 들었다.

"성부님, 저는 지금 개인적으로 우정에 대한 작은 연구를 하는 중입니다. 그런데 성 토마스 아퀴나스도 우정에 대해 저술한 적이 있다고 하는데 혹시 성부님이 기억하시는 부분이 있으신지요?"

그러자 장 신부가 미소를 띠며 말했다.

"아! 참 좋은 주제로군요."

"성 토마스 아퀴나스가 저술한 우정은 아리스토텔레스가 정의한 우정과는 다른가요?"

"사실 성 토마스 아퀴나스는 아리스토텔레스의 정의를 참고했습니다. 아시다시피, 아리스토텔레스가 말한 우정은 세 가지로 필요에 의한 우정, 여흥을 위한 우정, 선한 사람들 사이의 우정이죠."

"네. 그것은 기억하고 있습니다. 아리스토텔레스는 그 세 가지 모두 우정으로 정의할 수는 있으나 세 번째 형태야말로 가장 고귀한 우정이라고 했죠."

듣고 있던 솔렌느가 놀라며 말했다.

"대단해! 난 이미 다 잊어버렸는데, 대체 어떻게 그렇게 잘 기억하는 거야?"

꾸뻬가 대답했다.

"내 아내가 잘 아는 분야거든. 제 아내는 미사에도 열심히 참석한답니다!"

꾸뻬가 장 신부를 향해 말하자 신부가 미소를 지으며 대답했다.

"미사에 열심히 참석한다고 해도 아리스토텔레스학파가 될 수 있지요. 선한 우정이 아리스토텔레스가 정의한 세 가지 우정 중에 가장 중요했던 것처럼, 자비는 세 가지 신학적 덕목에서 가장 중요한 덕목입니다."

솔렌느가 잘 아는 모양인지 입을 열었다.

"나머지 덕목은 믿음과 소망이죠."

그러자 이번엔 꾸뻬가 놀라며 말했다.

"잘 기억하고 있네?"

장 신부가 자세히 설명했다.

"자비는 다른 두 덕목의 어머니 같은 겁니다. 사회의 혜택을 덜 받는 사람에게 선한 일을 베푼다는 오늘날의 좁은 의미의 자비하고는 달라요. 자비는 신의 사랑을 가리키는 덕목이고, 신의 사랑을 위한 우리 이웃의 사랑을 가리킵니다."

그때 나무 계단으로 서둘러 오르는 발소리가 들렸다.
마리아 안젤리나가 걱정스러운 얼굴을 하고 나타났다.
"스타의 상태가 안 좋아요……."
성 토마스 아퀴나스에 대한 대화는 한 번 더 다음 기회로 미뤄야 할 것 같았다.

장군의 고민

 장군은 강이 내려다보이는 나무 발코니에 앉아 있었다. 롱지(longyi. 미얀마의 남녀가 입는 요포腰布:옮긴이)를 입고 짙은 화장을 한 두 명의 젊은 여자가 그의 곁을 지키면서 조금씩 차를 따라주거나 상 위에 음식 그릇을 놓아주었다. 해가 지면서 강의 물결을 금빛으로 물들이고 있었고 하늘은 주홍빛과 보랏빛이 섞인 구름으로 붉게 타고 있었다. 생의 마지막에 가까워지는 나이에 다다른 남자는 이제 이런 저녁 시간 말고는 눈부신 자연광을 견디지 못했다. 저물어가는 하루를 즐기기엔 더할 나위 없이 멋진 풍경이었다.

 그때 바라문디 경위가 다가와 장군 앞에 무릎을 꿇었다. 그러자 두 명의 젊은 여자는 어딘가 아니꼬운 시선으로 그녀를 보고 있었다.

장군은 성적인 능력을 보존하기 위해서 술은 입에 대지 않는다고 했다. 전통 의학을 신뢰해서 예전에는 코뿔소와 수사슴의 뿔이며 심지어 호랑이 성기를 가루로 만들어 복용했지만 이제는 새로 개발된 양약을 쓰고 있었다. 바라문디 경위는 미국 제약 회사들이 의도치 않게 멸종 위기에 놓인 동물들을 보호하는 데 기여한 것 같다는 생각이 들어 속으로 웃었다. 물론 장군도 의도적으로 자연환경을 걱정한 것 같지는 않았다. 그녀는 장군이 산림 파괴로 부수적인 이득을 나눠 갖는 모리배들 중 하나란 것 잘 알고 있었다.

그러나 바라문디 경위는 곧 이런 건방진 생각의 흐름을 멈추려고 노력했다. 그녀 앞의 늙은 악어는, 시력은 떨어졌어도 눈앞에 앉은 사람의 얼굴에서 미세하게 떠오르는 존경심의 부족은 간파해낼 사람이다. 장군에 대한 존경이 조금 모자랐던 부하들이나, 혹은 장군으로 하여금 그렇게 느끼게 만든 부하들이 결국 어떤 참혹한 결말을 맞이했는지는 떠올리고 싶지도 않았다.

장군은 둘 중 한 시종에게 머리를 까딱 움직여 차를 따르게 했고, 다른 한 명은 음식을 가지러 사라졌다. 짙은 눈 화장과 두 볼을 하얗게 분칠하여 가렸어도 그녀들은 매우 어려 보였다. 열여섯 남짓 되었을까. 이웃 마을에서 이 아이들을 데려올 때에도 아이들의 가족은 딸이 나라 제일의 권력자의 시중을 들러 가는 걸 영광으로 여겼으리라. 어찌됐건 영광 이외에 다른 감정은 표할 수도 없었을 것이다.

바라문디 경위는, 그녀들이 자신을 경쟁자로 여겼기 때문에 반감을 표출했으리란 걸 이해했다. 궁녀 한 명이 더 생길까 봐 걱정했던 것이다. 아이들은 자기들이 훨씬 유리하다는 것을 몰랐다. 장군은 덜 익은 과일을 좋아한다는 걸.

　장군이 풍경을 찬미했다. 바람이 살랑이고 나뭇잎들이 연안 위에서 흔들리고 있었다. 그들을 둘러싼 광대한 땅이 모두 장군의 사유지였다. 마을들과 주민들도 법적으로 등록만 되어 있지 않을 뿐 장군의 사유물이나 마찬가지였다.

　사슴 두 마리가 숲 언저리에 나타났다. 우아한 목을 들어 장군과 바라문디 경위를 올려다보며 잠시 가만히 서 있던 사슴들은 강가까지 걸어가서 물을 마시기 시작했다.

　그걸 바라보면서 바라문디 경위가 팔리어로 말했다.

　"그들 마음껏 풀을 뜯고 바람이 그들의 털을 간지럽히누나."

　장군이 미소를 지었다. 스스로 열렬한 불교 신도라고 생각하는 장군은 바라문디 경위가 읊은 법화경 구절에 즐거워했다. 교양 있는 부하를 두었다는 자부심에 우쭐해하기까지 했다. 시종 하나도 법화경 구절을 알고 있는지 바라문디 경위를 존경의 눈빛으로 바라보았다.

　"그런데 우리 친구는 어디서 마음껏 풀을 뜯고 있으려나?"

　"주인님, 그를 찾아냈습니다."

　그 말을 들은 장군이 시종이 내미는 찻잔을 밀어내며 물었다.

　"어디서지?"

　"크라 라오족들과 같이 있습니다."

　"크라 라오족?"

"그렇습니다, 주인님."

장군이 너무 놀라기 전에 바라문디 경위는 재빨리 설명을 시작했다. 장군은 부하들 앞에서 체면 구기는 모습을 보이는 것을 싫어했다. 그런 모습을 일 초라도 봤다가는 나중에 보복이 가해질 수도 있다.

그녀가 미행하며 파악했던 꾸뻬 일행의 여정에 대해서 설명을 끝내고 나자 장군이 입을 열었다.

"크라 라오족은 외부인들에게 매우 적대적인 부족이야. 크라족들까지도 크라 라오를 무서워할 정도지."

"그렇습니다."

장군은 생각에 잠겼다. 장군과 바라문디 경위는 영어로 이야기하고 있었지만 두 시종도 그들이 뭔가 아주 중대한 이야기를 나누고 있다는 것을 공기로 파악했다. 시종들은 찻잔을 내려놓을 엄두를 내지 못한 채 기다리고 있었다.

그리고 마침내 장군이 입을 열었다.

"그 남자……. 힘이 있는 모양이로군……."

"그런 것 같습니다, 주인님."

장군은 미신을 믿는 사람이었다. 점술사를 찾아가거나 마술적인 의식을 마련함은 물론 수도원 지분을 사들이기 위해 상당한 액수를 기부하기도 했다. 바라문디 경위는 철옹 같은 장군을 초자연적 세상으로 이끄는 단 하나의 감정을 눈치챌 때마다 즐거워하곤 했다. 그건 두려움이었다.

하지만 장군이 두려워하는 모습을 일 초 이상 보는 것도 마찬가지로 피하고 싶은 상황이기 때문에 그녀는 곧바로 다른 이야기를 이어갔다.

　꾸뻬 일행의 여정과 와랑 마을과 꾸뻬의 환자인 스타까지……. 바라문디 경위는 좀 더 상세히 모든 것을 보고했다.

　두 시종은 이제 과일을 준비하기 시작했는데, 장군이 깐깐히 요구했는지 그 자리에서 바로 껍질을 깎고 있었다. 노랗고 부드러운 망고, 피같이 붉은 껍데기 안에 상아처럼 흰 알맹이가 숨은 망고스틴과 손가락 사이로 즙이 줄줄 흐르는 번려지 열매.

　"쉽지는 않을 것 같습니다."

　바라문디 경위의 보고는 이렇게 끝났다. 그들만의 정부와 군대로 안정적으로 무장한 크라족이다. 그들의 영토에 부대를 보낸다는 건 쉽지 않을 것, 아니 거의 불가능할 것 같았다. 범죄자를 체포한다는 명목이라 해도 마찬가지일 것이다. 장군과는 권력의 라이벌인 경찰들도 그곳에 인력 파견을 허가할 리 없다.

　크라족들도 식인 풍습과 인간 사냥의 평판이 자자한 크라 라오족과 얽힐 일에 열의를 보이지 않을 것이고. 칭찬받을 만하진 않지만 극도의 공포를 불러일으킬 수는 있는 풍습인 것이다. 뜯어먹힌 채로 죽는다면, 어디 사후의 영원한 안식이나 찾을 수 있겠는가!

당신은 아무것도 아니지 않아요

스타는 울고 있었다.

"죽고 싶어요."

그녀는 돗자리 위에 누워 두 손으로 얼굴을 감싼 채 흐느끼며, 한 번씩 꾸뻬를 향해 상처 입은 동물 같은 눈빛을 던지며 호소했다.

이제 마을에 도착한 지 이틀째 접어든 꾸뻬는 더위 때문에도 그렇고 밤에는 마룻바닥 위에서 잤던 탓에 제대로 잠을 자지 못해서 지쳐 있었다. 건설적인 대화를 이끌 만한 묘안도 좀처럼 떠오르지 않았다.

마리아 안젤리나는 스타의 곁에 앉아서 그녀의 어깨에 손을 얹어 달래며, 아기들에게 해주듯 안정을 위한 말들을 귓가에 속삭여주고 있었다. 그 방법은 최신식 인지치료법까지 열심히 연수를 받은 정신과 의사의 처치법보다 더 효과적인 것 같았다.

마침내 스타는 몸을 일으켰다. 뒤쪽 벽에 등을 기댄 마리아 안젤리나가 스타를 껴안듯이 안아서 앉혔다. 마리아 안젤리나는 스타보다 몸집이 작았지만 마음을 진정시키고 사로잡는 모성적인 존재가 되어주었다. 스타의 어깨 너머로는 꾸뻬에게 안심하라는 눈짓까지 해가며.

이제 모든 것이 점점 더 원래의 상담 치료 풍경과는 멀어지고 있었다. 그래도 꾸뻬는 정상 참작을 받을 수 있을 만한 상황일 거라고 위안하며 겨우 질문을 던졌다.

"죽고 싶다는 생각 말고 다른 생각이 들지는 않나요?"

오열과 침묵이 이어진 후 스타가 겨우 입을 열었다.

"제 자신이 텅 빈 느낌이에요. 저 같은 건 아무것도 아니라구요!"

"코끼리 앞에서 그렇게 느꼈어요?"

"맞아요."

결국 꾸뻬는 스타가 왜 죽고 싶다는 생각을 하는지 이해하게 되었다. 전날 코끼리 앞에서 느꼈던 두려움, 감정이 극에 치달았을 때 그녀가 느낀 자기 자신의 하찮음이나 연약함 같은 감정들이 그녀의 기억 속에 저장된 감정을 떠올리게 만든 것이다. 그것은 그녀가 어린 소녀였을 때 엄마의 정부가 그녀의 방으로 살금살금 들어와 문을 걸어 잠그던, 그때 경험했던 감정 그대로였을 것이다. 그리고 스타의 인생은 온통 어떻게든 그런 감정들을 잊어버리려는 시도로 가득 차 있었다. 유명인으로서의 성공으로, 혹은 마약이나 남자에 빠짐으로써.

"이제 못 견디겠어요……. 이 공허함들…….."

촬영장의 상황도 나아진 것은 없었다. 여자 주인공 스타의 상대역인 남자 배우가 열병에 걸려 헬리콥터로 구출되어 도시로 나간 것이다. 조지와 앤은 이제 촬영 중단을 체념하고 받아들인 것 같았다. 그들은 촬영팀을 통째로 이동할 수 있도록 세계 지도에서 우기가 좀 더 늦게 시작될 법한 정글 지역을 찾고 있었다. 이틀 안에 모두들 일단 도시로 철수할 예정이었다. 이렇게 또다시 예정이 엉망진창이 된 것도 스타의 상태를 나쁘게 하는 데 일조했다. 스타는 자신이 그것을 유발한 경우에만 예기치 못한 상황을 즐긴다!

꾸뻬는 계속해서 스타에게 '당신은 아무것도 아니지 않아요. 이렇게 당신을 걱정하는 마리아 안젤리나나 저를 보세요.'와 같은 종류의 말을 해주고 있었다. 마리아 안젤리나도 스타를 안고 천천히 흔들어 달래길 계속했다. 물론 그 편이 좀 더 효과적이었다. 스타는 공포에 사로잡힌 어린 시절로 퇴보해서 아이처럼 위로받아야 하는 상황이었고, 모성 요법은 꾸뻬의 사정거리 밖이었다.

그때 피곤함이 꾸뻬를 덮쳤다. 거기에 마리아 안젤리나의 조용조용한 목소리까지 더해지자 저항할 수 없는 효과를 냈다.

꾸뻬는 잠에 빠져들고 말았다.

예지몽

　꾸뻬는 코끼리 등에 올라탄 채 걷고 있는 꿈을 꾸었다. 저 멀리 수평선까지 펼쳐진 광활한 평원 위엔 여기저기 사탑이 세워져 있었다. 솔렌느의 경험담과는 달리 꾸뻬는 전혀 흔들림을 느끼지 않았는데, 사실 코끼리는 걷고 있는 것이 아니라 풀밭 위 몇 미터 허공을 날고 있었기 때문이었다.

　뒤를 돌아보자 큰 모자를 쓰고 검은 선글라스를 낀 군복 차림의 장군이 안장 위에 앉은 채 웃고 있었다. 그자가 바로 코끼리를 몰고 있다는 걸 알게 된 꾸뻬는 미친 듯이 불안해졌다. 남자가 코끼리를 어떻게 모는지 전혀 모른다는 걸 알기 때문이다. 그 순간 갑자기 햇빛에 눈이 부셨다!

　잠에서 깬 꾸뻬의 눈앞에 회중전등 불빛이 비쳤다.

이해할 수 없는 언어가 오가고 남자들의 쿵쾅거리는 발소리가 느껴졌다. 남자들은 자리에서 일어나는 꾸뻬를 친절히 부축했다.

"꾸뻬!"

바깥에서 들려온 목소리, 솔렌느였다.

그때 마리아 안젤리나가 휴대용 램프를 켜자 소맷단만 빨간색 천으로 덧댄 검은 옷을 똑같이 입은 세 명의 남자가 꾸뻬를 둘러싸고 있었다. 남자들의 어깨에는 하나같이 총알에 맞은 상처 자국이 있었고 그중 두 명은 앞니를 금으로 해넣었다. 바닥에 놓인 램프의 불빛이 아래에서부터 비쳐서 그들의 웃는 얼굴은 어딘지 악마의 미소처럼 보였다.

마리아 안젤리나는 걱정스러운 표정이었지만 스타는 돗자리 위에 앉은 채 이 장면을 사뭇 흥미롭게 바라보고 있었다.

솔렌느의 그림자가 나무 계단 위로 나타났다.

"이들이 우릴 데려갈 거야."

"알았어."

그들 중 한 명이 금니를 번쩍이며 서투른 영어로 말을 했다.

"고 위드 위$^{\text{Go with we}}$!"

그리고 꾸뻬는 자기도 모르게 물었다.

"……에두아르?"

"이드와! 예스^{Yes}! 이드와!"

나머지 두 명의 남자들도 저마다 머리를 끄덕이며 찬동했다. 어떻게든 서로 이해가 되었다는 것에 매우 기뻐하는 것 같았다. 꾸뻬는 스타와 마리아 안젤리나 쪽을 바라보았다.

"그럼, 죄송하지만 우린 이제 떠납니다. 친구를 만나러 가야 합니다."

그러자 스타의 두 눈에 당황한 기색이 서렸다.

"떠나신다고요? 저를 버려두실 건가요?"

"어쩔 수 없습니다……."

스타가 분노에 휩싸인 나가(인도 고유의 뱀 신앙에서 형성된 사신蛇神:옮긴이) 같은 모습으로 벌떡 일어섰다.

"저한테 이러실 수는 없어요!"

세 명의 크라 라오족 남자들이 그녀를 바라보았다. 그들은 이 백인 여자가 다른 이들과 조금 다르다는 걸 느꼈다. 크라 라오족에게 신의 재림과 혼령을 보는 것은 일상의 한 부분이었다. 그들은 분노한 스타의 모습에서 나가를 보았는지도 모른다. 목 돌기를 펼쳐서 부처를 비로부터 막아주었던 거대한 코브라.

스타가 막무가내로 외쳤다.

"당신들과 함께 가겠어요……. 아이 고 위드 유 I go with you!!"

그리고 꾸뻬가 말렸다.

"그러실 수 없습니다."

"아뇨, 있어요. 어쨌든 전 더 이상 여기서 할 일도 없는걸요."

"그건 불가능한 일이고 불법입니다. 저희를 따라오시면 안 됩니다!"

그러나 스타의 분노한 모습에 질겁해서는 순순해진 크라 라오족의 모습을 보니 이미 싸움의 승패는 확연해 보였다. 꾸뻬는 경계선적 성격 장애를 진단하는 기준 증상을 떠올렸다.

스스로를 위험에 빠트릴 수 있는 충동적인 행동을 추구하는 경향

꾸뻬가 꾼 꿈은 예지몽이나 마찬가지였다.

크라 라오족 남자들은 꾸뻬 일행을 마을 반대편 끝으로 데려갔다. 아직 사방이 어두운 가운데 희미하게 피어오르는 여명 속에서, 세 마리의 코끼리가 나무에 달린 열매를 코로 따먹으며 일행을 기다리고 있었다. "타마린드 열매야. 코끼리들이 정말 좋아하는 과일이지."라고 솔렌느가 알려주었다.

장 신부도 거기 있었다. 그가 말했다.

"이들에게 최대한 빨리 떠나라고 말하러 왔습니다. 와랑 사람들은 크라 라오족을 굉장히 무서워하거든요."

아직 마을에는 아무런 움직임도 없이 소음 하나 들리지 않았다.

브라이스가 대답했다.

"우린 친구를 만나러 갈 겁니다."

"알겠습니다. 그러나 여러분이 이렇게 국경을 넘어가는 것은 완전히 불법이란 걸 잊지 마세요."

"하지만 많은 것들이 일상적으로 국경을 오고 간다고 하셨잖아요?"

"이곳 사람들한테는 그렇죠. 수도에 있는 대사관에 제가 미리 알려놓는 게 낫겠습니까?"

대사관이라. 안 되겠지. 꾸뻬는 신부에게 장 마르셀의 직책과 연락처를 주었다.

"저희가 돌아오지 않거나 나쁜 소식이 들려오면, 이 사람에게

만 연락해주세요."

그때 장 신부가 스타와 마리아 안젤리나까지 와 있는 것에 놀라며 말했다.

"당신은 함께 가시면 안 됩니다!"

그러자 스타가 대답했다.

"갈 수 있어요. 모두들 동의했는걸요."

"아닙니다!"

꾸뻬가 부인하자 스타는 크라 라오족 남자들을 가리켰다. 남자들은 이미 스타가 타야 할 코끼리를 준비해주고 있었다.

"그렇지만 이 사람들은 동의했어요."

장 신부는 계속 만류했다.

"정말 많이 위험할 수도 있습니다."

코끼리가 우아하게 무릎을 꿇고 스타 쪽으로 거대한 몸을 숙이자 그녀는 전혀 겁내지 않은 채 한쪽 발을 코끼리의 어깨에 올렸다. 그러고는 마지막으로 장 신부를 돌아보며 말했다.

"성부님. 저는 영생을 믿는답니다."

함께 모험하다

　코끼리의 거대한 몸체가 꾸뻬 쪽으로 다가오는 순간, 꾸뻬는 마치 다른 세상으로 순간 이동해온 것 같은 기분이었다. 꾸뻬는 커다란 바위를 오르듯 기어올라 나무 안장에 앉았다. 두 개의 지지대가 브이자 모양으로 떠받치고 있는 나무 안장은 애초부터 불편하라고 만들어진 물건 같았다. 쿠션이 깔려 있었지만 소용이 없었다.
　코끼리 몰이꾼은 안장 없이 코끼리 목에 올라탔다.
　자세를 바꾸려고 뒤척일 때마다 꾸뻬의 발이 코끼리 귀를 건드렸다. 꾸뻬는 부디 코끼리가 화를 내지 않기를 바랐다. 앞쪽에는 솔렌느와 브라이스가 탄 코끼리가 평온하게 나무 사이로 나아가고 있었다. 브라이스가 뒤를 돌아보며 꾸뻬에게 몸짓으로 코끼리 시승의 감격을 나누었다. 솔렌느는 이미 코끼리 몰이꾼과 뭔가 이야기를 나누고 있었다. 방콕을 떠나온 후로 솔렌느는 크라어 사전을 가지고 크라어의 기초를 완전히 흡수하는 데 집중하고 있었다. 크라어 사전의 서문에 밝혀둔 바에 의하면, 이 사전은 한 세기 전에 해외 선교로 이곳에 왔다가 순교한 신부가 만든 것이었다.

크라 라오족 사람들은 저지대에 사는 약한 부족인 크라족 사람들과는 전혀 다른 언어를 쓰는 척하고 싶어 했지만, 그들 부족의 특이점인 인간 사냥 풍습과 관련된 특별한 단어들만 제외하면 결국 같은 언어였다. 크라 라오족에게 인간 사냥은 단순한 여흥이나 상업이 아닌 진정한 종교 의식이었다. 그들은 외부인의 아름다운 머리를 잘라 걸면 마을에 어김없이 번영을 가져온다고 믿었다.

스타와 마리아 안젤리나가 타고 있는 코끼리는 제일 앞에서 가고 있었다. 스타의 등은 이상할 정도로 가냘팠지만 그녀의 얼굴에서 풍기는 강렬함은 그녀가 바로 이 우주의 주인인 듯한 인상을 주었다. 스타의 뒤에 앉은 마리아 안젤리나의 검고 긴 머리채까지, 두 사람이야말로 그 누구보다 이 숲에 속한 존재들 같았다.

길이 경사지고 울퉁불퉁해지기 시작하면서 꾸뻬는 과연 끝까지 견뎌낼 수 있을지 걱정스러워졌다. 안장이 무섭게 흔들려 안장 밖으로 미끄러질 것 같았다. 아니면 코끼리가 기우뚱하고 넘어져 비탈 아래로 구를 것만 같았다. 하지만 코끼리 몰이꾼은 안정된 자세로 명상 중인 부처처럼 절대적인 균형을 유지하고 있었다. 꾸뻬는 멀미가 시작되려는 걸 꾹 참았는데, 한 번씩 참기 힘들 정도로 심해지기도 했다.

그때, 코끼리가 갑자기 멈춰 섰다. 다른 코끼리들도 마찬가지였다. 코끼리 몰이꾼들은 귀를 기울여 무슨 소리를 듣고 있는 듯했다. 처음엔 멀리서 지저귀는 새소리밖에는 아무 소리도 들리지 않는가 싶더니, 나뭇가지가 우지끈 부러지는 소리와 나뭇잎들이 구겨지는 소리가 들려왔다. 그리고 코끼리 떼의 울음소리가 이어졌다.

일행의 오른쪽으로, 나무들이 진동하고 나뭇잎들이 흔들리더니 거대한 그림자들이 나무 그늘 속에서 움직이는 것이 보였다. 야생 코끼리였다. 이번에는 꾸뻬는 흥분으로 가슴이 부풀어 올랐다. 어린 시절에 꿈꾸던 왕국, 이름 모를 정글과 탐험가들의 세계로 늘어온 것만 같았다.

서서히 섬은 그림자들이 사라지고 코끼리 떼의 요란한 발소리도 멀어져 갔다. 그리고 꾸뻬 일행은 다시 여정을 시작했다.

점차 코끼리 승차에 익숙해진 꾸뻬는 어느새 자신이 등에 실린 봇짐이 된 듯한 느낌이 들었다. 뜨거운 열기가 머리 위로 쏟아지고 있었다. 앞에 가고 있는 브라이스의 셔츠 등판에도 땀자국이 나 있었다. 그때 브라이스의 셔츠를 흠뻑 적시며 갑자기 빗방울이 떨어지기 시작했다. 빗물은 폭발하듯 일행의 머리 위로 쏟아져 내렸다. 우기가 시작된 것이다.

거대한 샤워기가 물을 뿌려 더위를 식혀주는 것 같아 모두들 신나 했다. 브라이스와 솔렌느가 꾸뻬를 돌아보며 웃었고 스타와 마리아 안젤리나도 즐거워 보였다. 꾸뻬는 이 모험이, 함께 대화를 나눌 때보다도 더욱 단단한 끈으로 그들을 이어주고 있다는 생각을 했다.

관찰 15 모험을 함께하면 우정이 돈독해진다.

…… 물론 반대의 결과도 생길 수 있지만.

크라 라오족

꾸뻬는 에두아르의 동상을 발견하고는 충격에 휩싸였다.

벌써 여행의 셋째 날이었다. 피로가 쌓이고 잠도 부족했기에 혹시 환각을 보는 게 아닐까 의심해 보았다. 하지만 아니었다. 커다란 반얀나무 발치에 세워진 그것은 단순한 통나무 덩어리가 아니라 그들의 친구 에두아르의 동상이었다. 크라 라오족 예술품의 특징대로 거칠고 기하학적인 스타일로 조각되어 있었다.

논란의 여지를 일축시키려는 것이었을까. 동상 제작자는 눈이 있는 자리에 푸른색 보석을 두 개 박아 넣기까지 했다.

솔렌느도 동상이 에두아르의 모습이라는 걸 눈치챈 듯 꾸뻬를 돌아보며 눈짓으로 동상을 가리켰다. 코끼리는 동상을 지나 계속 전진했다. 꾸뻬는 등 뒤로 멀어져 가는 에두아르의 동상이 아바야 무드라 포즈를 하고 있다는 걸 깨달았다. 오른손을 손바닥이 정면을 향하도록 해서 어깨 높이까지 들고 있는 모습으로, 두려움으로부터의 해방과 보호를 의미하는 불상의 자세였다.

꾸뻬 일행이 마을에 도착했을 때는 이미 해가 져 있었다. 와랑의 거주지와는 사뭇 다른 분위기가 즉각적으로 느껴졌다. 나무판자가 아니라 대나무를 엮어 만든 집들과 지붕은 더 높고 경사지게 올렸고 집집마다 기둥에는 부적이 붙어 있었다. 조금 떨어진 곳에는 크고 길쭉한 집이 하나 있었는데, 놀랍게도 발기된 남자들과 성기가 부각된 여자들의 모습을 한 커다란 통나무 조각상들이 집을 빙 둘러싸고 있었다.

주민들도 달랐다. 와랑 사람들과는 달리 그들은 꾸뻬 일행의 도착에 전혀 미소 짓지 않았다. 남자건 여자건 아이들이건 모두가 굳은 자세로 미동도 않고 서 있었다. 크라 라오 사람들의 피부색은 와랑 사람들보다 좀 더 밝은 편이었다. 눈도 좀 더 길게 찢어진 편이었는데, 그들의 눈빛에서는 우정 어린 따뜻함은 어디서도 찾아볼 수 없었다. 꾸뻬는 벌써 와랑 사람들이 그리워졌다.

마침내 코끼리들이 멈춘 곳은 다른 집들보다 길쭉하고 물소나 야생 들소의 뿔로 장식된 집 앞이었다. 코끼리 몰이꾼들이 목으로 그르렁대는 소리를 내며 코끼리들이 무릎을 꿇게 했고, 꾸뻬와 친구들은 땅에 안착했다. 움직이는 크고 꺼칠꺼칠한 벽처럼 꾸뻬 일행 뒤에 서 있는 코끼리들과 활을 손에 든 채 웃음기 없는 얼굴로 인사도 없이 그들을 빤히 주시하는 마을 사람들 사이에 서서, 꾸뻬 일행은 마치 불청객이라도 된 기분이었다.

젊은 여자들과 남자들이 입고 있는 옷은 꾸뻬가 에두아르의 사진 속에서 본 것과 똑같았다. 심지어 무리 중에는 사진에서 본 얼굴도 있었다!

그런데 마을의 주인, 혹은 적어도 정신적인 지주일 그는 대체 어디 있는 걸까? 정작 꾸뻬 일행을 오게 한 에두아르는 어째서 달려 나와 그들을 맞이해주지 않는 거지?

꾸뻬는 마을 사람들의 시선이 온통 솔렌느에게 쏠려 있음을 눈치챘다. 아마도 솔렌느의 금발과 푸른 눈을 보고 에두아르와 같은 가문의 사람이라고 생각했을 것이다.

다른 사람들보다 약간은 대담한 두 명의 젊은 여자가 꾸뻬 일행을 유심히 보기 위해 앞으로 나왔다. 그러자 브라이스도 그녀들 쪽으로 다가갔다.

"마이 네임 이스 브라이스. 왓 이즈 유어 네임? 와이 아 유 소 뷰티풀……?"

브라이스는 영어로 말한 내용을 태국어로 다시 한 번 똑같이 했고 그녀들의 아름다움을 찬양하는 몸동작까지 익살스럽게 덧붙였다.

두 명의 젊은 여자는 물론 뒤에 서 있던 여자들이 모두 웃음을 터뜨렸다. 그들은 영어도 태국어도 알아듣지 못하지만, 알아듣지 못하는 언어로도 브라이스는 여자들을 웃기는 재주가 있었던 것이다. 그러나 브라이스의 재치는 남자들에게는 통하지 않는 것 같았다. 오히려 그들은 심기가 불편해 보였다.

그때 솔렌느가 크라 라오족 언어로 그들에게 말을 걸어보았다.

여자들은 순간 웃음을 멈추었고 모두의 얼굴은 크게 놀란 표정이었다. 남자건 여자건 아이들이건, 모든 사람이 할 말을 잃은 채 입을 다물었다. 그 압도적인 침묵에 꾸뻬는 혹시나 솔렌느의 사전이 잘못된 단어 사용법을 알려준 것은 아닐까 걱정했다. 하지만 그게 아니었다. 크라 라오족 사람들은 금발에 푸른 눈을 한 외국 여성이 그들의 언어로 말하는 장면을 처음 보는 것이다. 그들에게 이 장면은 믿을 수 없는 걸 넘어서 무섭게 느껴졌을 것이다. 마을 전체가 한순간 정지 화면처럼 멈출 정도로.

이 장면은 다음 세대를 위한 교육용 자료로 프레스코 벽화로 그려질 수도 있을 것 같았다.

마침내 몇몇 젊은 여자들이 솔렌느가 크라 라오어로 물었던 질문에 대답했고, 그들은 뭔가 대화를 나누기 시작했다. 이드와는 지금 명상 중이다. 하지만 그동안 당신들은 이 집 안에서 기다리면 된다. 이드와가 언제 돌아오냐고? 내일 온다. 아마 올 것이다…….

솔렌느가 요약해주는 대화 내용을 듣던 브라이스가 물었다.

"확실히 내일 온다는 거야, 아니면 아마도 올지도 모른다는 거야?"

그리고 솔렌느가 대답했다.

"크라 라오족의 단어로는 그게 그냥 한 개의 단어야."

그때 자기한테 관심이 집중되지 않으면 견디지 못하는 스타가 외쳤다.

"어머나, 귀여워라!"

스타는 꾸뻬가 말릴 틈도 없이 크라 라오족 아이들 쪽으로 다가서며 애정의 표시로 두 팔을 내밀었다. 그러자 마을 여자가 거칠게 끼어들어 막아섰고, 아이들도 무표정한 채로 뒤로 물러났다. 스타는 분해하면서 조금은 겁을 먹은 듯 그 자리에 멈춰 섰다.

솔렌느가 말했다.

"외부인들은 부족 아이들을 만지면 안 되는 것 같아요. 특히나 여자들은 남자아이들을 절대로 만질 수 없어요."

그러자 브라이스가 물었다.

"그럼 외국 남자가 부족 여자를 만지는 건 괜찮을까?"

"브라이스! 그만 좀 해. 지금이 그럴 때야?"

어느새 분노에 가득 찬 스타는 중얼거렸다.

"어섬 이렇게 음산한 장소가 있을 수가……. 난 그만……."

스타는 뭔가 하려던 말을 멈췄다. '난 그만 여길 떠나고 싶다.'라고 말하고 싶은 걸 겨우 참은 것 같았다. 꾸뻬도 '그러게 따라오지 말라고 했잖아요.'라고 하고 싶은 걸 꾹 참았다.

솔렌느는 부족 여자들과의 대화를 계속하고 있었다.

"이들이 그러는데, 이드와는 시체 앞에서 명상을 하고 있대……. 시체 앞이라니, 이해가 안 가……."

그러자 브라이스가 말했다.

"에두아르는 정말 변했나 보다."

꾸뻬가 에두아르의 편지를 인용하며 수긍했다.

"그의 앞에 있던 불이 꺼진 거겠지."

일행을 위해 준비된 방에는 지붕의 구멍에 매달린 램프에 불도 들어왔고 수프가 냄비 속에서 끓고 있었다. 와랑 마을보다 천 미터 정도는 고도가 높아진 셈이라, 밤은 더욱 시원했다. 조심스럽게 방 안으로 발을 딛자 대나무 바닥이 발밑에서 휘어졌다. 또 한 번 와랑 마을이, 그곳의 나무판 바닥이 그리워지는 순간이었다.

역시 행복이란 비교하지 않는 데서 생기는 거라고 꾸뻬는 생각했다.

우연한 밤

꾸뻬는 잠에서 깼다. 창틀 사이로 이제 막 하얘지기 시작하는 하늘이 보였다. 일행은 모두 단잠에 빠져 있었다. 행복한 친구들!

어젯밤 꾸뻬 일행은 방을 두 부분으로 나누었다. 스타, 마리아 안젤리나, 그리고 솔렌느는 방 안쪽에서 자고 꾸뻬와 브라이스는 입구 쪽에서 자기로 했다.

남자는 남자끼리 여자는 여자끼리 나눈 것이다. 천장에 드리운 얇은 발로 여자들 쪽을 가려주었다. 그리고 딱히 위험한 일이 벌어질 것 같지는 않았지만 남자인 꾸뻬와 브라이스가 입구 쪽에서 지켜주어야 할 것 같았다.

꾸뻬는 한시라도 빨리 몸을 좀 씻고 싶었다. 꾸뻬가 아직 진정한 모험에 익숙지 않은 사람이라는 증거였다. 대나무 사다리를 조심조심 타고 내려와서 기둥 아래쪽을 살펴보았다. 와랑 마을에서는 통나무를 파내어 만든 욕조 같은 것이 기둥 아래쪽에 놓여 있었다. 대나무를 이어서 짠 배수관으로 물을 흘려버릴 수도 있게 된 것이다. 꾸뻬는 새벽빛에 겨우 기둥 밑의 욕조를 찾아내었다.

그런데 검은 돼지 두 마리가 욕조에 코를 박고 갈증을 풀고 있었다. 돼지들은 머리를 들어 꾸뻬가 다가오는 모습을 보더니 곧 도망쳐버렸다. 욕조라기보다는 물통으로 보이는 도구를 보니, 대충만 씻어야 할 것 같았다.

꾸뻬는 옷을 벗고 물속에 몸을 담갔다. 물이 너무 차가워서 소리를 지를 뻔한 걸 꾹 참았다. 그러고는 혼자만의 아침 시간을 즐기기 시작했다. 기둥 저 멀리 작은 오솔길 위로 젊은 크라 라오족 여성과 어린 소녀가 걷고 있는 것이 보였다. 그들은 어디 행사에라도 참석하는 것처럼 파란색과 붉은색으로 짠 튜닉에 장식이 달린 옷을 차려입고 있었는데, 등에는 봇짐을 지고 있었다. 산비탈의 논에서 곡식을 수확하러 가는 길인 것 같았다.

꾸뻬는 혹시나 눈에 띌까 봐 물속에 더욱 깊숙이 몸을 담그고 움직임을 멈췄다. 하지만 결국 그녀들은 꾸뻬를 발견하더니 큭큭하고 조용히 웃으며 꾸뻬 쪽으로 다가오기 시작했다. 꾸뻬는 이런 상황이 재미있기도 했지만, 크라 라오족 남자들이 알게 되면 어떻게 반응할지 상상해보고는 즐거움이 싹 사라졌다. 지금 이 장면은 『오디세이』에서 나우시카가 친구들과 함께 나체의 율리시스를 발견하던 상황처럼 목가적일 수 있지만, 크라 라오 남자들의 반응은 전혀 목가적이지 않을 것 같았다.

"여자들 유혹할 때 쓰는 신기술인가 봐?"

다행히도 그때 솔렌느가 나타났다. 그러자 크라 라오 여자들은 괜한 화를 입을까 걱정하며 급히 각자의 갈 길을 찾아 흩어졌다. 이 키 큰 외국인 여자가 홀딱 벗은 백인 남자의 아내일지도 모른다고 생각하는 것 같았다.

목욕을 끝낸 꾸뻬가 솔렌느에게 제안했다.

"너도 이 기회에 얼른 씻지그래."

"그럴까? 그렇지만 네가 여기 남아서 누가 오는지 좀 봐줘야 할 것 같아."

꾸뻬는 물통 밖으로 기어 나왔다. 솔렌느가 자기 모습을 한참을 쳐다본 후에야 고개를 돌리는 것 같아서 조금 놀랐다. 원래 입고 있던 셔츠로 물기를 닦고서 여행을 떠나면서부터 아껴두었던 깨끗한 새 셔츠를 꿰자 너무나 만족스러웠다.

이번엔 솔렌느가 옷을 벗었다. 꾸뻬는 뒤돌아서 있다가 솔렌느가 물통 안에 들어가 목까지 몸을 담근 걸 확인하고 나서 앞을 보았다. 그리고 아무렇게나 놓인 통나무 위에 앉아서 마을 쪽이나 방금 젊은 여자들이 걸어오던 오솔길에서 누가 오지나 않는지 망을 봐주고 있는데 솔렌느가 물었다.

"우정에 대한 연구는 잘 되고 있어?"

"응. 그럭저럭. 예를 들면, 우리는 어째서 친구 관계를 유지하고 있을까? 너, 나, 에두아르, 그리고 브라이스 말이야."

"브라이스를 나머지 친구들과 똑같이 생각할 수는 없어. 적어도 나한테는 그래."

"그래, 무슨 말인지 알겠어. 그렇지만 나를 봐. 나도 브라이스가 어떻게 사는지 알고 있어. 번호를 달고 있는 여자들이며 전부. 그런데도 나는 브라이스에 대한 애정을 간직하고 있어."

"나도 그렇다고!"

"그럼, 왜 그렇다고 생각해?"

"브라이스는 어린아이 같은 존재야. 도무지 오랫동안 미워할 수가 없지. 하지만 우린 어린아이의 친구가 될 수 없어."

"우린 모두들 어느 정도는 어린아이들인걸."

"그렇지. 하지만 어떤 사람들은 남들보다 더 많이 그래."

"어쨌든 거기엔 다른 이유도 있지 않을까 요즘 생각 중이야."

그리고 꾸뻬는 솔렌느에게 관찰 6번에 대해 이야기해주었다.

관찰 6 오래된 친구는 원시림의 나무처럼 귀하게 여겨야 한다.

"그러니까, 브라이스가 흔치 않은 오래된 친구들 중 한 명이라서 우리가 계속 친구 관계를 유지한다는 거야?"

"그럴지도 모른다는 거야. 만일 네가 알고 지낸 지 이 년밖에 되지 않은 친구가 브라이스랑 비슷하게 행동한다면, 계속 친구로 지내고 싶지는 않을 것 같지 않아?"

"아마도 그렇겠지."

"거봐. 결국 낡은 것이 유리한 거야."

"하지만 어째서지? 낡은 것이 귀한 가치는 아니잖아."

"낡은 것 그 자체로는 아니지. 하지만 우리가 그렇게 오랫동안 브라이스를 알고 지냈다는 그 사실이 브라이스를 흔치 않고 더 소중한 존재로 만드는 거야. 함께한 추억들이 그렇게나 많은데 포기해버리는 건 쉽지 않아. 이렇게 생각하면 되겠다. 지금까지 우리 인생을 여러 줄의 실들로 뜨개질해 왔다면 브라이스는 그 중간에 끼어 있는 털실인 거야. 그 친구와 절교한다는 건 이 실을 끊어버려야 하는 것과 같아."

이야기를 계속하던 꾸뻬는 물통에서 흘러나오는 물에서 비누거품을 발견했다. 솔렌느는 비누를 챙겨 왔던 것이다. 그 순간 꾸뻬는 물통 위쪽을 보고 말았는데 그녀는 서서 몸에 비누칠을 하는 중이었다. 이런. 솔렌느는 너무나 아름다웠다. 꾸뻬는 당황했지만 애써 고개를 돌리지는 않았다. 그러면 오히려 솔렌느가 어색해할 것 같다는 생각이 들었기 때문이다.

그때 솔렌느가 꾸뻬의 눈을 똑바로 바라보았고, 미소를 지었다.

두 사람은 이 여행을 시작할 때부터 서로가 서로를 원했고, 둘 다 그걸 알고 있었다. 친구로 지내면서 한 번씩 두 사람 사이에 불꽃이 튀는 건 이번이 처음이 아니었다. 그러나 항상 그 불꽃은 실현 불가능했고 그렇게 사그라졌다. 그런데 이렇게 고립된 지역에서 위험을 함께 나눈다는 상황은 깊이 묻어 놓은 폭발물을 흔드는 일 같았다.

꾸뻬는 절망적으로 관찰 10번을 떠올리려 애썼다. 친구란 사랑 때문에 희생할 수 없는 것이기 때문이다.

솔렌느도 비슷한 생각을 했던 걸까. 그녀는 이내 수건으로 몸을 감싸고는 잽싸게 집으로 올라갔다.

꾸뻬는 한참 그대로 앉아 스스로를 진정시키며 우정에 대한 고민을 계속했다.

관찰 16 오래된 친구는 우리 인생의 뜨개질 속의 털실 한 줄이다.

그렇기에 오래된 친구와 헤어진다는 것은 너무나 어렵다. 목도리를 처음부터 다시 뜨고 싶어 할 사람은 없다.

갈색 튜닉을 입은 승려

악취는 구역질이 날 정도로 끔찍했다.

일행 중 누구도 전쟁이나 자연재해를 겪어본 사람이 없었기 때문에 인간의 몸이 썩으면서 공기에 퍼지는 절대 잊을 수 없는 악취를 경험한 사람도 없었다. 그들은 그저 이 엄청난 냄새가 어디서 나는지 궁금할 뿐이었다.

브라이스가 제안했다.

"그냥 돌아갈까?"

그러자 꾸뻬가 숨을 헐떡이며 말했다.

"안 돼. 지금까지 올라온 건 뭐가 돼?"

꾸뻬 일행은 크라 라오족 가이드북을 보면서 마을에서 산 정상으로 향해 있는 오솔길을 따라 올라가는 중이었다. 왼편 멀리 보이는 산비탈 경작지에는 크라 라오족 여자들이 옥수수처럼 보이는 곡식을 봇짐에 수확해 담고 있었다. 남자들은 농사는 짓지 않고 사냥과 낚시만 한다고 솔렌느가 설명했다.

구름 낀 하늘이 그들이 태양에 지글지글 구워지는 것을 막아주긴 했지만 뜨거운 공기가 점점 산 위로 올라왔다. 바람에 불어 한 번씩 냄새가 훅 실려 올 때마다 그들의 원정길에는 지옥 같은 지류가 흘렀다.

마침내 경사진 오솔길의 끝이 보였다. 곧이어 나무 한 그루 없이 키 높은 풀들이 빼곡히 들어차 시선을 막고 있는 풀숲을 지나자 갑자기 바위투성이의 벌판이 펼쳐졌다. 벌판 한가운데에는 대나무 제단이 설치되어 있었는데 그 위에 인간의 형상 같은 것이 누워 있었다. 바로 악취의 원인이었다.

더러워진 갈색 튜닉을 입은 대머리 승려가 꾸뻬 일행에게 등을 보인 채 시체 가까이에 무릎을 꿇고 있었다. 시체한테 귓속말이라도 하는 듯한 모습이었다.

승려는 극도로 말라 보였다. 몸을 굽히고 있어 슬쩍 보이는 허리께엔 갈비뼈가 앙상했고 어깨는 노인처럼 야위어 있었다.

그쪽으로 다가가며 꾸뻬는 시체의 부패가 이미 많이 진행된 상태라는 걸 알 수 있었다. 얼굴은 이미 눈 주변의 뼈와 턱뼈가 훤히 드러나고 안구도 두 쪽 모두 없어졌다. 입고 있는 옷은 고름과 말라붙은 피로 얼룩져 있었다. 복부 쪽은 까마귀들이 와서 파먹기라도 했는지 분화구처럼 깊이 패여 있었다. 두 발은 두 개의 검은 갈퀴처럼 흔적만 겨우 남았다.

혐오스러운 것 앞에서 명상하기.

꾸뻬는 티베트 숲 속의 승려들이 수행하던 명상법을 기억해냈다.

솔렌느와 브라이스는 가까이 갈 엄두를 내지 못하고 그대로 서 있었다. 그들에게는 너무 심한 광경이었다. 꾸뻬가 승려와 시체으로 다가갈 수 있는 건 아마도 의대 시절의 해부학 수업의 기억이 있기 때문일 것이다.

다가가던 꾸뻬의 발부리에 돌이 걸려 또르르 굴렀다.

그러자 승려가 뒤를 돌아보았다.

승려는 마치 금방 꿈에서 빠져나온 것 같은 표정으로 꾸뻬를 보았다.

그리고 꾸뻬는 아픈 사람처럼 움푹 패여 그늘이 진 승려의 얼굴에서, 그의 친구 에두아르의 미소를 찾아내었다.

그는 꾸뻬를 보고 반가워하고 있었다.

저 멀리 쳐다보는 눈길

바라문디 경위는 쌍안경으로 마을을 살펴보고 있었다.

그녀는 위장 전술용 군복을 입고 군화를 신은 모습으로 허리벨트에 자동 권총까지 차고 있었다. 그녀 뒤의 나무 그늘에는 열 명 남짓되는 남자의 무리가 쭈그려 앉아 있었다. 다섯 명은 특공대 전사들로 바라문디 경위와 똑같은 군복을 입고 있었고 나머지 다섯은 크라족 군대의 전사들로 어두운 녹색 군복에 챙이 긴 모자를 쓰고 있었다.

이렇게 팀이 구성될 수 있었던 것은 길고 긴 협상의 결과였다.

장군의 부하들은 크라족 사람들과 함께가 아니면 크라족 영토에 들어갈 수조차 없었다. 크라족 군인들은 멀리 수도에서 도착한 공식적인 지원을 받지 않고서는 그들의 이웃사촌 크라 라오족 마을에 침입할 생각은 절대로 할 수 없었기 때문이다.

물론 돈다발이나 몇몇 암거래성 사건이 오고 가기도 했을 것이다.

그들은 처음에는 직접 마을의 촌장을 찾아가서 그들의 외국인 손님을 데려가겠다고 협상해보려 했다. 하지만 그녀가 긴 여정 동안 듣게 되는 모든 이야기들은 그녀의 기를 죽였다.

지금까지는 무속 신앙을 믿고 있던 이 마을과 그 주변 마을들은 어느새 새로이 등장한 부처와 사랑에 빠져 있었다.

이드와가 아픈 아이를 낫게 해주었어요.
이드와가 화난 코끼리를 길들였어요.
이드와가 날씨를 예언했어요.
이드와는 결점 없는 선한 사람이고 무엇도 두려워하지 않아요.

그의 입에서는 성자의 말이 흘러나왔고 심지어 숲 속의 승려들도 가끔씩 이드와의 설법을 들으러 내려왔다.

이 모든 일화는 크라 라오족들에게는 그들의 신화 속 예언이 실현되는 것으로 보였다.

어느 날 서양의 남자가 길을 보여줄 것이다. 그리고 그가 바로 크라 라오족을 돕기 위해 이 땅에 내려오실 신이시다.

크라 라오족은 신비주의적이었고 적들에게 보복하기 위해서 마술 의식을 하는 민족이었다. 바라문디 경위는 그런 크라 라오족이라면 그들의 살아 있는 신을 위해서 마지막까지 싸울 준비가 되어 있다는 걸 알고 있었다.

아주 잘 훈련된 남자들이라고 해도 크라 라오족의 영토 안에서 그들의 용맹한 전사들과 맞서 이기기는 어려웠다. 에두아르를 납치하는 데 성공한다 하더라도 잡히지 않고 크라족 마을까지 이동할 수 있을 것 같지 않았다.

갑자기 바라문디 경위의 쌍안경 렌즈 속으로 승려복을 입은 살아 있는 신이 나타났다. 그는 마을을 향해 오솔길을 따라 내려오고 있었다. 그리고 그 뒤로는 우리의 정신과 의사, 의사의 동료 의사, 민속학자인 키 큰 여자가 따라 내려오고 있었다.

친구들이었다.

쌍안경으로 자세히 관찰해보니 살아 있는 신은 걱정될 정도로 야위었고 정신과 의사는 지친 모습이었으며 그의 동료도 마찬가지였다. 오직 키 큰 여자만이 건강한 모습으로 민첩하게 움직이고 있었다.

순간 바라문디 경위는 미소 지었다. 그녀는 상군이 했던 말을 떠올리는 중이었다.

'친구는 우리의 약점이다.'

신이 된 친구

스타는 금세 에두아르, 혹은 이드와에게 푹 빠진 것 같았다. 그녀가 꾸뻬에게 속삭이며 물었다.
"저게 끝나면 제가 선생님 친구 분과 얘기할 수 있을까요?"
"그럼요. 에두아르만 괜찮다면요."
어둠이 내리기 시작했고 이드와가 반얀나무 아래 앉아 설법하는 시간이었다. 커다란 반얀나무의 수많은 줄기들이 자연스럽게 얽혀 마련된 강단 위에 이드와는 마치 부처처럼 앉아 있었다.
여자, 노인, 아이들이 먼저 이드와를 빙 둘러싼 채 앉아 있었고 그 뒤로 부족 남자들이 둘째 줄에 서 있었다. 반얀나무는 산이 시작되는 경사면에 위치해 있었기 때문에 이드와는 앉아서도 약간 위쪽에서 마을 사람들을 내려다볼 수 있었다.

이드와는 부처처럼 그의 신도들이 자유롭게 질문을 하도록 했고 그들의 질문에 또 다른 질문으로 답했다. 질문이 오고 가다 보면 이윽고 질문자의 얼굴에 경이로움이 떠오르는 순간이 있었고, 그 순간이 되면 이드와는 설법을 시작했다. 그는 머릿속의 생각을 고르는 듯 한 번씩 두 눈을 감기도 했다.

꾸뻬가 솔렌느에게 물었다.

"무슨 말인지 알아들어?"

"조금. 크라 라오어로 이야기하는데 너무 빨리해서 다는 못 알아듣겠어."

"무슨 이야길 하는 중인데?"

"연민에 대한 이야기. 우화 같은 거야."

"어떤 거?"

이드와는 신도들에게 길을 걷다 같은 마을에 사는 사람이 호랑이에게 공격당해 다쳐 있는 것을 발견하면 어떻게 할지 물었다. 모두들 입을 모아 다친 사람을 보살펴주리라고 답했다.

그러자 이드와가 질문을 확장해갔다.

그럼 크라족 사람이긴 하지만 다른 마을에 사는 사람이 다쳐 있다면?

크라 라오족 사람이 아니라 이웃의 크라족 사람이 다쳐 있다면?

아주 먼 곳에 사는 크라족 사람이었다면?

혹은 그게 라후족 사람이었다면?

여자였다면 어땠을까?

이드와는 호전적인 부족 집단에서의 보편적인 연민은 사실 자 친구는 또 다른 '나'이다.
아리스토텔레스

신들의 영토를 지키려는 방어심에 종족 외부의 사람은 모두 적으로 여기면서도, 여차하면 그들을 저녁 식사감으로 쓸 수 있다고 생각해 살려두었던 먼 옛날의 사고방식에서 비롯된 것이라고 했다.

브라이스가 말했다.

"선한 사마리아인 이야기라도 하려나?"

그러자 솔렌느가 말했다.

"설마! 이 지역 부족들을 예로 들어 이야기해야 부족 사람들이 이해할 수 있을 거야. 그리고 설마 에두아르가 '한쪽 뺨을 맞으면 다른 뺨을 내밀어라.'라고 설법할 것 같지는 않은데?"

이윽고 이드와는 긴 염불을 외기 시작했다.

이드와의 푹 패인 야윈 얼굴 탓에 더욱 강렬해 보이는 푸른 눈과 염불 외는 소리가 합해지자 마치 최면에 걸릴 듯한 느낌이었다.

염불을 외던 이드와는 갑자기 뚝 멈추고 두 손을 합장해 고개 숙여 인사를 했다.

그러자 크라 라오 사람들이 저마다 깊숙이 머리를 조아렸다. 백합과 장미가 바람에 쓰러지는 꽃밭 같았다. 이드와가 고개를 들었지만 마을 사람들은 그렇게 고개를 숙인 채 얼마간 있었다. 그러고는 저마다 일어나 다시 일상에 집중하러 자리를 뜨기 시작했다.

몇몇 젊은이들은 이드와를 부축해 일어나는 걸 도왔다.

살아 있는 신은 자리에서 일어나더니 꾸뻬 일행 쪽을 보며 미소를 지었다. 그러자 스타가 급히 이드와 쪽으로 다가갔다. 그녀는 이드와의 튜닉 자락을 예쁜 손으로 꼭 잡으며 머리를 땅에 조아렸다.

마리아 안젤리나는 매우 당황한 듯했지만 애써 당황한 표를 내지 않으려고 노력하고 있었다.

스타가 울먹이며 말했다.

"저는 도움이 필요하답니다."

스타는 이드와의 발치에 무릎을 꿇고 그를 빤히 바라보았다. 군중을 매료시키던 스타의 눈빛이었다.

이드와가 그런 그녀를 보고 어서 일어나라는 듯이 손을 뻗었다. 그리고 말했다.

"제가 빌려 쓰고 있는 길은 모두를 위한 것은 아닙니다. 하지만 원하신다면 그 길 끝에 들어오실 수는 있습니다."

"네, 네! 절 좀 도와주세요!"

"도움은 당신 안에 있습니다. 저는 그저 방향을 보여줄 수 있을 뿐입니다. 하지만 나중에 하죠……."

이느와는 그녀 잎에 오래 머물지 않고 곧장 꾸뻬와 솔렌느와 브라이스 쪽으로 향했다. 꾸뻬 일행은 어색한 표정으로 뒤로 물러나 있었다.

이드와가 솔렌느에게 말했다.

"너는 하나도 변하지 않았구나."

솔렌느가 대답했다.

"너한테는 그렇게 말해주기 힘들겠는걸?"

"절대로 변하지 않는 것이 있어. 우리 눈에 보이지 않을 수는 있지만."

꾸뻬는 에두아르를 바라보았다.

팔뚝의 주름진 피부, 손에 불거진 힘줄, 야윈 어깨. 마치 이드와라는 사람이 에두아르라는 사람을 죽음으로 몰아가고 있는 것 같았다. 천천히, 하지만 확실하게…….

꾸뻬가 집 쪽을 가리키며 말했다.

"따뜻한 수프라도 먹으며 이야기하는 게 어때?"

그러자 이드와가 웃으면서 말했다.

"좋은 의사가 여전히 꾸뻬 네 안에 있구나. 네 안에도 여전히 있나?"

이드와는 브라이스 쪽을 돌아보며 물었다.

그리고 브라이스가 대답했다.

"음. 그는 이미 나를 떠난 것 같아."

이드와가 말했다.

"언젠가 그가 돌아올 수 있을 거야."

"변하지 않는 것이 있으니까 말이지?"

"맞아. 그래."

이드와가 대답하며 살짝 웃었다.

꾸뻬는 그의 웃음 속에서 이번에야말로 정말 에두아르의 모습을 보았다.

공포의 콧수염

   클라라가 현관문을 열고 집으로 들어섰다.
   현관문 옆에 짐을 던져 놓고 동네 야채 가게에서 산 과일과 야채들을 들고 곧바로 부엌으로 향했다.
   거실을 지나면서 클라라는 시선이 닿지 않는 곳에 누군가 있는 것 같은 기분이 들었다.
   부엌 쪽으로 세 걸음을 더 걸었고, 좋지 않은 직감에 두려움이 밀려왔다.
   뒤를 돌아보았다.
   한 남자가 창가에 클라라를 빤히 쳐다보며 서 있었다.
   남자가 말했다.
   "겁내지 마세요. 소란 피울 생각은 없습니다."

남자는 독특한 악센트가 느껴지는 영어로 말했다. 그 사실에 클라라는 왠지 조금 안심을 했다. 넥타이까지 맨 양복 차림에 유창한 영어를 쓰는 사람이 강도짓을 하는 모습은 상상하기 어려웠기 때문이다.

어쨌거나 이 남자는 불법 침입을 했다.

남자와 시선이 마주치자 클라라는 온몸이 마비되는 기분이었다. 현관 쪽으로 마구 뛰어갈까 하는 생각도 들었다. 그러나 남자가 눈치를 챘는지 재빨리 현관과 클라라 사이로 가 막아섰다. 남자는 키가 크고 힘이 셀 것 같아 보였다.

남자가 말했다.

"일단 앉으시는 게 좋겠군요. 당신 아들이 돌아오기 전에 끝내야죠."

클라라는 남자의 말을 순순히 따랐다. 아들 이야기에 극도의 두려움과 끔찍한 고통이 머릿속에 몰려왔다. 몇 분 뒤면 꼬마 꾸뻬가 돌아올 시간이다. 오늘은 강아지를 옆집에 맡겨두었다. 잠시 후 꼬마 꾸뻬가 강아지를 찾으러 옆집에 들를 테고, 그러면 강아지 짖는 소리가 들릴 것이다.

남자는 클라라가 소파에 앉는 모습을 바라보았다. 그녀는 이미 상황을 순순히 받아들이는 것 같다.

몇 해 전부터 남자는 자신이 겉모습만으로도 공포심을 유발할 수 있다는 걸 알게 되었다. 그 때문에 남자는 다른 이들과 고립되어 살았고 친구도 없었다. 임무를 수행하며 만나는 동료들이나 여흥을 위해 잠깐씩 만나는 여자들이 전부였다. 하지만 그 능력은 남자의 직업에서는 굉장한 장점이었다. 임무 성공률은 백 퍼센트였고 수고료는 계속 올라갔다.

여자는 아주 예쁘면서도 어딘지 단호하고 자기 확신이 강한 사람으로 보였다. 평생 피곤할 수도 있는 타입일 것 같다. 그는 그런 것에 대해 잘 알고 있었다. 하지만 여자의 성격에 대해 충고를 해주러 여기 온 것이 아니니까.

남자는 정보를 얻기 위해 왔다.

그가 물었다.

"저는 그냥 정보를 좀 얻으러 왔습니다. 남편 분은 어디 계시죠?"

"그이는 여행 중이에요."

"그건 알고 있습니다. 며칠 전에 도착한 호텔 이름도 잘 알고 있고요. 제 말은, 지금 어디 있냐는 겁니다."

"저도 정확히 몰라요. 삼 일 전에 통화한 게 다예요. 계속 그 호텔에 있을지도 모르죠."

클라라는 남자의 눈빛을 쳐다볼 엄두도 못 낸 채 말했다.

"아뇨. 이미 호텔은 체크아웃을 했던데요. 남편 분이 틀림없이 계획을 말해주셨을 것 같은데?"

이제 클라라의 머릿속은 뒤죽박죽이 되어버렸다. 그녀의 모든 의지는 남편이 어디 있는지 이 사내에게 숨겨야만 한다고 말하고 있었다. 그러나 그녀의 몸은 경직되었고 귀로는 옆집 정원에서 들려올 강아지 울음소리만 기다리고 있었다.

꼬마 꾸뻬가 돌아오면 큰일이다.

"아드님이 겁먹은 모습을 보고 싶지는 않으시겠죠."

그는 다 알고 있다. 클라라는 꼬마 꾸뻬가 토요일 오후면 미술학원을 끝내고 이 시간에 돌아온다는 것을 남자가 이미 다 조사해놓았으리라는 걸 깨달았다. 아마 며칠 전부터 그들을 미행했을 것이다.

남자는 작업이 순조롭게 시작되는 걸 즐기고 있었다. 사람들의 두려움을 끌어낸 다음에 그들을 위한 작은 출구를 마련해둔 뒤, 원하는 정보를 주면 당신들의 괴로움을 금세 끝낼 수 있으며 출구로 나갈 수 있다는 걸 알려주기만 하면 된다.

"잘 들으십시오. 저는 남편 분께 나쁜 짓을 하려는 게 아닙니다. 그저 그분 친구 한 명이 지금 어디 있는지 찾아야 할 뿐이에요. 저를 고용한 분에게 꼭 필요한 정보를 그 친구가 쥐고 있거든요. 저는 그저 남편 분께 뭘 물어보기만 할 거예요. 그 친구가 어디 있는지만요."

클라라는 이제 사내가 얼른 떠났으면 좋겠다는 생각만 했다. 최대한 빨리. 꼬마 꾸뻬가 사내의 차가운 눈빛을 보는 일은 상상조차 하고 싶지 않았다.

결국 클라라는 꾸뻬가 어디 있는지 이야기했다.

남자는 가볍게 웃었다. 이것이 바로 프로의 실력이었다. 많이 움직이지 않고 별다른 수고도 들이지 않고도 원하는 걸 얻어낸다!

그때 밖에서 강아지 자파가 짖는 소리가 들려왔다.

기적의 사나이

에두아르가 이야기하고 있었다.

대나무 판자 위에 놓인 회중전등의 미광이 그의 얼굴에 그늘을 짙게 드리웠다.

꾸뻬와 솔렌느는 에두아르의 집으로 몰려왔다. 에두아르가 사는 집은 짧은 기둥 위에 올려 세워진 오두막이었는데, 마을에서 제일 허름해 보이는 집이었다.

브라이스는 스타와 함께 남아서 상담 치료 비슷한 것을 하고 있는 것 같았다. 스타는 이드와가 대화를 거부한 것에 깊이 상처를 받았고, 즉시 긴급 구조용 위로가 필요한 상태였다.

에두아르는 그가 세상에서 가장 높은 산속의 사원에 머물던 때부터 모든 것이 시작되었다고 했다.

"거기서 나는, 내 삶이 끊임없이 욕망을 좇는 경주에 불과하다는 걸 깨달았어. 절대로 충족될 수 없는 경주였지. 만족은 더 큰 만족을 원하게만 하니까. 한번 좋은 와인을 마시기 시작하니까 더 좋은 와인을 마시고 싶었지. 분명히 몇 년 전에는 행복해하며 마셨던 와인인데 더 이상 맛있지가 않았어. 여자도 돈도 마찬가지였어. 모든 게 다 그랬지. 한 여자를 만나면 그 여자를 사랑하는데도 또 새로운 여자를 만나고 싶었고 수백만 달러를 벌어도 나보다 두세 배 더 많이 버는 사람과 비교했지. 언제나 더 나은 것을 원하고, 더 나은 것을 손에 넣어도 만족하지 못한 채 또 더 나은 것을 원하고……. 지옥 같은 욕망의 톱니바퀴에 매여 있었던 거야."

그러자 솔렌느가 말했다.

"그래서 북극에 가서 공성 무역을 가르치고 사회 운동을 했던 거 아니야?"

에두아르가 대답했다.

"하지만 그건 나를 변화시키지 못했어."

꾸뻬도 기억이 났다. 그곳에도 술은 있었고 귀여운 에스키모 여자들도 있었다. 에두아르는 술을 마시고 여자들과 농담 따먹기를 했다.

에두아르가 웃으며 말했다.

"거기서도 결국 똑같은 것들이 나를 매혹시킬 뿐이었지. 좀 어렵긴 했지만 말이야. 제일 가까운 술집도 백 킬로미터는 가야 있었고……. 하지만 그것도 전부 꼭 필요한 과정이었어. 불완전했지만. 거기서 나는 스스로를 얼음 감옥에 가둔 것과 마찬가지였지. 하지만 그 안에서 내 가슴은 여전히 충족되지 않은 욕망에 불타고 있었고. 하지만 사원에 갔을 때 결국 깨달음을 얻었어."

꾸뻬와 함께 사원을 방문했던 에두아르는 갑자기 그 산꼭대기의 사원에 머물겠다고 선언했었다. 대도시, 세련되고 멋있는 바, 엄청난 보너스……. 그런 세계로는 돌아가지 않겠다고 했다. 그 후 혼자 도시로 돌아온 꾸뻬에게 에두아르는 사원에서 팔리어를 배우고 있다고 편지를 보내 법전 속의 부처님 말씀을 직접 읽고 싶다고 했다.

에두아르가 꾸뻬를 향해 말했다.

"사원에는 좋은 스승들이 많았거든. 사실 어떻게 보면 내가 그 사원에 갔던 건 꾸뻬 네 덕분이지. 고맙네, 친구!"

그리고 꾸뻬가 물었다.

"그런데 어떻게 해서 이 마을에 오게 된 거야?"

"사원에서 만난 승려 한 분이 계셨어. 숲 속의 승려였지. 전 세계의 대승과 소승들이 서로의 사원을 방문 교환하는 프로그램이 있는데, 난 그분과 함께 숲에 가게 되었어. 그런데 숲 속의 사원에 섞여 있으면서 그게 내 길이 아니라는 생각이 들더군. 의심이 생기기 시작했지. 결국 다시 도시로 돌아와서 직장을 잡았고. 돈이 나가고 들어가는 출처에 별로 주의를 기울이지 않는 은행의 한 지점에서 일하기 시작했어. 거기서 나만의 계획을 세우기 시작했던 거야."

"그리고 너는 사라져버렸고."

"맞아. 내가 벌인 작은 소동을 들키고 말았으니 말이야. 그래서 다시 도시를 떠나고 국경을 넘었지. 명상을 할 수 있고 조용히 있을 수 있는 곳을 찾다가 이 마을을 발견했어. 어찌 보면 그들이 나를 발견한 거랄까……."

솔렌느가 물었다.

"그럼 네가 마을 사람들의 대장이 된 거야?"

에두아르가 다시 미소를 지었다.

그 순간, 갑자기 램프의 불이 저 혼자 꺼지더니 방은 어둠 속에 빠져들었다.

그리고 이드와가 말했다.

"자신의 행실을 감시하지 않는 자는 욕망이 칡넝쿨처럼 그 사람을 휘감을 것이다."

침묵만이 방을 맴돌았다. 긴 침묵이었다.

마침내 솔렌느가 입을 열었다.

"화난 코끼리도 네가 길들였다고 하던걸?"

모두가 조용히 기다렸다.

이드와의 실루엣이 움직이는가 싶더니 램프 불을 켰다. 밝아진 방에서 그는 다시 에두아르가 되었다. 극도로 마른 모습은 겁이 날 정도였다.

"너희들이 직접 보렴. 코끼리가 마을 주변을 돌아다니면서 사람들을 겁주고 있었어. 물소를 죽이고 오두막을 발로 밟아 뭉개 버리기까지 했지. 어느 날 명상을 하러 가다가 그놈과 마주쳤어. 전혀 겁이 나지 않았지. 크라 라오족 사람들이 이 장면을 본 것뿐이야. 나는 그 코끼리가 이미 길들여진 코끼리라고 생각했었고, 그 녀석도 왠지 도망을 가버리더군. 숲 속의 사원에 있을 때 코끼리 조련하는 법을 조금 배웠던 적이 있어. 매일같이 내 존재에 익숙해지게 하는 거야. 그리고 크라 라오족 사람들이 키우는 가축 코끼리들한테도 익숙해지게 했지. 크게 어렵지도 않았어. 내 생각엔 그 녀석은 이미 야생에서의 생활에 지쳐 있었던 것 같아."

그러자 솔렌느가 물었다.

"그럼 기적이 일어난 건 아닌가?"

에두아르가 말했다.

"직접 보고, 직접 판단하렴. …… 이제 나는 잘 시간이야. 아주 일찍 일어나거든. 다들 내일 아침 명상을 같이 하지 않을래?"

"시체 앞에서 하는 거 말이야?"

에두아르가 웃었다.

"아니. 그걸 하기엔 아직 갈 길이 멀 거야. 언덕 꼭대기에서 간단한 명상을 하면 좋을 것 같다."

"좋아."

꾸뻬 일행이 자리에서 일어나자 에두아르가 램프를 껐다.

"평화 속에서 잠들기를."

에두아르가 이드와의 목소리로 말했다.

연민 혹은 애착

오후에 에두아르는 꾸뻬를 마을의 촌장에게 소개해주었다. 인생의 전성기에 있는 것처럼 보이는 남자로 다른 마을 사람들처럼 에두아르에게 공경을 표시하지는 않았다. 오히려 일종의 동료 의식을 가지고 에두아르를 대하는 것 같았다.

에두아르와 촌장이 서로 미소를 주고받는 모습에는 약간 무서운 면이 있었다. 에두아르는 마치 어딘가 다른 세상에서 온 듯한 표정으로 웃었고, 촌장은 하루 종일 끊임없이 씹고 있는 잎담배 때문에 붉게 물든 입술로 웃었다.

촌장 집에는 작은 방에 위성 전화를 두고 있었다. 인터넷 연결이 되는 컴퓨터도 마련되어 있었는데 발전기를 돌려 전기를 공급하고 있었다.

에두아르가 말했다.

"여기가 바로 내가 세상을 지휘하는 곳이지. 내 계좌들로 말이야."

에두아르는 훔친 돈으로 우선 이 마을과 주변의 몇몇 크라 라오족 마을이 더 이상 아편 경작에만 매달리지 않아도 되도록 도왔다.

"양귀비 경작을 금지하겠다는 건 좋은 일이긴 하지. 하지만 결국엔 산간 종족들만 굶주림에 고통받게 되는 거야. 유엔하고 비정부 기구들도 그 문제를 다 인지하고 있어. 그래서 대체물 경작 같은 프로그램을 만들기도 했고. 태국에서는 왕이 제일 먼저 이 문제를 눈치챘지. 이제 거기선 양귀비는 하나도 나지 않아. 비정부 기구들도 모든 지역에 다 원조를 해주지는 못해. 이 부근은 더욱 그렇고. 나는 크라 라오족들이 그들이 원래 살아가는 방식을 유지하며 살도록 돕고 있어. 원조를 받는 데 익숙해지지 않도록. 그리고 가지면 가질수록 더 많이 욕망하는 불행을 배우지 않도록 말이야."

"마을 사람들이 센토사를 간직했으면 하는 거지?"

"바로 그거야! 세상은 온통 센토사의 부재로 죽어가고 있어. 이곳 사람들은 아직 그걸 간직하고 있지."

솔렌느가 말했다.

"네가 훔친 돈의 주인이라는 작자들한테도 그런 가르침을 주고 싶었던 거지? 쓸데없는 욕망에서 자유로워져 그들의 진정한 길을 찾을 수 있도록!"

에두아르가 웃었다.
"의도를 알아주니 고맙군."
"그럼 나머지 돈은?"
"혹시 장 미셸을 만나봤어?"
"그래. 너한테 아주 고마워하고 있어."
"바로 그렇게 쓰는 거야. 전 세계 여기저기 있는 열 명 정도의 장 미셸들을 돕고 있어. 그 사람들은 진짜 장 미셸과는 달리 내가 누군지 모른다는 사실이 좀 다르지. 어떤 사회 운동가를 지원해야 할지 조사하고 선정하는 일을 하는 직원을 도시에 따로 두었어. 게다가 기금이 어디서 들어오는지 출처를 조사 받지 않으면서 돈을 받을 수 있는 사람을 선정해야 하니까. 비정부 기구에서 파견되어서 일하다가 그 지역에 남아서 자기 뜻을 펼치며 작은 사회사업을 시작하는 사람들이 많아."
"사원에 기부하지는 않아?"
"사원엔 이미 기부금이 쌓여 있어."
"진정한 네 길을 찾는 여정은 어떻게 시작된 거야……?"
"이드와 말이구나."
"이드와는 에두아르와 완전히 다른 사람이지?"
궁금한 것이 많은 솔렌느와 꾸뻬는 계속해서 질문을 쏟아내고 에두아르는 그에 답했다.
"뭐랄까……. 이드와와 에두아르는 두 개의 환영일 뿐이야. 설명하긴 좀 어렵지만……."
그러자 꾸뻬가 말했다.

"두 개의 환영……. 내가 친구로서 애착을 가지고 있는 환영들이로군."

"바로 그 애착이 문제야. 괴로움의 원인이지."

"하지만 만일 내가 그 괴로움을 받아들이겠다면? 만일 내가 누군가에게 애착을 갖는 대신 기꺼이 괴로움이라는 값을 치를 생각이 있다면 말이야!"

에두아르가 한숨을 내쉬었다.

"연민과 애착은 달라."

"나는 연민을 이야기한 게 아니야. 사랑이나 우정을 이야기한 거지. 예를 들어 우리가 사랑을 할 때, 우리가 누군가를 진정으로 좋아할 때는, 언제 일어날지 모를 상실의 커다란 아픔을 감수해야만 하지. 하지만 그걸 다 받아들이고 감수하겠다면 어때?"

"너는 지금 원론적인 이야기를 하고 있어. 네가 여전히 무지 속에 있어서 그런 거라고 말해야만 할 테지만……. 듣기 좋은 말은 아니지."

"무슨 말을 해도 괜찮아."

"그래. 어쨌든 진정한 길을 찾는 건 모든 사람들이 할 수 있는 일은 아니야. 네가 스스로 그걸 선택하지 않으면 나 역시 절대로 너를 설득하려 하지 않을 거고."

"그럼 크라 라오족에게 설법하는 건?"

"그건 다른 거야. 그들이 먼저 나에게 왔지. 그들 안에 오랫동안 뿌리내렸던 무속 신앙도 버리고……. 꾸뻬 너는 기독교인이지. 기독교 역시도 만물을 위한 연민과 욕망의 절제를 권장하는 종교잖아. 물론 그걸 권장하는 이유와 종교관은 전혀 다르지만, 기독교인인 너는 적어도 무속 신앙을 믿는 사람들보다는 좀 더 팔정도八正道에 가까이 있다고 생각해. 무속 신앙을 신봉하는 종족은……. 악령을 두려워하고 악령을 달래려고 제물을 바치는 데 힘을 쏟으며 살아. 여기서 키우는 닭 한 마리를 잡는다는 건 엄청난 재산 손실인데, 그런데도 그 사람들은 마을을 떠도는 영혼을 달래려 닭을 잡고 의식을 치르지. 그래서 많은 소수 민족들이 기독교나 불교로 개종하는 거야. 이제야 그들은 굳이 제물을 바치지 않아도 마을에는 어떠한 재앙도 생기지 않는다는 걸 확인하지. 두려움에서 해방된 거야."

"장 신부님도 그런 이야길 하셨어."

"장 신부! 그야말로 성스러운 사람이지. 우리 두 마을 사이엔 국경도 넘어야 하고 이백 킬로미터의 정글로도 가로막혀 있지만, 그런데도 그가 얼마나 좋은 일을 하고 있는지 소식이 들릴 정도야. 기적을 일으키지는 못한다지만."

"네가 코끼리를 길들인 것 같은 기적 말이지."

"직접 보고, 직접 판단하렴."

에두아르가 말을 멈추더니 두 눈을 감았다.

꾸뻬는 마치 그가 잠에 빠진 것 같다고 생각했다.

대화가 멈추고 에두아르의 강렬한 눈빛도 감긴 두 눈에 가려지자, 에두아르의 노인같이 야윈 외모가 더욱 눈에 들어왔다.

솔렌느가 물었다.

"단식은 왜 해?"
"단식이 내겐 필요해."
그러자 꾸뻬가 말했다.
"내가 알기론 부처도 단식을 포기했었던 것 같은데. 거의 죽음에 이르기까지 단식을 해보고는, 그게 절대로 좋은 길이 아니란 걸 깨달았잖아. 아닌가?"
에두아르가 한숨을 쉬었다.
"내겐 단식이 필요해. 욕망을 진정시키기 위해서……."
그렇게 말하면 뭐라고 답해야 할까.
꾸뻬는 에두아르의 집에서 나와 오솔길을 오르며 생각해보았다.
에두아르는 진화의 자연 선택에 따른 욕망에 맞서 싸울 나름의 방법을 찾아냈다. 그러나 에두아르가 이대로 계속 단식을 한다면 결국은 죽을 수도 있다.
단식이 에두아르의 성욕을 잠재워주긴 할 것이다. 그러나 그의 몸은 이내 그 상태에 적응할 것이고 욕망도 다시 생겨난다. 그러면 에두아르는 욕망을 잠재우기 위해 좀 더 철저한 단식을 할 것이고, 이렇게 그의 몸 상태는 점점 악화될 것이다.
꾸뻬는 단식을 하면 놀라울 정도로 정신이 맑아지기도 한다는 것을 알고 있었다. 그걸 한 번 경험한 사람은 단식을 마약처럼 하게 되는 경우도 있다. 그리고 너무 심한 단식의 반복은 인간을 죽음으로 이끌기도 한다. 황홀경 없는 마약.
이드와는 '절대로 변하지 않는 것도 있다.'라고 했지만, 어쨌거나 꾸뻬는 에두아르가 꼭 다시 먹을 수 있도록 설득하기로 결심했다. 그러고는 꾸뻬는 수첩을 열어 적었다.

관찰 17 친구는 우리가 지나치게 나쁜 길로 가는 것을 막아주는 사람이다.

그리고 문득 이 관찰이 브라이스에게도 적용될 수 있을지 궁금해졌다.

그녀의 감정 상태

다음 날 새벽 꾸뻬는 이드와의 명상에 참가하지 않고 스타 곁에 남았다.

어제 브라이스는 스타가 지쳐 잠들 때까지 그녀의 이야기를 들어준 것 같았다. 브라이스는 스타의 증상이 정말 양극성 장애인지 확신이 서지 않는다며, 그저 단순한 경계선적 성격 장애일 뿐인 것 같다고 했다. 스타에게 '단순한'이라는 표현을 쓰는 게 맞는지는 모르겠지만.

브라이스는 그럼에도 불구하고 스타에게 기분 안정제를 처방하면 좀 나아질 거라는 의견을 냈다. 꾸뻬는 나중에 진료실로 돌아가면 처방을 고려해보아야겠다고 생각했다. 어쨌든 이곳에서 기분 안정제를 찾을 수는 없지 않은가!

크라 라오족에게 아편을 조금 부탁한다면 몰라도.

이드와의 노력에도 불구하고 마을 사람들은 작은 양귀비 밭 한 뼘 정도는 남겨두었다. 팔려는 건 아니지만 그들이 사용할 분량이었다.

스타도 아편 생각을 해보지 않았을까. 그녀도 이 지역이 이른바 황금의 삼각 지대로 불리는 곳임을 알 것이다. 물론 이제는 삼각 지대라고 할 수도 없을 만큼 양귀비 재배의 황금기가 저물고, 대신 도시의 제약 회사에서 합성 암페타민을 만들어내고 있지만.

꾸뻬는 눈물을 흘리며 무너진 스타 곁을 지켰다. 마리아 안젤리나가 함께 있었다면 좋았을 텐데. 그녀는 브라이스와 솔렌느와 함께 에두아르의 명상에 참여하러 갔다. 에두아르의 명상에는 쌀을 수확하거나 낚시를 하러 떠나지 않은 크라 라오족들도 모두 참여하는 모양이었다.

이드와가 대화를 거부했다며 슬퍼하고 있는 스타의 반응은 그녀가 상담 치료를 위한 좋은 주제이기도 했다. 이드와와의 짧은 일화는 그녀가 평생 수도 없이 반복했던 패턴을 그대로 드러낸다. 누군가에 대한 성급한 이상화, 즉각적인 친밀감에의 욕구, 거부. 그렇게 바라던 친밀감을 이내 견딜 수 없게 된 스타 본인의 거부 혹은 이드와와의 일화에서처럼 상대방의 거부.

사실 상대방이 거부한 경우는 정말 거부를 당했다기보다는 스타가 그렇게 받아들이는 것뿐일 수도 있다. 이드와가 '오늘은 말고요.'라고 말하는 것은 거절을 하려는 것이 아니다. 세상에는 몇 주고 몇 달이고 기다려서야 만날 수 있는 스승도 있는 것이다.

스타의 문제도 두 가지 방향으로 접근할 수 있을 것이다. 첫째는 상대방이 시간을 달라고 한다고 해서 그게 곧 거부를 뜻하는 것은 아니라는 걸 그녀에게 이해시키는 것이고, 둘째는 어째서 그토록 사소한 거부조차 그녀를 그렇게나 절망적으로 만드는가를 탐구해보는 것이다.

그러나 꾸뻬가 아무리 대화를 시도해봐도 스타는 계속 울기만 했다. 제어 불가능한 감정 상태에 빠진 것 같았다. 최근에 스타는 너무 자주 이런 상태를 보였다. 꾸뻬는 혹시 이것이 극단적인 우울기의 시작은 아닐까 걱정이 되었다. 만일 그렇다면 잠시라도 스타를 혼자 둬서는 안 된다. 경계선적 성격 장애 환자들은 폭력적인 방식을 선택해서 충동적으로 자살을 시도할 확률이 높은 환자군이다.

그때 두 명의 남자가 방 안으로 들어섰다.

크라 라오족 사람들이 아니었다. 그들은 군복을 입고 있었고 총을 들고 있었다. 수갑도. 그들은 타다타닥 작은 불꽃을 내는 전기총을 꾸뻬의 코앞에서 흔들어 댔다.

저항해봤자 소용없다는 듯.

본드 걸

 꾸뻬는 그들이 하는 말을 이해할 수 없었다.

 말을 하는 게 아니라 그저 지직거리는 소음처럼 들리기도 했다.

 바라문디 경위가 뷰노에 가득 찬 눈빛으로 군인들을 질책하고 있다는 것만은 확실했다. 그녀의 쉰 목소리는 지금껏 꾸뻬에게 들려준 적이 없는 목소리였다.

 군복을 입은 바라문디 경위는 여전히 아름다웠고 제임스 본드 걸을 재현해낸 듯한 모습이었다. 꾸뻬가 어린 시절 꿈속에서도 그리던 제임스 본드 걸!

 그러나 수갑이 채워진 채 나무 밑에 앉아 있는 상태로 눈앞의 꿈 같은 상황을 즐기기는 어려웠다. 개미들이 바지 속으로 기어 들어오는 것 같았다.

잔뜩 화가 나 있는 사람이 한 명 더 있었다.

스타였다. 아직은 아무 말도 없이 조용히 있었지만 그녀가 군인들을 향해 쏘아붙이는 경멸의 눈빛이 마치 언제 터질지 모르는 폭탄같이 느껴졌다. 스타도 두 손에 수갑이 채워진 채 꾸뻬와 같은 자세로 앉혀져 있었다. 스타는 이런 상황이 닥치지 않도록 잘 보호해주지 않은 꾸뻬에게도 원망의 눈빛을 쏘아붙였다.

밤의 끝자락, 아직 밝아지기 전의 어슴푸레한 숲 속이었다. 하늘을 올려다보니 산꼭대기 즈음에서 슬슬 태양 빛이 올라오는 것이 보였다.

바라문디 경위가 말했다.

"선생님 말고 선생님 동료 의사 분을 데려오려고 했던 거예요. 친구 분하고요. 이 여자 말고요."

그녀는 그렇게 말하며 스타를 가리켰다.

이제야 꾸뻬는 이해가 갔다.

어제저녁 브라이스와 솔렌느는 에두아르의 집에 가 있었다. 그래서 군인들은 두 사람이 아침에도 그 집에 있을 거라고 착각했던 것이다. 아침이 밝기 전에 행동을 개시해야 했던 군인들은 브라이스와 솔렌느가 새벽이 되기 전에 그 집에서 나오는 모습을 놓쳤다. 게다가 서양인에 익숙지 않은 아시아인들이 멀리서 보았으니, 스타와 꾸뻬를 보고 솔렌느와 브라이스라고 착각하기 어렵지 않았을 것이다.

꾸뻬가 말했다.

"군인들한테 화난 건 알겠지만 제가 보기엔 오히려 지휘한 사람 잘못 같군요!"

그러자 바라문디 경위가 꾸뻬 쪽으로 한 발 다가왔고, 순간적으로 꾸뻬는 그녀에게 부츠발로 휘둘리는 건 아닐까 생각했다. 하지만 그녀는 자제하는 것 같았다.

오히려 꾸뻬에게 미소를 지어주며 말했다.

"선생님은 사람을 화나게 하는 기술이 아주 좋으세요."

"지금까지 그런 얘기는 안 하셨잖아요?"

바라문디 경위는 꾸뻬 곁에 와 웅크리고 앉았고, 아주 작은 목소리로 속삭였다.

"우리 두 사람의 상호 이익을 위해서 우리는 해결책을 찾아야 해요."

그녀가 어찌나 얼굴을 가까이 갖다 댔는지, 머리카락 몇 올이 꾸뻬의 볼을 간질였다. 바라문디 경위에게서 땀 냄새가 나는 건 처음이었다. 꾸뻬는 갑자기 그녀의 사적이고 친밀한 부분을 발견한 것 같은 느낌이 들었다.

이런 상황에서도 매혹과 반감이 뒤섞일 수 있다니. 혼란스러웠다.

"무슨 이야기를 하시는 거죠?"

"선생님 친구 분이 은행 계좌 몇 개를 관리하고 있는 것에 대해 말하는 거예요. 문제의 그 돈이 제자리로 돌아가야 한다는 이야기죠."

"그래서 브라이스와 솔렌느를 포로로 잡고 싶으신 겁니까?"

"선생님께는 숨길 것도 없으니 이야기할게요. 선생님 친구 분이드와는 그를 추종하는 크라 라오족 사람들한테 둘러싸여 있어서 접근이 전혀 불가능하더군요. 게다가 그 사람은 죽음을 두려워하지도 않죠. 그래도 자기 친구들 일이라면 아마…….”

"그럴까요? 이드와가 저한테 그러더군요. 애착이 인간의 족쇄라고. 아마 이드와는 나한테나 당신한테나 똑같은 연민을 느낄 겁니다."

바라문디 경위가 살짝 웃었다.

어둠 속에서 그녀의 하얀 이가 빛났다.

"제가 이번 임무를 실패한다면, 그때야말로 정말 저한테 연민을 느껴야 할걸요."

"장군님이 관대하시지 못한가 보군요?"

스타가 깜짝 놀라며 꾸뻬를 보았다.

꾸뻬는 방콕을 떠나기 직전 장 마르셀의 전화를 받았다. 그는 바라문디 경위의 진짜 정체와 그녀가 누구를 위해 자신의 힘과 영리함을 사용하고 있는지에 대해 알아낸 것이다. 사정없는 산림 개발로 돈을 쓸어 모으고 군 장비 거래에서 막대한 커미션을 벌고 있는 장군이었다.

"어떻게 아셨죠……?"

"항상 그렇듯 친구들이 좀 있거든요."

"친구들."

바라문디 경위는 잠시 생각에 잠긴 듯한 모습이었다. 친구라는 단어의 의미에 대해 명상이라도 하는 것 같았다. 어쩌면 그저 대체 어떤 친구가 자신의 고용주가 누구인지 알아낼 수 있었을지 생각해보는 것뿐일지도 모른다.

그때 갑자기 스타가 입을 열었다.

"저를 중간에 두고 뭐 하는 거죠?"

꾸뻬와 바라문디 경위가 그녀를 가운데 두고 자기들만의 대화를 나누는 것에 신경질이 난 것이었다.

그러자 바라문디 경위가 무언가 짧은 명령을 내렸고 군인 두 명이 다가와 스타의 입에 재갈을 물렸다. 이 모든 일이 너무나 빠르게 벌어져서 스타는 반항 한 번 해볼 겨를이 없었다.

꾸뻬가 외쳤다.

"잠깐만요. 그녀는 제 환자입니다. 그러지 마세요!"

꾸뻬가 몸을 일으키려 하자 바라문디 경위가 거침없이 꾸뻬를 밀었다. 꾸뻬는 거칠게 나무에 부딪히며 쓰러졌고 스타는 절망 속에서 격분하며 몸을 비틀었다.

그러자 군인 하나가 그녀의 다리 위에 걸터앉듯 두 발목을 지그시 눌러 고정했다.

바라문디 경위가 말했다.

"보셨죠? 상황이 제가 원하는 방향으로 돌아가지 않으면 어떻게 될지 맛보기로 좀 보여드린 겁니다. 이제 어떻게 하셔야 하는지 이해되시죠, 선생님?"

물론 꾸뻬는 모든 걸 이해했다.

협박

더위가 최고조에 이르렀다.

선풍기라는 사치는 크라 라오족에게는 없는 것 같았다. 촌장은 에두아르에게 열정적으로 무언가를 이야기하고 있었는데, 한 문장을 끝낼 때면 한 번씩 살짝 고개를 숙이기도 했다.

꾸뻬, 브라이스, 솔렌느, 마리아 안젤리나가 참관하는 에두아르와 촌장 간의 정상 회담이었다.

에두아르가 친구들 쪽을 보며 말했다.

"촌장이 말하길, 꾸뻬 네가 본 군복은 정부 중앙군의 군복이고 나머지들은 크라족 군대라는군. 그렇다는 건, 그들이 이 지역에 진입하려고 크라족 수장과 협상을 했다는 거야. 촌장은 충돌을 피하고 싶어 해. 크라족의 최고 수장을 만나러 가서 협상을 해보겠대. 촌장은 그 최고 수장을 알거든. 거의 동맹 관계 비슷한 것도 맺고 있고."

꾸뻬가 말했다.

"그들은 에두아르 네가 돈을 돌려주길 원하고 있어."

그들 앞에는 무전기 하나가 돗자리 위에 놓여 있었다. 바라문디 경위가 꾸뻬에게 준 것이었다. 에두아르가 돈을 넘길 거라고 결정하면 무전기를 켜고 그쪽에 전달해주면 된다. 그러면 스타는 풀려난다.

에두아르는 강경했다.

"나쁜 사업으로 벌어들인 돈을 돌려주라고? 그리고 좋은 활동들이 전부 취소되게 만들라고? 절대 안 돼."

그러자 꾸뻬가 설득했다.

"스타는 내 환자야. 저쪽에서 그녀를 괴롭힐 수도 있다고."

"그럼, 내가 지금 지원하고 있는 지원금을 멈추면 얼마나 많은 사람들이 괴로워하게 될지 알아? 심지어 죽을 수도 있어!"

꾸뻬는 장 미셸의 병원에서 침대 위에 누워 있던 어린 소녀를 떠올렸다.

그때 브라이스가 말했다.

"금액을 협상할 수도 있지 않을까? 일부만 돌려주는 걸로 말이야."

솔렌느도 거들었다.

"그래. 괜찮을 것 같은데?"

에두아르는 다시 촌장 쪽으로 몸을 돌려 무언가 말을 주고받더니 이내 침묵을 지켰다.

"무슨 이야긴지 말해줄 수 있어?"

"크라 라오족 용사들이 그들을 찾으러 갈 수도 있어. 꾸뻬 네가 걸어서 한 시간도 안 돼 도착했으니 여기서 그리 멀지 않을 거야. 물론 지금은 위치를 좀 바꾸긴 했겠지만……. 하지만 스타를 찾아오려면 싸움은 불가피해. 사상자가 생길 수도 있고, 잘못하면 진짜 전쟁이 시작될 수도 있지. 그래서 촌장은 차라리 크라족 최고 수장을 만나서 협상을 해보고 싶은 거야."

"협상할 때 돈을 좀 가져가서 주면 어떨까?"

"그거 괜찮겠다."

크라족의 최고 수장은 바라문디 경위의 장군처럼 논 욕심이 많지는 않을 것 같았다. 하지만 과연 그가 장군처럼 거대한 힘을 지닌 중앙 정부의 권력자에 맞서 싸우려 할까…….

"시간은 얼마나 걸릴까?"

"거기까지 가는 데만 이틀이 걸려. 협상하고, 돌아오고……. 적어도 이 주는 걸리겠군."

"위성 전화로 하면 어때?"

"이런 협상은 전화로 할 수 없어."

그때 마리아 안젤리나가 조용히 입을 열었다.

"스타를 이대로 둘……."

회담이 시작된 후로 단 한 마디도 하지 않은 건 그녀가 유일했다. 모든 사람들이 그녀를 돌아보았다.

"스타를 일주일 동안이나 이대로 둘 수는 없어요……."

꾸뻬도 그렇게 생각했다. 스타는 이미 납치되기 전부터 상태가 좋지 않았다.

만일 정글 속에 일주일이나 감금되어 있게 된다면 그녀의 감정 상태는 엉망진창이 될 수도 있었다.

어쩔 수 없이 스타만 남겨두고 혼자 정글을 떠나면서 꾸뻬는 바라문디 경위에게 미리 경고했다. 안전핀을 뽑은 수류탄을 당신 두 손에 쥐여주고 가는 거나 마찬가지라고.

"우리 동네에선 미친 사람들을 끈으로 묶어둬요."

그녀는 대수롭지 않다는 듯 대답했다.

마리아 안젤리나가 말했다.

"제가 갈게요. 저랑 같이 있으면 스타의 상태가 훨씬 나을 거예요."

아! 이것이 우정일까?

꾸뻬는 생각했다.

마리아 안젤리나는 스타에게 고용되어 일하는 사람이었다. 스타의 기분 변화를 견뎌내고 스타의 약점을 훤히 알고 있으며 마치 자기 인생을 스타를 보호하는 데 바치고 있는 것 같았다. 그리고 지금, 그녀는 스타를 위해 무시무시한 군인들에게 스스로 포로로 잡혀가겠다고 하고 있다.

꾸뻬는 '세대가 바뀌고 또 바뀔 때마다 남을 위해 자신을 희생할 수 있는 능력을 가진 사람들의 비율이 높이 유지되기에 인류가 살아남을 수 있는 것이 아닐까.'라는 생각을 했다.

그러나 바라문디 경위가 마리아 안젤리나가 오는 것을 받아들일 것 같지는 않았다.

그들이 에두아르의 마음을 움직이기 위해 이용하려는 협박 수단이 마침 스타가 최대한 괴로워하는 것이니까. 게다가 마리아 안젤리나가 꾸뻬 측이 준비한 함정이나 미끼일지도 모른다고 의심할 수도 있다. 그들은 꾸뻬를 이 마을로 다시 데려올 때도 철저히 눈을 가렸다.

꾸뻬가 에두아르를 보며 말했다.

"우리끼리 얘기 좀 할 수 있을까?"

바라문디 경위가 꾸뻬를 풀어준 진짜 이유를 실행할 수밖에 없을 것 같았다.

에두아르를 설득하라.

그 와중에 다른 의문점이 꾸뻬의 머릿속을 떠다녔다.

대체 바라문디 경위는 어떻게 우리가 여기 있다는 걸 알 수 있었을까?

서로 다른 생각

"에두아르. 스타가 풀려나면 너 대신 지원금을 투자해 네 지원 활동을 계속하게 해줄 수 있을 거야. 스타는 그 장군만큼이나 돈도 많고……."

"나는 그녀에게 의지하고 싶지는 않아."

"승려들은 기부금으로 살아가잖아?"

"나는 승려가 아니야."

"그게 불교도의 삶으로서 가장 이상적인 상태라고 생각했는데."

"나한테는 아니야. 부처는 각자가 자기만의 길을 찾아야 한다고 했어."

"너, 스타의 괴로움에 무감각한 거야?"

"그렇지는 않아. 하지만 내가 이미 말한 것처럼, 내가 그 돈을 돌려주면 다른 많은 사람들이 괴로움을 겪게 돼."

"스타가 너를 도와주면 되지."

"아니. 게다가 그녀는 나를 도울 수 없을 거야. 나는 공식적으로 경찰에 쫓기고 있는 절도범이야. 그녀는 나를 돕는 게 아니라 내가 돕는 사람들을 도울 수 있겠지."

"그래. 그러니까, 해결책이 있는 거잖아."

"아니. 해결책은 없어. 장군이 여기서 멈추지도 않을 테고. 나는 이제 여길 떠나야만 할 거야. 장군은 크라족 수장 하나를 매수해서 내 머리를 가져오도록 협상할 테지. 내가 여기 있으면 이 근처 크라 라오족 마을들이 전부 위험해져."

에두아르의 말이 맞았다.

"너희들은 절대로 여기 오지 말았어야 했어. 편지에도 썼잖아? '기다려줘.'라고. 너희들 때문에 모든 걸 망쳤어!"

"에두아르. 우리한테 코끼리를 보낸 건 너야."

"맞아. 하지만 너희들이 이미 가까이에 와 있다는 걸 알았기 때문이야. 나는 결국 친구들을 만나고픈 유혹을 떨치지 못했어. 그리고 그 결과로 지금껏 내가 이루어 놓은 것들이 전부 날아가버릴 거야. 이들과의 끈을 어떻게 놓아야 할지······."

"그래도 크라 라오족 사람들은 불교도로 남아 있을 거야."

"알 수 없는 일이야. 그들은 나의 존재를 필요로 해. 와랑 사람들에게 장 신부가 필요한 것과 마찬가지야. 너는 아무것도 이해하지 못하는구나. 너는 단 한 번도 정신적인 고차원을 이해한 적이 없어!"

에두아르는 꾸뻬에게 화를 내고 있었다. 그리고 꾸뻬는 지금까지 에두아르가 화내는 모습을 본 적이 한 번도 없었음을 깨달았다.

"우린 네가 걱정되어 온 거야."

"걱정을 왜 해? 거봐. 또, 쓸모없는 애착이야!"

"아니면 연민인가 보지."

"너희들이 내게 연민을 느꼈다면 그냥 날 조용히 내버려뒀어야 해. 내가 나의 길을 따를 수 있도록. 이제 모든 걸 망쳐버렸어."

꾸뻬는 애착에서 벗어나고 싶어 하는 불교도로서는 자기가 이뤄 놓은 것에 대한 애착이 너무 큰 것 아니냐고 반문할 뻔한 것을 꾹 참았다. 에두아르의 화를 돋우기만 할 것 같았다.

꾸뻬는 에두아르를 이해하고 있었다.

그는 이 마을에 하나의 세상을 창조했다. 자신의 자비로운 활동으로 밝게 빛나는 세상이다. 그런데 그런 세상에서 갑자기 끌려 나와야만 한다. 이런 상황을 차분하게 받아들이려면 부처쯤은 되어야 가능할 것이다.

하지만 그는 또 다른 곳으로 사라져서 계속해서 장군의 돈으로 지원 활동을 펼칠 수도 있을 것이다.

그때 갑자기 무전기가 삑삑 울렸다.

꾸뻬가 무전기를 켰다.

"거기 계십니까."

바라문디 경위의 목소리였다.

꾸뻬는 에두아르를 쳐다보고는 대답했다.
"얘기가 잘 진행되는 중입니다."
잠시 침묵이 돌았다.
"너무 늦지는 마세요. 장군은 인내심이 없는 사람이거든요. 벌써 크라족 사람들과 새로운 협상을 준비하고 있더군요."
"놀랍지도 않군요."
그때 에두아르가 무전기 쪽에 얼굴을 대고 불쑥 말했다.
"장군이 모든 작전을 다 멈추지 않으면 돈은 돌려주지 않을 겁니다."
다시 침묵.
"에두아르군요?"
하지만 에두아르는 더 이상 대답하지 않았다.
대신 꾸뻬가 대답했다.
"맞아요. 에두아르였습니다."
"지금 상황이 그분한테 상당히 위험하게 돌아가고 있다고 전해주세요."
"에두아르도 이미 알고 있습니다. 단지 두려워하지 않을 뿐이죠."
"자기 혼자 다치는 건 겁나지 않겠죠. 하지만 친구들은요. 그리고…… 이 마을들과 마을 사람들은 다 어쩌고요."
에두아르의 두 눈은 꾸뻬에게 고정된 채 움직이지 않았다.
그리고 그 두 눈에서 눈물이 흘러내렸다.
꾸뻬가 에두아르에게 속삭였다.

"미안해……."

바라문디 경위가 이야기를 계속했다.

"게다가 여기 계신 친구 분은 전혀 먹지도 마시지도 않고 있습니다. 저희 팀 사람 한 명을 이로 물기까지 했고요. 꽤 심하게 물었어요. 다행히 제때에 말리긴 했지만……. 서두르세요. 이 여자는 정말 안전핀 풀린 수류탄이더군요."

꾸뻬가 말했다.

"스타의 매니저가 그쪽에 같이 가 있고 싶답니다."

꾸뻬는 마리아 안젤리나만이 가진 스타를 안정시키는 탁월한 능력에 대해 설명했다.

그러자 바라문디 경위가 말했다.

"이상입니다."

삐익하는 소리와 함께 통신은 끊어졌다.

"미안해."

꾸뻬가 다시 한 번 에두아르에게 말했다.

미안해

하루가 아주 천천히 흘렀다.

오후에 쏟아진 두 시간 동안의 폭우는 마을의 모든 길들을 진창으로 만들어놓았다.

에두아르는 방에서 조용히 그의 다음 거처지에 대해 생각하고 있었다. 촌장의 모습은 더 이상 보이지 않았는데, 이미 마을 남자 두 명을 데리고 크라족의 최고 수장을 만나러 길을 떠난 터였다. 계곡을 몇 번 넘어야 했다.

꾸뻬 일행이 이 마을에 도착한 지 이틀이 지나는 동안 마을 사람들은 점차 일행에게 익숙해지고 있었다. 특히 솔렌느의 빛나는 존재감과 브라이스의 공차기 실력 덕분이 컸다.

그러나 이제는 냉담한 기류가 흘렀다.

솔렌느는 더 이상 마을 여자들과 대화를 나눌 수 없었고 브라이스도 공놀이에 낄 수 없었다. 대놓고 밀어내진 않았지만 사람들은 갑자기 저마다 급한 일이 생겼다며 하나둘씩 떠나고 공놀이는 끝나버리고 말았다.

　마을 사람들은 꾸뻬 일행이 가져온 것이 무엇인지 잘 알고 있었다.

　불행이었다.

　혹은 적어도 마을에 대한 위협이었다.

　이제 누구도 일행을 향해 웃어주지 않았고 남자들은 일행을 마주치면 고개를 돌리며 뭔가 중얼거렸다. 꾸뻬는 그들이 중얼거리는 게 혹시 주술이 아닐까 생각했다.

　꾸뻬도 주술이라도 좀 읊어보고 싶은 기분이었다.

　위성 전화 덕분에 꾸뻬는 클라라와 통화할 수 있었다. 잘 지내고 있다고, 에두아르가 친구들을 보더니 너무나 좋아한다고, 그리고 며칠 후면 돌아갈 것 같다고 말했다. 그렇게 몇 초를 혼자 떠들다 보니, 꾸뻬 혼자 이야기하는 걸 듣기만 하는 건 평소의 클라라 같지 않다는 느낌이 들었다.

　그리고 클라라가 우는 소리가 들렸다.

　클라라는 집에 침입했던 남자에 대해 이야기했다. 꾸뻬는 남자에 대한 묘사를 듣자 누구인지 알 것 같았다. 무서운 눈빛을 가졌던 콧수염 사내. 남자가 떠나기 전에 집에 도착한 꼬마 꾸뻬가 결국 남자와 마주쳤다. 그는 꼬마 꾸뻬의 머리를 쓰다듬고 강아지도 한 번 쓰다듬더니 클라라에게 말했다.

"어찌나 귀여운지! 당신은 정말 운이 좋으시군요."

그리고 남자는 떠났다.

꾸뻬는 살의를 느꼈지만 침착하게 클라라를 달랬다. 남자에게 순순히 정보를 주길 잘했다고, 당연히 그렇게 해야만 했다고, 그리고 이 마을에서는 에두아르를 신처럼 숭배하는 용맹한 크라 라오족 군대로 둘러싸여 있기 때문에 전혀 무서울 게 없다고.

클라라가 말했다.

"돌아와."

클라라는 꾸뻬에게 떠나도 좋다고 허락해주었고, 지금은 꾸뻬에게 돌아오라고 말하고 있다.

화가 식지 않은 상태로 꾸뻬는 에두아르를 보러 갔다.

꾸뻬는 에두아르가 아닌 이드와가 이 근방에서 가장 높은 산봉우리가 멀리 내다보이는 창문을 마주 보고 앉은 채 명상하고 있는 것을 발견했다.

이 장면은 어쩐지 꾸뻬를 화나게 했다.

"현실 세계로 돌아와. 장군 말고 또 누구 돈을 훔친 거야?"

에두아르는 꾸뻬를 처음 보았던 날처럼 방금 막 꿈에서 깨어난 듯한 얼굴로 꾸뻬를 보더니 놀란 표정을 지었다.

"화났어?"

"그래. 네가 하는 자선 사업들이 나쁜 결과를 가져온다고. 아주 안 좋은 업보가 있는 것 같군. 내 말 믿어."

꾸뻬는 불교 용어를 써가면서 에두아르를 비꼬는 자신에게 놀랐다.

에두아르는 침착함을 유지하며 말했다.
"무슨 일인지 다 이야기해봐."
꾸뻬는 에두아르에게 아내와 꼬마 꾸뻬에게 일어났던 일에 대해 이야기했다. 그리고 바라문디 경위가 그 콧수염 사내에 대해 이야기해주었던 것들에 대해서도.
에두아르가 말했다.
"미안해."
"그러니까, 숨겨둔 돈이 또 있다는 거야? 그건 또 누구 돈이지?"
에두아르가 설명했다.
정당의 특정 인물들로 자본주의의 매력을 즐기는 이른바 사회민주주의 공화국 국회의원 둘의 돈이었다.
"그 나라에서 점점 늘어나는 해외 투자 예산 덕에 그들은 비밀스러운 커미션을 엄청나게 거둬들이고 있어. 그 사람들은 어쨌거나 돈을 외국으로 빼내야 하니까 외국 은행들한테도 괜찮은 고객이지."
그 국회의원들도 공식적으로 고소를 할 수는 없었나 보다.
에두아르가 말했다.
"좀 전에는 미안했어."
"좀 전에?"
"그래. 너희 모두를 비난하고 화낸 거 말이야. 그리고 너한테 고차원적 정신을 이해 못한다고 한 것도."
꾸뻬가 말했다.

"어쩌면 정말 그럴지도 몰라."

그러자 에두아르가 말했다.

"나는 그런 판단을 내릴 수 있는 사람이 아닌데. 게다가 화까지 내가면서 그러지 말았어야 했어."

"네가 왜 화를 냈는지 이해해. 네가 이루어 놓은 세계가 전부 바뀌어야 할 수도 있으니까……."

"맞아."

에두아르는 다시 사과했다.

"그래도, 그래도 미안하다."

관찰 18 친구란 미안하다고 말할 수 있는 사람이다.

위기에 대처하는 방법

꾸뻬가 아이디어를 떠올린 것은 그들의 화해의 대화가 끝났을 때였다.

에두아르에게 아이디어를 설명했다. 그리고 에두아르와 이드와는 그 아이디어가 나쁘지 않다고 생각했다.

꾸뻬는 에두아르가 명상을 계속할 수 있도록 놓아두고 솔렌느를 찾아갔다. 솔렌느는 오두막집의 기둥 아래에 앉아 있었다. 두 명의 여자아이들과 남자아이 한 명이 그녀의 금발머리를 잡고 놀고 있었다.

꾸뻬를 보자 아이들은 벌떡 일어나 뒤로 슬금슬금 물러나더니 이윽고 떠나버렸다.

"너만 빼고 우리 중에 인기 있는 사람은 아무도 없는 거 같다?"

그러자 솔렌느가 대답했다.

"그러게. 내 생각엔 우리가 최대한 빨리 이 마을을 떠나야 할 것 같아."

"왜? 무슨 일 있었어?"

"좀 전에 그 남자애가 그러는데, 그 아이 아빠가 글쎄 내 머리통이 예쁘다고 했다잖아."

"흠. 그럼 내 머리통은? 내 건 안 예쁜가 봐."

"암튼 뭐든 다 농담으로 받는다니까. 하나도 웃기지 않은 상황이라고. 좀 더 자세히 알려줄까? 네 머리통은 브라이스 다음으로 3위야. 브라이스는 파란 눈 때문에 전시 효과가 좀 더 크거든. 그래도 네가 마리아 안젤리나는 이겼네. 마리아 안젤리나는 아시아인이라 자기들하고 비슷하기 때문에 별로 흥미가 없대."

"그럼 정글에 마리아 안젤리나만 남겨놓고 떠나면 되겠네?"

"그렇다는 게 아니라! 에두아르가 얼른 결정을 해야 한다는 거지."

"그리고 세계 곳곳에 많은 사람들이 죽거나, 고통을 받게 되고……?"

"에두아르는 벌써 많은 이들을 도왔어. 게다가 분명 전액이 아니라 일부만 돌려주는 걸로 협상할 수 있을 거야. 브라이스가 낸 의견이야."

꾸뻬는 왠지 모르게 솔렌느가 브라이스의 의견을 지지하는 게 조금 불만이었다. 그리고 대체 브라이스는 어디 간 걸까. 솔렌느가 그가 자고 있다고 알려주었다.

꾸뻬가 물었다.

"좋아. 너 언론사 쪽에 아는 사람들 좀 있지 않아?"

계속 이 지역을 돌아다니며 여행을 하기 때문에 솔렌느는 꽤 많은 기자들과 우정 어린 관계를 맺고 있었다. 큰 언론사에서 파견되어 상근 중인 지역 전문 특파원들이었다.

꾸뻬와 솔렌느는 함께 에두아르를 만나러 가기 전에 먼저 위성 전화를 찾았다.

인류가 센토사를 되찾는 것도 괜찮을 테고, 우리가 이미 가진 최신식 문물이 없어져도 금세 익숙해질 수도 있을 것 같았다. 하지만 꾸뻬는 행복을 위해 가장 필요한 두 가지 조건을 지키기 위해서 길 위로 나가 싸울 준비도 되어 있었다.

모두를 위한 의료 보장과 모두를 위한 언론의 자유!

에두아르와 솔렌느도 꾸뻬의 아이디어가 아주 멋지다고 생각했다.

기자는 일단 장군과 두 의원의 이름을 모른다는 전제하에 기사를 쓰기로 약속했다.

장군의 이름을 기사로 폭로할 수도 있다는 협박이 바로 꾸뻬가 생각해낸 협상의 무기였다. 하지만 기사를 써야 하니 에두아르의 이름과 은행 정도는 알려주었다. 에두아르의 이름은 아직 나가지 않겠지만 은행 이름 정도는 쓸 수 있을 것이다.

관련자 본인의 입으로 확인된 정보이고 기자가 신뢰하는 솔렌느가 준 정보이기 때문에 기사는 아주 빨리 나올 수 있을 것이다. 꾸뻬는 최대한 내일 자 유럽 일간지에 나오길 바랐다. 그러면 관런국 대사관들에 정보가 퍼지는 것은 순식간이다.

부유층의 개인 트레이더로 유명했던 한 은행가가 거액의 돈을 들고 어디론가 사라졌다. 그리고 그 돈은 이 지역 두 나라의 타락한 고위 관리자들의 돈이다.

이 정도의 내용만 주어져도 세상을 시끄럽게 할 수 있을 것이다. 그리고 누군가는 공포에 떨며 다음 기사에는 또 어디까지 정보가 실릴지 기다리게 될 것이다.

정말 멋진 협상의 도구 아닌가!

세 친구가 서로 흥분하며 입을 모았다.

에두아르가 말했다.

"그다음에는 안심시키는 의미에서 약간의 돈을 돌려주겠다고 협상할 수도 있을 거야. 그들이 나쁘게 벌어들인 돈이 이자를 좀 낳았거든."

"그 돈을 투자해서 돈을 불렸단 말이야?"

"당연하지. 내 식업이 그서잖아! 세나가 고객이 있는 돈도 아니니까 위험 부담 생각 않고 대담하게 투자했더니 더 많이 벌리던 걸?"

꾸뻬의 아이디어 때문에 에두아르는 매우 기분이 좋아진 것 같았다. 꼭 예전의 에두아르가 다시 돌아온 기분이 들었다.

이 기회에 에두아르가 단식도 그만하고 뭘 좀 먹기 시작할 수 있지 않을까?

한편, 기사가 나가면 평생을 도망자로 살아야 하는 에두아르의 삶이 더더욱 어려워질 것이 뻔했다. 하지만 에두아르는 그걸 희생이라고 생각조차 하지 않는 것 같았다.
 에두아르가 말했다.
 "좀 더 세상에 초탈할 수 있겠는걸."
 꾸뻬는 관찰 2번을 떠올렸다.

 관찰 2 친구를 위해서라면 자기 것을 희생하거나 위험을 감수할 수 있다.

친구의 배신

꾸뻬는 브라이스가 잠든 것을 확인했다.

이 마을에 도착한 후로 브라이스는 야자술에 푹 빠졌다. 오후가 끝날 무렵의 부드러운 햇빛이 비칠 때 야자나무 꼭대기에 올라가 거기서 바로 야자를 갈라 흘러나오는 그 음료는 우유 같으면서도 살짝 톡 쏘는 느낌이 있어서 꾸뻬에게는 막걸리 맛을 떠올리게 했다. 그리고 그 맛은 세상의 모든 술들을 향한 지치지 않는 브라이스의 욕망을 일깨웠다.

"브라이스!"

브라이스가 눈을 뜨고 마치 에두아르가 명상에서 빠져나올 때처럼 멍한 눈으로 잠시 헤매었다,

"꾸뻬구나. 무슨 일 있어?"

"뭐……. 있긴 있지."

꾸뻬는 무전기를 내밀었다.

"자, 바라문디 경위가 너랑 얘기하고 싶다는군. 너를 굉장히 잘 아는 것 같던데?"

"바라문디 경위?"

브라이스의 시선에서 당황한 것이 확연히 느껴졌다.

"난 그런 여자 몰라!"

잠에서 막 깬 사람을 놀라게 하는 건 이 세상 모든 경찰들이 채택하는 방식이다. 실제로 아주 효과 만점이었다.

"그런 여자? 나는 여자라고 한 적 없는데 어떻게 여자인 줄 알지?"

브라이스는 이미 빠져나갈 수 없다는 걸 깨닫고 있었다. 하지만 여전히 화난 척 연기를 하고 있었다.

"잠깐. 난 정말 네가 무슨 소리를 하지는 모르겠다니까? 갑자기 깨우더니 알지도 못하는 사람이 얘기하고 싶다느니 하는 소리만 하고. 너 왜 그래?"

"장 신부님께도 전화했어."

브라이스는 아무런 대답도 하지 않았다. 그저 매우 놀란 표정으로 미친 사람을 보듯 꾸뻬를 쳐다보았다.

"장 신부님의 위성 전화기로 네가 건 전화번호들을 알려달라고 했지. 내가 모르는 번호가 두 개 있었고……. 레크와 노크일까? 아무튼, 또 다른 번호는 내가 잘 아는 번호더군. 우리의 아름다운 경위 말이야."

브라이스가 눈을 질끈 감았다.

꾸뻬는 순간적으로 브라이스가 뛰어 도망가지나 않을까 생각했다. 혹시 그렇다면 브라이스와 싸울 수도 있을지 상상해보았다. 이제는 거의 그러길 바라는 마음까지 생겼다. 협박을 당한 클라라와 미친 듯이 화를 내던 에두아르. 그런데 사실은 브라이스가 배신을 해 모두를 위험에 처하게 만든 것이었다니! 꾸뻬는 화가 나서 몸이 떨렸다.

그런데 브라이스는 가만히 두 눈을 뜨더니 말했다.

"미안해."

꾸뻬는 자기 인생이 뭔가 잘못되었다는 생각이 들었다. 친구들은 모두들 꾸뻬에게 조심하라고 하더니, 이제는 너무 많은 친구들이 미안하다고 하고 있었다.

브라이스는 기탄없이 모든 걸 고백하기 시작했다.

마침 브라이스는 돈이 다 떨어질 참이었다. 재판과 이혼을 겪으면서 수중에 남겼던 얼마간의 돈을 여흥을 위해서, 번호를 달고 있는 여자 친구들의 삶의 질을 상승시켜주기 위해 다 써버린 것이다. 프랑스 레스토랑, 고미술품 가게 등 몇몇 사업을 구상해보았지만 사업가로서의 탁월한 감도 이제 다 사라진 것 같았다. 혹은 그의 사업적인 감이 이 지역에서는 통하지 않았을지도 모른다.

남아 있던 것을 모두 탕진했다.

유럽으로 돌아갈 수는 없었다. 그렇다고 다른 어디서 무슨 일을 할 수 있단 말인가?

목숨을 끊을까 진지하게 고민하기 시작했다. 그를 필요로 하는 사람도 이제는 없고 그의 아이들도 아빠를 증오했다. 저녁 시간에 한 번씩 만날 몇몇 여자 친구들을 빼면 기댈 만한 사람도 없었다.
"나를 그리워할 사람은 아무도 없을 거라 생각했어."
브라이스는 막 눈물을 쏟아낼 것 같은 얼굴이었다.
하지만 꾸뻬는 브라이스가 일부러 꾸뻬를 감동시키려고 그런다고 생각했다.
브라이스는 아무런 생각 없이, 나쁘다고는 생각조차 하지 않고 순진하게 하는 일이 나쁜 결과를 낸다. 또 그런 일이 일어났다.
솔렌느의 말이 맞다. 브라이스는 어린아이 같았다.
바라문디 경위는 꾸뻬나 솔렌느의 메일함을 감시하면서 브라이스의 존재를 알게 되었을 테고, 브라이스의 절박한 상황을 알게 되자 그에게 거액을 제안했다. 브라이스가 지금의 생활 방식을 지킬 수도 있고 계속해서 몇몇 여자 친구들의 사회 보장 제도 같은 존재로 남을 수 있을 정도의 금액이었다.
꾸뻬가 물었다.
"그게 어떤 결과를 낳을지는 생각 안 해봤어?"
브라이스는 어떻게 대답할지 고민하는 것 같았다.
"많이 고민해보지는 못했어. 난 그런 걸 잘 못하잖아. 너도 알 듯이……."
"꾸며낸 대답 하지 마. 너 자신을 속이려고도 말고……. 네가 한 짓이 바로 친구를 배신하는 짓이야."
브라이스는 마치 꾸뻬가 자기를 모욕했다는 듯 펄쩍 뛰었다.

"친구? 에두아르가 친구라고 누가 그러든?"

"에두아르가 친구란 건 우리 모두가 알고 있어……."

"내가 나락으로 떨어졌을 때 나랑 연락을 끊지 않은 사람은 너밖에 없었어!"

브라이스는 오히려 화를 내고 있었다.

꾸뻬가 말했다.

"에두아르는 그때 이미 먼 나라에 가 있었잖아."

"메일을 보내도 대답이 없었어. 에두아르가 유럽에 들렀을 때 저녁을 같이 먹기로 했었는데 취소하더군. 그리고 아무 말 없이 그냥 떠났다고!"

브라이스는 꽤 오래전 이야기인 이 사건을 마치 지난주에 일어났던 것처럼 이야기했다. 그는 상처를 받았던 것이다.

"브라이스. 그 당시에 에두아르가 살던 방식은 너랑 비슷했어. 그저 어쩌다 보니 연락이 끊겼을 뿐, 너희가 친구가 아닌 건 아니잖아."

"넌 그냥 에두아르 편을 들고 싶은 거야."

"아마 그럴지도 몰라. 하지만 그때 그 일 때문에 다른 모든 걸 안 좋게 생각하다니 가슴 아프지 않아? 연락이 좀 뜸해졌을 뿐인 사람에게 내리기엔 너무 심한 벌이라고 생각하지 않냐고. 지금 에두아르가 얼마나 큰 위험에 처했는지 알긴 해?"

브라이스는 말이 없었다. 약간 망설이는 것 같았다.

꾸뻬의 환자들이 부끄러운 비밀을 털어놓기 두려워하면서 머뭇거리는 모습과 똑같았다.

"사실 나는……. 내가 바보 같은 짓을 했을 때 모든 게 다 무너졌어. 그 이후로 내 인생은 완전히 망하고 말았어. 아무 말도 말아. 내 인생이 엉망인 건 내가 제일 잘 아니까. 네가 뭐라고 하든. 이제 나는 이 모든 것이 정말 멈춰질 그날만 기다리면서 시간을 보내고 있어. 그런데 그런 생각도 들더라고……. 에두아르도 벌을 좀 받아야 정당하다고. 역겨운 생각이지, 안 그래?"

꾸뻬가 대답했다.

"정말 끔찍하고 역겨운 생각이야."

"솔렌느도 알고 있어?"

"아니."

"솔렌느에게는 말하지 말아줘. 부탁이야. 제발."

"솔렌느가 실망할까 봐 걱정돼?"

"그래……. 그런 것 같아."

브라이스가 대답하더니 갑자기 울음을 터뜨렸다. 그는 두 손으로 얼굴을 가린 채 몸이 들썩들썩할 정도로 오열했다. 어린아이처럼…….

어린아이를 원망하기는 어렵다. 꾸뻬는 생각했다. 아이들도 잘못을 저지르면 벌을 받아야 한다. 브라이스가 한 짓은 역겹지만 꾸뻬는 브라이스를 미워할 수가 없었다. 어째서일까?

브라이스는 아주 오래전부터 꾸뻬 인생의 일부분이었다. 수많은 시간을 함께 즐겁게 보냈고, 지금처럼 변하기 전의 브라이스는 기댈 수도 있는 든든한 친구였다.

아리스토텔레스는 선한 우정은 한쪽이라도 선함을 잃게 되면 우정도 사라진다고 했다. 선함을 회복하려 노력하지 않는다면 말이다.

꾸뻬가 말했다.

"네가 회복할 기회를 줄게."

잠시 후 꾸뻬는 수첩을 꺼내 관찰 18번을 다시 읽어보았다.

관찰 18 친구란 미안하다고 말할 수 있는 사람이다.

브라이스도 미안하다고 말했다.

그리고 지금의 울음도 자기 자신의 행동에 대한 부끄러움과 슬픔의 표현일 것이다.

꾸뻬는 브라이스를 용서할 수 있을지 생각해보았다.

친구이기에 좀 더 너그럽게 친구의 배신을 용서해야만 할까, 아니면 반대로 친구이기에 더더욱 배신을 용서해서는 안 되는 걸까.

그리고 에두아르가 알게 되면 과연 뭐라고 할까.

진정한 친구

"친구 분 때문에 너무 힘들어요!"

바라문디 경위는 신경 쇠약 직전인 것 같았다. 무전기의 지직거리는 소음 너머로 그녀의 신경질이 느껴졌다.

꾸뻬가 말했다.

"그녀는 제 친구가 아닙니다. 제 환자죠."

"어쨌든요. 저 여자는 절대 누구 말을 따르질 못하는군요! 이 문제도 상담 시간에 다뤄보셨어요?"

"아시다시피 그녀는 스타라서 그렇습니다."

"네. 군인들이 말해줘서 알았죠."

바라문디 경위는 텔레비전을 많이 보는 편도 아닐 테고 스타를 좋아하는 청소년기 아이가 있을 나이도 아니었다. 장 마르셀이 그랬던 것처럼 직업 탓에 친구도 거의 없을 것이다.

"우린 정기적으로 위치를 옮기고 있는데 저 여자는 걷는 것도 거부해서 들어서 옮기고 있어요!"

"상태는 어떤가요?"

"계속 먹길 거부하고 있어요. 혹시나 해서 우리가 곁에 딱 붙어 지키고 있긴 해요."

"그런 상태로 오래 있어선 안 됩니다."

"안 되죠. 돈은 어떻게 되고 있나요?"

"할 수 있는 만큼 노력하고 있습니다. 하지만 제 친구 에두아르는 스타에게 특별히 동정을 느끼지 않는 것 같군요. 그녀가 불교적인 덕목들을 지닌 편은 아니죠."

"아, 그건 저도 동감이에요."

"심지어 그녀에게는 약간의 고행이 필요하다는 생각까지 하는 것 같습니다……. 스타가 아니라 저를 잡아두는 게 나았을 뻔했군요."

바라문디 경위는 아무 말도 하지 않았다.

꾸뻬는 에두아르가 돈을 돌려주길 거부한다면 아무런 탈출구가 없는 상황이 될 뿐이라는 걸 바라문디 경위가 이해하길 바랐다. 스타에게 무슨 짓을 한들 무엇이 변하겠는가? 에두아르를 납치하는 것밖에는 방법이 없을 텐데, 살아 있는 신 이드와는 그의 충실한 크라 라오족에게 철저히 보호받고 있다.

꾸뻬가 말했다.

"제가 좀 도와드리죠."

그러자 바라문디 경위의 웃음소리가 작게 들리는 것만 같았다.

"말해보세요."

"그쪽에 제 동료 브라이스를 보내겠습니다. 브라이스는 뛰어난 정신과 의사입니다. 스타를 안정시킬 수 있을 겁니다. 게다가 바라문디 경위님이 이미 잘 아는 사람 아닙니까? 아는 사람이 편하죠."

침묵이 감돌았다.

꾸뻬는 바라문디 경위가 놀라고 분노하고 있을 모습을 직접 보고 싶었다. 이 스파이 게임에서 우리의 제임스 본드 걸을 이긴다는 건 묘하게 즐거운 일이었다. 콧수염 사내가 이미 꾸뻬의 집과 가족을 파악하고 있다는 점을 생각하면 이내 마음이 어두워졌지만…….

"그리고 우리가 빈기를 좀 하려고 합니다. 브라이스가 가서 설명해드릴 겁니다. 일단 바꿔드릴 테니 어떻게 가면 될지 약속을 정하시죠."

그날 밤 사방이 깜깜해졌을 때에야 꾸뻬가 피곤한 모습으로 오두막집으로 돌아왔다.

방 안에서는 솔렌느가 크라 라오어 사전에 열중하고 있었다. 그녀가 꾸뻬를 올려다보며 미소를 지었다.

"좀 어때? 일은 잘 진행되고 있는 거야?"

"응. 그래야지. 마리아 안젤리나는 어디 갔지?"

"이드와랑 같이 있어. 불교랑 기독교의 공통점과 차이점에 대해서 대토론을 벌이는 것 같던데."

"두 종교는 차이점이 많지. 하지만 일상생활에서 불교가 추구하는 이상과 기독교가 추구하는 이상은 결국 비슷한 형태로 나타나."

꾸뻬는 문득, 어쩌다 서로가 각자의 나체를 공개하게 된 어제의 사건 이후로 다시 솔렌느와 단둘이 있게 된 건 처음이라는 걸 깨달았다.

떠올리지 말자.

꾸뻬는 생각했다.

그러고는 솔렌느가 있는 곳에서 가장 멀리 떨어진 구석으로 가서 누웠다. 솔렌느는 다시 사전에 열중하고 있었다. 휴. 그냥 에두아르한테 가서 파라 니르바나와 하느님의 왕국 사이의 근본적인 차이에 대해서 열심히 토론이나 하는 게 나으려나…….

꾸뻬가 몸을 일으켰다.

그러자 솔렌느가 말했다.

"너 뭔가 허둥지둥하는 것 같다?"

"음…… 아니야."

"그런 거 같은데 뭘."

비언어적인 의사 표시를 읽어내는 능력은 여자들이 남자들보다 훨씬 탁월하다는 걸 보여주는 연구 결과들이 많다. 특별한 훈련 없이도 솔렌느는 말도 알아듣지 못하는 부족들과 수없이 만나면서 어느새 얼굴 표정을 읽는 데 전문가가 되었을 것이다. 바라문디 경위보다 더 예리할 것 같았다.

"어제 일 때문이구나?"

"어제 일?"

"뭘 말하는지 잘 알면서."

물론 꾸뻬는 어제 새벽의 사건을 너무나 잘 기억하고 있었다.

두 사람이 서로를 원하고 있다는 걸 한순간 동시에 깨달았던. 욕조에서는 물이 흘러나오고 있었고…….

갑자기 꾸뻬의 얼굴이 빨개졌다.

"맞아. 어제 일 때문인 것 같아."

솔렌느가 웃었다.

이번에는 유혹의 미소가 아니라 좋은 동료의 미소였다.

"그 일 때문에 신경 쓰인다면 미안해. 그러고 나서 후회했어."

"후회라니, 뭘?"

"알면서."

"뭐……. 나도 그랬어."

"먼저 표현한 건 나였던 것 같아. 내가 표현하지 않았다면 너는 아무것도 못 느끼고 지나갔을 거야."

"음. 그렇진 않았을 거 같은데. 못 느낀다기보단 현실 거부를 하려 했겠지."

"그래."

꾸뻬는 솔렌느를 똑바로 바라볼 수가 없었다. 지금 솔렌느와 오랫동안 눈이 마주친다면 그만 솔렌느 쪽으로 다가가서 그녀에게 키스를 하게 될 것만 같았다! 절대 그러지 말아야 한다.

그때 솔렌느가 말했다.

"걱정하지 마. 그냥 한순간의 충동일 뿐이었어. 네가 혹여나 지금 나한테 키스라도 하려고 하면 내가 싫다고 할 거야."

"오. 그래도 내가 한다면?"

"그러면 나중에 우리 둘 다 불행해질 거야. 난 잘 알고 있어."

꾸뻬는 솔렌느를 바라보았다.

그녀의 아름다운 미소와 빛나는 눈빛을 보았다.

그러자 그녀를 향한 무한한 감사의 마음이 솟아났다.

솔렌느는 꾸뻬의 친구였다. 진정한 친구.

관찰 19 친구란 감사의 마음을 표현할 수 있는 사람이다.

에두아르와 이드와

　시간은 아주 느리게 흘렀고, 꾸뻬는 그 흐름에 익숙해지고 있었다. 몸을 씻을 수 있는 비누만 있다면 언제까지든 견딜 수 있을 것 같았고 이곳만의 화장실에도 이제는 익숙해졌다. 커다란 오두막 한가운데 구덩이를 판 것이 전부인 화장실의 악취는 마을에 도착한 첫날 경험한 시체 썩는 냄새 이후 두 번째 악몽이었다. 그나마 이 화장실도 이드와의 제안으로 설치된 것이었다.

　정글 쪽에서 좋은 소식이 도착했다.

　그쪽에 도착한 브라이스가 스타와 대화를 시도했고, 그가 와준 것에 감동한 스타는 이미 많이 안정되어 브라이스하고만 이야기를 하고 싶어 했다. 물론 브라이스가 그녀가 포로로 잡혀온 데 대한 근본적인 원인 제공자라는 걸 스타는 아직 모르고 있었다. 지금 스타의 눈에 이상화된 브라이스는 말을 타고 숲을 넘어 그녀를 구하러 온 용사였다.

솔렌느가 말했다.

"어쩔 땐 전부 이해하지 않아야만 행복해져."

"좋은 말인데? 어디서 들은 거야?"

"네가 한 말이잖아! 네가 예전에 수첩에 썼던 구절들 중에 하나였는데 나한테 읽어줬잖니."

"이런. 나도 다시 읽어봐야겠는걸."

"네가 중국에서 막 돌아왔을 때였는데 넌 왠지 좀 변해 있었어. 중국에서 대체 무슨 일이 있었는지 난 계속 궁금해했었고."

그러자 꾸뻬가 말했다.

"기억 안 나."

"여자 문제였겠지 뭐. 그거 아니면 뭐였겠어!"

"난 솔로였는걸."

그러자 솔렌느가 마구 웃으며 말했다.

"넌 정말이지 나를 웃게 만드는구나."

"뭐가 웃기다는 거야?"

"뭐랄까……. 넌 언제나 네 연애 이야기하길 어색해하는 것 같아. 대부분의 남자들은 보통 자랑을 하고 다닌다구."

"일종의 원죄 의식을 가지고 있나 봐. 그런 문제에 대해서 말이야."

"그 원죄 의식, 브라이스한테 좀 넘겨줘야겠다."

그리고 솔렌느의 얼굴에서 웃음기가 가셨다.

꾸뻬는 번호를 달고 있는 여자들과 그녀들의 사회 보장 제도가 되어주는 남자들에 대한 이야기와, 그에 대한 브라이스의 의견을 솔렌느에게 설명해주었다. 그녀는 이 나라에 산 지 오래되어 잘 알고 있을 것 같았다.

꾸뻬는 제대로 이해하고 싶었다. 브라이스의 견해만 들어서는 헤로인 중독자의 말만 듣고 마약의 합법화를 지지하는 꼴이 된다.

그리고 솔렌느의 대답은 꾸뻬를 놀라게 했다.

"전반적으로는 틀린 말도 아니야."

"정말?"

"응. 하지만 브라이스가 간과하고 있는 게 있어. 이제는 이 나라도 많이 발전했고 시골이라고 해도 예전처럼 비참하지 않다는 거. 그런데도 여자아이들은 자기 가족들의 삶의 질을 향상시켜주려고 도시에서 일을 해. 일종의 경쟁의 결과지."

"경쟁?"

"그래. 한 여자아이가 도시에서 돈을 벌어서 고향에 올 때마다, 가족들은 새집도 짓고 오토바이도 사고 그러지. 그러면 이웃 주민들도 자기 딸한테 이렇게 말하는 거지. 옆집 레크는 정말 가족한테 잘하지 뭐니? 그러고 나면 그 누구도 가서 돈을 벌어 오라고 직접 말한 적은 없지만 옆집 아이는 의무감에 도시로 떠나는 거야. 물론 가난도 원인이지만, 부모에 대한 자식들의 헌신도 아시아 지역 매춘 문제의 주요 원인이야."

꾸뻬는 새로운 정보를 소화하기 위해 잠시 머릿속을 정리했다.

브라이스가 떠난 뒤에야 꾸뻬는 에두아르에게 브라이스의 배신에 관해 이야기를 해줘야겠다는 생각이 들었다. 브라이스가 그래야만 했던 이유도 모두 말해주었다.

그러자 에두아르가 말했다.

"불쌍한 중생······."

"브라이스가 원망스럽지 않아?"

"원망스럽지."

그럼에도 에두아르는 전혀 화난 얼굴이 아니었다. 오히려 슬퍼 보였다.

"어쨌거나 나한테도 약간 책임이 있어. 어떻게 보면 그때 나는 저녁 약속을 취소함으로써 간절히 위로를 바라던 친구를 저버렸거든. 쓸모없는 여흥이나 좇겠다고 브라이스를 버린 거야······."

에두아르의 안에 살고 있는 이드와가 점점 더 커지고 있다고 꾸뻬는 생각했다.

최후통첩

꾸뻬 일행은 시간에 따라 달라지는 숲의 소음과 친해지기 시작했다. 그들은 이제 적어도 세 가지 종류의 새소리를 완전히 구분해낼 수 있었다. 그래도 견디기 어려운 것이 있었는데, 한밤중에도 맹위를 떨치는 마을의 수탉들이었다.

수탉들 중에 한 놈이 꼭 비정상적인 시간에 울기 시작하고, 그러면 다른 닭들도 그를 따라 같이 우는 것 같았다. 어딘가 고장 난 이 수탉을 무속 신앙의 제물로 바쳐서라도 없애고 싶다는 생각이 들 정도로 소리가 요란했다.

낮에는 꼬리가 긴 회색 원숭이를 보기도 했는데, 에두아르가 마을 근처에 오랑우탄들이 살지만 접근하기는 힘들다고 말해주었다.

꾸뻬가 물었다.

"호랑이는?"

"밀렵 때문에 많이 남아 있지는 않아. 군대가 많은 지역이니까 여기선 총도 어렵지 않게 구할 수 있거든. 밤 깊은 시간에 가끔 마주치기도 하지만."

일행은 추이를 보며 시간을 보내고 있었다. 최선의 경우, 내일 아침이면 유럽 신문 전체에 특보가 날 것이다. 이곳 시각으로는 오후 일찍이다. 하지만 아마도 내일 오후나 모레는 되어야 기사가 나올지도 모른다.

브라이스가 이미 바라문디 경위에게 통보를 했을 터였다. 하지만 그녀는 무전기로 짧은 통신을 할 때마다 꾸뻬가 그 이야기를 꺼내면 전혀 응답하지 않으려 했다. 아마 장군에게 보고하고 명령을 기다리는 중이리라.

오후에 에두아르는 일행에게 코끼리를 보여주겠다며 일행을 이끌었나. 에두아르가 길들여서 기축으로 키우는 그 코끼리가 바로 크라 라오족 마을이 에두아르를 신봉하게 만든 사건의 주인공이었다.

일행은 코끼리가 다른 동물들과 함께 축사 근처에 묶여 있는 모습을 예상했다. 그러나 에두아르가 일행을 데리고 간 곳은 조각상 기둥들로 빙 둘러진 길쭉한 건물이었다.

문이 열리자 어둠 속에 커다란 몸집이 보였다. 나무판자로 만든 벽의 틈 사이사이로 빛이 흘러 들어와 코끼리의 몸에 줄무늬를 그리고 있었다.

점점 눈이 어둠에 익숙해졌다.
마리아 안젤리나가 제일 먼저 감상을 말했다.
"다른 코끼리들과 다르네요!"
에두아르는 아무런 대답도 하지 않았다.
정말이었다. 호기심 어린 눈으로 일행을 바라보는 코끼리는 흔히 보는 검은색에 가까운 회색 코끼리가 아니었다. 코끼리는……. 분홍색이었다!
코끼리의 피부는 서양인의 피부 색깔과 거의 비슷했고 옆구리나 귓바퀴 같은 몇몇 부분은 좀 더 짙었다. 게다가 일행을 주의 깊게 뚫어져라 바라보는 두 눈은 아주 투명한 호박색이었다.
코끼리도 외국인을 보는 건 처음이었다.
에두아르가 설명했다.
"알비노 코끼리야. 분홍색이지만 백코끼리라고 부르지."
코끼리가 거대한 똥을 쏟아냈다.
하얀 코끼리는 이 지역에서는 가장 귀하게 여겨지는 권력의 상징이었다. 하얀 코끼리가 없는 왕들이 어딘가에서 코끼리를 탈취하려 전쟁을 벌이기도 할 정도였다. 이 신비한 동물이 없으면 국민들과 이웃들이 그들의 혈통을 인정하지 않기 때문이었다.
하얀 코끼리는 축복의 현현이나 마찬가지였다. 꾸뻬는 그제야 어째서 에두아르가 기적으로 받아들여졌는지 이해했다.
그리고 그건 정말 기적이었을지도 모른다.
에두아르가 야윈 손으로 코끼리의 머리를 쓰다듬어주자 코끼리가 매우 즐거워했다.

그때 갑자기 무전기가 지직지직 소리를 내며 일행의 감탄을 앗아갔다. 코끼리도 깜짝 놀란 듯 순간 움찔했다.
바라문디 경위였다.
그녀는 아주 간단히 요점만 전달했다.
신문에 기사가 나면, 크라 라오족이 걸어두기 좋도록 따끈따끈한 브라이스의 머리를 배달해주겠다고.

친구를 부탁해

꾸뻬는 스스로를 저주했다.

솔렌느는 눈물을 흘렸다.

에두아르는 명상을 하러 오두막으로 떠났다.

그들은 스스로 매우 영리한 아이디어를 생각해냈다고 믿고 있었다.

꾸뻬는 그들이 한 일이 실은 마피아를 상대로 이길 수 있다고 생각하는 보이 스카우트들 같은 행동이었다는 생각이 들었다.

비극의 서막을 눈앞에 두고 꾸뻬는 위성 전화기로 달려가 클라라에게 전화를 걸었다. 클라라에게 꼬마 꾸뻬와 강아지를 데리고 어디 경비가 잘 되어 있는 친구 집에 며칠이라도 가 있으라고 했다.

꾸뻬는 대체 무엇이 자신을 이리도 바보같이 만들었을까 자문해보았다.

더위? 세상 바깥에 있는 듯한 느낌? 순진하게 믿고 있었던 바라문디 경위와의 관계? 코끼리들한테 둘러싸인 풍경? 모두에게 묘하게 든든함을 안겨주는 이드와의 정신적인 존재감?

혹은⋯⋯ 집에 침입하고 아들의 머리를 쓰다듬었던 저승사자를 꾸뻬 가족에게 보낸 자들을 향해 즉각적으로 보복하고 싶다는 욕심?

부처님은 그가 무지와 오만과 분노에 눈이 멀었다고 할 것 같았다.

솔렌느는 어떻게든 기자에게 전화를 걸려 노력하고 있었다. 하지만 연결이 되지 않았다. 그러다 해가 저물 시간에는 급기야 위싱 연결이 과부화되어 쓸 수 없게 되었다. 내일이 되면 기사는 나가고 말 것이다. 그때는 막기에 너무 늦다.

꾸뻬는 바라문디 경위와 대화를 시도했다. 그러나 그녀는 브라이스를 바꿔주었다.

"브라이스야?"

"응. 나야. 다 들었지? 그러니까 부탁해. 꼭 막아줘. 설마 나를 버리지는 않을 테지 친구들?"

브라이스는 명랑한 말투를 유지하려고 하고 있었지만 그의 목소리에서 불안함이 느껴졌다. 그 모습이 일행의 가슴을 아프게 했다.

꾸뻬가 말했다.

"당연하지!"

솔렌느가 외쳤다.

"절대로 너를 버리지 않을 테니까 조금만 기다려!"

그리고 에두아르가 말했다.

"브라이스. 일이 잘못되어 미안하다. 하지만 너를 그렇게 내버려두지 않을 거야, 친구."

그러자 브라이스가 대답했다.

"고마워……. 부탁해."

그는 울음을 터뜨릴 것 같았다.

그때 바라문디 경위가 말했다.

"이상입니다."

꾸뻬는 브라이스에게 무슨 일이 벌어질 경우엔 또 새로운 기사가 보도될 것이며 거기엔 좀 더 많은 정보가 공개될 것이라고 재빨리 경고했다. 에두아르도 우리 친구에게 무슨 짓을 한다면 절대로 돈을 돌려주지 않을 거라고 덧붙였다. 그러나 바라문디 경위는 아무런 대답도 하지 않은 채 무전을 끊었다.

그 후 꾸뻬 쪽에서 무전을 보냈지만 응답하지 않았다.

아마도 그녀는 명령을 기다려야 할 것이리라.

그녀 쪽의 명령은 유럽에서 대사관들이 일을 시작할 아침 시간이 되어야 도착할 테고. 그러니까 이 정글 시간으로는 이른 오후가 될 것이다.

에두아르가 크라 라오 사람들에게 이야기를 해보았지만 별다른 성과는 없었다. 그들은 일단 촌장이 돌아오기를 기다리고 싶어 했다. 게다가 마을 여자들과 시시덕거리기나 하고 야자술이나 마구 퍼마시는 거북한 외국인 한 명의 목숨 때문에 크라족과 정부군을 상대로 전쟁을 벌이기는 어려울 터였다. 성스러운 이드와의 목숨을 위해서라면 모를까.

대신 크라 라오 사람들은 일행에게 바라문디 경위와 군인들의 위치를 파악해주었다. 크라 라오족의 척후병이 그들이 장소를 이동할 때마다 미행했다.

하지만 크라 라오족이 함께 가주지 않는다면 결국 꾸뻬 일행끼리는 브라이스가 있는 곳까지 도착하기도 힘들었다. 설사 거기까지 간다고 해도, 우리끼리 뭘 어떻게 할 수 있을까? 맨손으로 직업 군인들을 공격한다? 바라문디 경위만 기쁘게 할 일이었다. 꾸뻬는 이미 우리 친구들의 본래 전문 분야에서 벗어난 대담한 시도가 어떤 결과를 낳았는지를 보았다.

꾸뻬는 아마도 인생에게 가장 길게 느껴질 밤을 보낼 것을 예감하며 오두막집으로 돌아와 누웠다. 마리아 안젤리나는 이드와의 곁에서 함께 기도하겠다며 떠났다. 또다시 솔렌느와 단둘이 남겨졌다.

솔렌느가 물었다.

"자?"

"아니."

침묵.

그녀가 입을 열었다.

"너무 가혹한 형벌이야……."

꾸뻬는 솔렌느가 무슨 말을 하는지 알 것 같았다.

브라이스는 평생을 바보 같은 잘못을 저지르면서도 그 대가는 피할 수 있다고 믿으며 살아왔다. 하지만 사실 그는 대가를 치른 거나 마찬가지였다. 돌리돌리에서 안락한 자기 자리를 찾아 그저 삶이 끝나기만을 기다리며 술집의 여자아이들에게만이라도 좋은 고객으로 추켜세워지면 우쭐해지는 허영심을 유지한 채, 아무에게도 나쁜 짓을 하지 않으며 세월만 보내기 시작했을 때부터.

그러나 또다시 브라이스는 돈 때문에 친구를 배신했고 그건 바보 같은 잘못 중에서도 아주 많이 바보 같은 잘못이었다.

그래도 참수형은 너무 극단적인 형벌이었다. 브라이스는 고독 속에서 자기 목이 떨어질지도 모를 아침을 기다리며 밤을 지새우는 것이 얼마나 끔찍한 일일지 지금껏 상상조차 한 적이 없었을 것이다.

솔렌느가 우는 소리가 들렸다. 애써 소리를 내지 않으려 했지만 숨길 수 없었던 그녀가 울먹이며 말했다.

"브라이스가 혼자서 외로울 거야……."

꾸뻬는 날이 밝으면 브라이스를 찾으러 가야 하지 않을까 생각했다. 크라 오족 사람들이 길 정도는 안내해줄 테고. 최악의 경우라도 아무튼 브라이스와 몇 시간 정도는 함께 보내줄 수 있을 것이다. 아니다. 최악의 경우엔 다른 친구들이 전부 줄줄이 참수형을 당하게 될 것이다.

어떻게 해야 할까……. 장 마르셀에게 연락해볼까. 그러면 아마 새로운 군대를 파견해줄 수 있지 않을까? 하지만 장 마르셀은 브라이스를 알지도 못한다. 그가 왜 누군지도 모르는 타락한 의사 한 명을 위해서 엄청나게 복잡해질 수 있는 작업을 하겠는가? 그도 역시 바라문디 경위와 마찬가지로 상사에게 보고를 해야 할 것이다. 스타를 위해서라면? 맞다. 스타는 전 세계적인 유명인이니 군사 개입도 정당화될 수 있다……. 그러나 과연 이 짧은 시간에 장 마르셀이 뭘 할 수 있을까?

아무리 생각해도 솔렌느의 말이 맞았다.

브라이스는 도와줄 수 있는 이 하나 없이 혼자였다.

솔렌느가 다시 눈물을 흘리기 시작했다.

"나 좀……."

"응."

"나 좀 꽉 안아줄래?"

꾸뻬는 삼간 망설였지만 이내 솔렌느를 두 팔로 꼭 안아주었다. 그녀의 볼을 타고 흐르는 눈물이 꾸뻬에게도 느껴졌다. 그리고 그들은 서로가 서로의 팔에 꼭 안긴 채 잠에 빠져들었다.

잠결에 꾸뻬는 나중에 수첩에 적을 관찰을 떠올렸다.

관찰 20 친구란 든든한 위로가 되는 사람이다.

비극의 단서

"제 자리 좀 내주실래요?"

꾸뻬가 눈을 떴다.

스타의 목소리인가……? 그럴 리가 없는데.

하지만 그건 정말 스타의 목소리였다.

새벽의 어슴푸레한 빛이 비쳐오는 가운데 스타가 꾸뻬와 솔렌느를 내려다보고 있었다. 그녀가 삐죽삐죽한 머리에 화난 여왕 같은 태도로 마치 환영처럼 서 있었다.

꾸뻬와 솔렌느가 마구 뒤척이며 자고 있던 돗자리 위가 어지럽게 어질러져 있었다. 솔렌느는 눈앞에 나타난 비현실적인 스타의 등장에 믿기 어렵다는 듯 두 눈을 비볐다.

스타가 말했다.

"제 몸에서 냄새가 난다면 미안해요. 나중에 씻을게요."

그녀는 돗자리를 멀찍이 끌어당겨 놓더니 허물없이 그 위에 쓰러졌다.

"아, 천국 같다!"

슬슬 기지개를 펴는 아침 햇빛이 눈부신지 스타는 팔로 눈을 가리며 안도의 숨을 내쉬었다.

꾸뻬가 물었다.

"잠깐만요. 어떻게 된 겁니까?"

그러자 스타가 중얼거리며 벽 쪽으로 등을 돌렸다.

"제발……. 전 지금 정말 자고 싶다고요……."

"물론 그러시겠지만, 그래도 어떻게 된 건지는 이야기해주셔야죠. 그리고 우리 친구는 어찌되었습니까?"

스타는 한숨을 쉬었다.

"좋아요. 그 군복 차림의 미친 여자가 나한테 말하길 이제 나는 필요 없다더군요. 나랑 같이 안 있어도 되어서 신나는 것 같았어요. 그리고 군인 한 명이 저를 이 마을까지 데려다줬어요. 그게 다예요."

"그럼 브라이스는요?"

"처음에는 그가 와줘서 좋았어요. 심지어 멋지다는 생각까지 했다니까요. 그런데 브라이스도 그 미친 여자랑 서로 아는 사이 같더군요. 그 둘 사이가 처음엔 괜찮다 싶더니 나중에는 바뀌었죠. 그들은 브라이스를 저랑 같이 묶었어요."

"그게 언제였죠?"

"어제저녁. 그 미친 여자가 라디오 같은 거에 대고 야생 언어로 뭘 막 이야기하더니, 그 뒤로 모든 게 바뀌었던 것 같아요. 자 그럼, 나 이제 자도 되죠?"

더 이상 그들에게 말해줄 게 없었던 스타는 이내 잠에 빠져들었다.

그녀는 삼 일 전보다 훨씬 상태가 좋아진 것 같았다. 꾸뻬는 몇몇 환자들에게서 같은 상황을 관찰한 적이 있었다. 환자들의 주변 환경의 현실이 그들 내부의 세상보다 위협적이거나 극도로 혼란스러워질 경우, 이 상황이 오히려 환자들에게 균형을 되찾게 한다.

스타 같은 사람들은 자연재해 같은 커다란 재난을 겪는 중에는 더 이상 평소처럼 자신을 둘러싼 세상이나 사람들과의 어긋남에 괴로워하지 않게 된다. 재난 상황에서 그들 안의 현실과 실제의 현실이 서로 일치하게 되기 때문이다.

그녀를 죽일지도 모르는 사람들에게 정글에 포로로 잡혀 있다는 현실. 인간의 머리를 잘라 전시하던 풍습이 아직도 남은 종족의 거주지에 돌아와 겨우 안도의 한숨을 내쉬는 현실.

바라문디 경위도 조언을 했겠지만, 스타를 놓아주었다는 건 장군이 현실 감각을 잃지 않았다는 걸 의미한다. 그 늙은 폭군은 세계적인 스타를 포로로 데리고 있어 봐야 더 큰 권력의 개입만 유발시킬 수 있다는 걸 이해한 것이다.

꾸뻬는 한없이 스스로가 원망스러웠다.

브라이스를 보내지 않는 편이 좋았을걸! 그들은 어차피 스타를 놓아주게 되어 있었다. 그러면 지금쯤 네 명이서 머리를 맞대고 승리를 자축하고 있었을 텐데.

뭐라도 해야 했다.

꾸뻬는 돗자리를 박차고 일어나 에두아르를 찾으러 나섰다.

솔렌느가 외쳤다.

"같이 가!"

정글이 깨어나기 시작했다. 새들이 가장 시끄럽게 우는 시간이었다. 그리고 어두운 정글 깊숙이까지 상쾌함이 퍼져 나가고 있었다.

꾸뻬와 솔렌느는 오두막에서 명상 중인 에두아르를 찾았다. 에두아르는 앉은 채로 두 눈을 감고 있었고 마리아 안젤리나는 돗자리 위에서 잠이 들어 있었다.

김이 모락모락 나는 수프 한 그릇이 에두아르 앞에 놓여 있었다. 아마도 하루 동안 먹는 유일한 음식일 것이다.

에두아르가 눈을 떴다.

그리고 말했다.

"내가 직접 가겠어."

꾸뻬는 왠지 에두아르가 그렇게 말하리란 걸 알고 있었던 것 같은 느낌이었다.

밤새 잠든 상태와 깨어 있는 상태를 오락가락 헤매면서 꿈을 꾸었다. 스테인드글라스에 장식된 그림 같은 장면이었다. 초기 시대 성자의 신부 모습으로 가파른 길을 오르고 있는 에두아르가 있었다. 그는 바라문디 경위를 만나러 가는 길이었다. 냉담한 여신같이 성난 눈으로 그를 기다리고 있는 바라문디 경위를.

에두아르는 그것만이 장군의 폭주를 멈추게 할 유일한 방법이라고 했다. 가서 돈을 돌려주겠다고 약속할 거라고 했다. 단 모든 사람들이 안전해졌다는 걸 확인하고 나서.

"하지만 그 사람들은 또 너를 포로로 잡을 거야!"

에두아르가 미소를 지었다.

"나는 내가 한 행동에 책임을 져야 해. 이 모든 삼사라(윤회)를 굴리기 시작한 건 나야."

마리아 안젤리나가 외쳤다.

"하지만 돈을 돌려주고 나면 당신을 죽일 거예요!"

에두아르가 한숨을 쉬었다.

그가 어떤 관점으로 이런 결론을 생각했는지 이해시키고 싶어 하는 것 같았다.

"그럴지도 모르죠. 그러나 누군가가 죽는다면 그게 브라이스보다는 제가 되는 게 나을 겁니다. 브라이스에게 죽음은 그저 두렵기만 한 끝일 뿐입니다. 그의 생을 지배하는 무지에서 빠져나올 기회를 주고 싶어요."

대체 뭐라고 대답해야 할까?

돈 때문에 친구들을 배신한 한 친구. 그리고 친구들의 평안을 위해 자기 목숨을 내놓고 싶어 하는 다른 한 친구.

솔렌느는 더 이상 참지 못하겠다는 듯 말리기 시작했다.

"에두아르. 다른 방법을 찾아보자. 네가 그럴 수는 없어. 네가 돕고 있는 수많은 사람들은 어떻게 해?"

"지원 활동은 어떻게든 계속 이어져야 해. 지금 오고 있는 저분한테 너희들이 말을 좀 해주렴."

스타가 그들 쪽으로 다가오고 있었다. 그녀를 발견한 마리아 안젤리나가 오두막을 뛰쳐나가 그녀에게 달려갔다. 그리고 두 사람은 서로 얼싸안았다.

오두막에 도착해 계단을 오르면서 스타가 에두아르에게 말했다.

"여전히 저만이 당신과 함께 이야기할 수 없는 사람인가 봐요. 제가 뭘 했기에 그러죠?"

에두아르가 미소를 지으며 말했다.

"걱정하지 마세요. 이야기를 나눌 수 있을 겁니다. 시간이 많지는 않겠지만……."

계단을 오르던 스타가 멈춰 서서 모두를 둘러보았다. 그녀의 예민한 안테나는 비극의 단서를 감지해냈다.

"무슨 일이죠? 누가 죽었나요?"

신의 구원

 태양은 아직 떠오르지 않았고 몇 마리의 코끼리들이 다시 국경을 넘을 준비를 하고 있었다.
 에두아르는 크라 라오 사람들에게 둘러싸인 채 그들에게 이제 새로운 상황에 적응해야 할 거라고 설명하고 있었다. 그는 바라문디 경위를 만나러 정글로 간다고.
 청명한 새벽빛 속에 그려진 프레스코 벽화 같은 장면이었다. 승려 복장을 한 이드와가 낡은 옷을 입고 있는 그의 열렬한 신도들에게 둘러싸여 마지막 설법을 전하는 모습. 남자와 여자와 아이들은 저마다 눈물로 얼룩진 얼굴로 아무 말도 못한 채 그의 말을 듣고 있다.
 돈이 장군 쪽으로 완전히 이체되기까지는 며칠은 걸릴 거라고 했다. 서두를 이유는 전혀 없었다. 아직 돈이 완전히 넘어오지 않았다는 걸 아는 동안은 에두아르가 위험해질 일은 없을 것이다. 게다가 에두아르는 장군을 직접 만나고 싶어 했다. 장군은 에두아르를 증오하고 있겠지만, 혹시 이드와에게는 매혹될지 누가 알겠는가!

각자 떠날 준비를 하는 동안 에두아르 혹은 이드와는 그들의 채비를 도왔다. 그는 아무런 두려움이나 슬픔을 느끼지 않았고, 오히려 눈물을 쏟아내는 솔렌느와 마리아 안젤리나를 위로해주고 있었다. 비극적인 상황에 감정이 불안해진 스타는 한 마디도 하지 않았고 그저 상황을 잊으려 노력하는 것 같았다. 이드와와 단둘이 대화를 나누고 나서 스타는 그의 지원 활동들을 이어받아 해주겠다고 약속했다.

"제 삶이 저를 이곳으로 데려온 이유가 그거였던 거예요!"

스타는 매우 열정적인 표정으로 꾸뻬에게 말했다.

떠날 시간이 되었다. 스타는 에두아르의 발치에 엎드렸고 마리아 안젤리나도 똑같이 뒤따랐다. 에두아르가 미소를 지으며 두 사람이 일어나도록 하고는 꾸뻬를 돌아보며 말했다.

"곧 다시 만나자고, 친구."

이드와에게 '곧 다시'라는 건 이번 생 혹은 다음 생을 의미했다. 솔렌느는 에두아르를 두 팔로 꼭 안아주고 싶었지만 그가 부드럽게 거절했고, 급기야 솔렌느도 에두아르의 발치에 무너져 내리고 말았다. 그러자 에두아르가 말했다.

"나는 너희를 떠나는 게 아니야."

크라 라오 사람들도 그들 곁에 몰려들어 모두 저마다 무릎을 꿇은 채 눈물을 쏟아내고 있었다.

그 장면을 보던 꾸뻬는 이제 다시는 에두아르를 보지 못할지도 모른다는 생각과 동시에, 떠오르는 태양 빛과 함께 무언가 커다란 어떤 것이 눈앞에 있다는 감정에 고양되었다. 에두아르가 말하던 고차원의 정신, 꾸뻬가 한 번도 이해하지 못했다며 비난하던 그 어떤 것을 꾸뻬는 생전 처음으로 느끼고 있었던 걸까.

신은 우리 모두가 구원받을 수 있도록 하신다.

꾸뻬는 생각했다.

그때 마을 저편에서 큰 소리가 들려왔다.

남자 셋이 달려오고 있었다. 이미 이곳의 언덕과 정글에 매우 익숙한 듯 날랜 발걸음들이었다. 크라 라오 사람들이 웅성거리며 몸을 일으켰다. 그들의 촌장과 심복 둘이었다.

그들은 곧장 에두아르에게 달려오더니 두 손을 모아 인사하고 서둘러 무언가를 이야기하기 시작했다. 가끔 크게 웃기도 하면서.

어두운 숲길, 꾸뻬는 코끼리 등 위에 앉아 이리저리 흔들리면서 앞에 가는 두 마리 코끼리와 등에 탄 승객들을 바라보았다. 스타와 마리아 안젤리나가 같이, 그리고 브라이스와 에두아르가 같이 타고 있었다. 꾸뻬는 이 모든 게 너무나 비현실적이어서 꿈이 아닐까 의심했다. 어쩌면 잠시 후에 돗자리 위에서 잠이 깨는 건 아닐까. 그리고 친구들 중 누구 한 명의 목이 잘려야 끝이 나는 길고 긴 하루가 시작되는 건 아닐까.

결국 크라 라오족 촌장은 크라족 최고 수장과 협상을 할 수 있었다.

최고 수장은 정글에 밀사와 군인 두 명을 파견해 바라문디 경위에게 메시지를 전달하기로 했다. 이드와 본인은 물론 이드와의 친구들 중 어느 하나라도 데려가려 한다면 그들은 무사히 크라족 영토를 빠져나갈 수 없을 것이라고. 물론 그들의 머리는 높이 전시되고 몸은 씹어 먹혀버릴 거라고.

꾸뻬가 물었다.

"우리는 뭘 주기로 했기에?"

에두아르가 미소를 짓더니 하얀 코끼리가 사는 길쭉한 집을 가리켰다.

아하.

크라족 최고 수장은 왕실 혈통의 상징을 되찾을 수 있을 것이다!

장 마르셀과 박정인

조용한 아침의 나라의 수도 서울은 온통 눈이 녹아내려 젖어 있었다.

대사관 창밖으로 보이는 가까운 산등성에는 여전히 녹지 않은 눈이 하얗게 쌓여 있는 것이 보였다. 꾸뻬는 정신과 의사로서 대사관 보건 담당관의 사무실을 방문해서 이런저런 이야기를 나누고 있었다. 그때 갑자기 장 마르셀이 나타났고 보건 담당관은 두 사람이 이야기를 나눌 수 있도록 자리를 피해주었다.

장 마르셀이 말했다.

"그런 일이 있으면 저한테 연락하시지 그러셨습니까?"

"그쪽에선 전화 연결이 힘들더군요."

장 마르셀이 어깨를 으쓱해 보였다. 마치 그런 건 아마추어의 변명이라고 말하는 것 같았다.

"꾸뻬 씨를 위한 좋은 소식이 있습니다. 신문에는 나가지 않겠지만요. 저희 쪽 업무 능력이 그리 나쁘지 않답니다. 그건 인정해줘야죠."

유럽에서 기사가 나간 지 이틀이 지나고 장군은 그의 동료들이 전부 모이는 정권의 기념 행사장에 끝내 모습을 보이지 못했다.

"지금 장군은 불구속 입건 상태입니다. 그의 입지도 생각보다 견고하진 않더군요. 나이가 들면 그렇게 되기 쉽죠. 서로 돕던 친구들도 하나둘 세상을 뜨고, 새로 치고 올라오는 세대는 윗사람을 밀어낼 기회만 보고 있으니까요. 꼭 권력을 이용하고 나쁜 짓으로 재산을 쌓기 때문에 적이 생기는 건 아니죠."

"그럼 뭐 때문이죠?"

"재산을 쌓으면서 아래 사람들에게 충분히 나눠주지 않았기 때문이죠. 부하들도 신문에 난 장군의 재산 규모를 보고 놀랐을 겁니다. 특히 불법 사업일수록 버는 돈을 충분히 배분해주지 않으면 문제가 됩니다. 나머지 두 국회의원들도 마찬가지로 너무 이기적이었고요."

장 마르셀은 아주 기초적인 사실을 초심자에게 설명해주듯 찬찬히 이야기했다.

두 명의 국회의원들도 참석이 예정되었던 회의에 갑자기 모습을 드러내지 않았다. 과연 그들이 법정이 서게 될지는 장 마르셀도 아직 알 수 없었다. 재판이 있을지 없을지조차 확실치 않았다.

"공식적으로 기소되기엔 너무 높은 자리에 있는 사람들이거든요. 그러면 사회 시스템 전체를 위협하는 계기가 될 수도 있어요. 아마도 그전에 뭔가 조정이 있을 거예요. 사고로 위장하든지……. 어쨌거나 많은 사람들이 꾸뻬 씨 친구 분을 원망하게 생겼군요. 친구 분도 돈을 잘 배분해야 할 겁니다."

"안 그래도 제가 그렇게 당부해두었죠."

하지만 꾸뻬는 과연 이드와가 에두아르의 입장을 생각해줄지 걱정이 되었다. 아마도 스타가 약속대로 이드와의 활동을 경제적으로 지원한다면 그럴지도 모른다.

"결과적으로 재미있는 건, 꾸뻬 씨와 친구 분들이 의도치 않게 저희가 몇 년 전부터 바라던 바를 이루어내셨다는 겁니다. 저희의 시도는 이미 여러 번 실패했었죠. 저쪽 나라들의 정부는 우리 편이 아니었습니다. 그들은 모두 다른 나라와 친했죠. 하지만 이제 그 국회의원들 대신 후임이 오면, 저울이 우리 쪽으로 기울게 됩니다."

"그럼 제가 훈장을 받아야겠군요?"

"백코끼리 훈장 어떠세요?"

장 마르셀의 농담에 둘은 실컷 웃었다.

관찰 21 친구란 언제나 함께 웃을 일을 찾아낼 수 있는 사람이다.

장 마르셀이 말했다.

"아무튼 정말 믿기 어려운 경험이었네요. 거긴 아마 이 세계에서 가장 마지막까지 신비함을 간직할 나라들일 거예요."

"이걸 다 소설로 써야겠어요!"
장 마르셀이 잠시 망설이더니 말했다.
"이십 년만 기다려주시죠. 제가 은퇴하고 나서요."

박정인이 꾸뻬와 함께 점심을 먹기로 해 기다리고 있었다.
정인도 꾸뻬를 다시 만나서 꾸뻬만큼이나 반가운 듯 미소 지었다. 하지만 이번 여행 동안 솔렌느와 경험한 아슬아슬한 순간 이후로 꾸뻬는 도덕심을 되찾았고, 클라라에게 닥친 끔찍한 사건을 전해 듣고 나서는 다른 여자에게 눈길을 주는 일은 없게 되었다. 꾸뻬는 편안하게 정인과 함께 두 나라의 문화와 시에 대해 이야기를 나눌 수 있었다. 그리고 철학에 대해서도.
꾸뻬가 물었다.
"성 토마스 아퀴나스는요? 지난번에 이야기하길 토마스 아퀴나스는 우정에 대해 아리스토텔레스와는 다른 견해를 가졌었다고 했죠?"
정인이 답했다.
"그래요. 성 토마스 아퀴나스는 자비를 우정에 연관시키곤 했어요. 자비란 신을 향한 사랑이자 이웃을 향한 사랑이죠. 신이 우리를 사랑하고 우리가 신을 사랑하고, 또한 신은 모든 피조물을 사랑하신다는 거예요. 즉 우리가 만일 신을 사랑한다면 우리도 모든 피조물을 사랑해야 해요. 내 친구의 친구는 내 친구라는 원칙인 거죠."
그러자 꾸뻬가 물었다.

"그럼 우리는 선하지 않은 사람도 사랑해야 하는 거군요?"

"맞아요. 심지어 적들도 사랑해야 하죠. 그들도 신의 피조물이니까. 그들을 사랑하지 않는 건 어떤 면에서는 우리가 신과 나누는 우정을 배반하는 일이에요."

"결국 좀 엘리트주의적이기도 한걸요. 적들까지 모두 사랑하려면 성자가 아니고서야 불가능할 텐데요."

이드와라면 가능하겠군!

꾸뻬는 생각했다.

그리고 정인이 답했다.

"철학이 추구하는 건 이상이에요. 방향을 제시하는 거죠."

"그럼 정인 씨에게 제시된 방향은 어떤 건가요?"

"철학이 제가 사고하는 방식을 돕는다는 정도만 말할게요. 예를 들어 제 친구들 중에는 페이스북에서 삼백 명과 친구 맺기를 했다고 정말 친구가 삼백 명 있다고 생각하는 친구가 있어요. 하지만 아리스토텔레스는 너무 많은 친구들과는 즐거움과 고통을 제대로 나누기가 어렵다고 했어요. 저는 거기에 동의해요······. 물론 페이스북 같은 것들이 진정한 친구들과 연락을 유지하는 걸 돕기도 하지만요. 그런데 페이스북 하세요?"

정인이 문득 그렇게 물었다.

음······ 가입을 해야 하나?

정인과 함께한 완벽한 점심시간을 보내며 꾸뻬 앞에 놓인 딱 한 가지 고민이었다.

"계속 연락하고 지냅시다."

장 마르셀이 말했다.

"바라문디의 소식이 들어오면 알려드리겠습니다. 그리고 헤럴드도요.(공허한 눈빛의 콧수염 사내의 이름은 헤럴드였다.) 고용주를 잃은 프로들은 저희 쪽 요주의 인물이거든요."

그리고 꾸뻬가 물었다.

"제가 앞으로 위험에 처할 수도 있을까요? 우리 가족도 그렇구요."

장 마르셀이 대답했다.

"원칙적으로는 그렇지 않을 겁니다. 그들은 이성적으로 일하는 프로들입니다. 아마도 다시 일자리를 구하는 데에만 집중할 거예요."

그리고 잠시 말이 없더니 덧붙였다.

"하지만 백 퍼센트 확실하다고 말씀드릴 수는 없습니다. 가끔씩 사람들은 참 비이성적이기도 하니까요. 꾸뻬 씨야말로 정신과 의사시니까 잘 아시겠죠?"

꾸뻬가 대답했다.

"그렇죠."

그리고 꾸뻬는 어째선지 바라문디 경위를 다시 만나게 될 것만 같은 느낌이 들었다. 하지만 헤럴드라는 그 남자의 공허한 눈빛만은 절대로 다시 보고 싶지 않았다.

꾸뻬는 문득 '아이들의 바이킹 헤럴드'라고 불리었던 역사 속의 인물이 떠올랐다. 당시의 바이킹 전사들은 정복한 땅의 어린

아이들을 창으로 찔러 그대로 배에 전시하는 것을 여흥으로 삼았었다. 그런데 대장이었던 헤럴드는 어느 날 이 오랜 풍습을 금지하도록 하여 사람들을 놀라게 했다. 그때까지는 이런 것들이 너무나 당연한 풍습이었기 때문이다.

현대의 헤럴드도 역사 속의 헤럴드처럼 너그러울 수 있을까?

스타와 브라이스

공항에 내려 휴대폰을 켜자 병원으로 와주었으면 좋겠다는 브라이스의 메시지가 남겨져 있었다.

간판과 호텔 로비들과 커다란 광고판들로 반짝이는 밤 풍경 속을 달리는 택시 안에서 꾸뻬는 브라이스의 메시지에 의문을 가졌다.

둘은 크라 라오 마을을 떠나온 이후로 서로 이야기를 하지 않고 있었다. 둘 사이에는 언제나 솔렌느가 함께 있었고, 솔렌느에게는 아직 브라이스의 배신에 대해 이야기하지 않은 참이었다. 꾸뻬가 그 사실을 밝힌 건 에두아르에게뿐이다. 에두아르가 브라이스를 위해 자기 목숨을 희생하려고 다짐하던 순간 꾸뻬는 적어도 에두아르도 브라이스의 배신 사실을 알아야 한다고 생각했다.

그리고 우리 친구 에두아르의 반응은 꾸뻬를 놀라게 했었다.

"불쌍한 중생이야……."

그렇게 말했었다. 불쌍한 중생이라고…….

그 말에서 분노는 전혀 느껴지지 않았다. 연민만이 남아 있었다.

꾸뻬에게 고차원적 정신까지 언급해가며 화를 내던 건 에두아르였고, 그러고 나자 다시 이드와로 돌아간 것 같았다. 꾸뻬는 성 토마스 아퀴나스도 배신한 친구를 연민으로 감싸는 이드와의 모습에 흐뭇해할 거라는 생각이 들었다. 하느님을 향한 사랑으로 행한 연민은 아니지만 불교적인 관점에서 행한 일도 결국 드러나는 행동의 모습은 같았기에.

크라 라오 마을에서 돌아오는 길에도 브라이스는 꾸뻬와 이야기를 하려 하지 않았다. 그는 꾸뻬가 배신에 대한 이야기를 꺼낼까 두려워서 솔렌느 옆에 딱 붙어 떨어지지 않았다.

그러다 두 사람이 딱 한 번 대화를 나누게 된 계기는 스타였다.

장 신부의 마을에 무사히 도착한 뒤로 스타의 정신은 굉장히 쇠약해져 있었다. 계속해서 잠을 잤고, 자주 울면서 깨어났다. 마리아 안젤리나가 스타의 옷 속에서 아편 봉지를 발견해냈다. 아마도 스타와 함께 기호품을 나누고 싶었던 크라 라오 마을의 새로운 팬이 이별의 선물로 준 것이리라.

하지만 이 모든 것이 몰래 복용한 아편 탓은 아닌 것 같았다. 꾸뻬와 브라이스는 직업적인 대화를 나누며 의견을 주고받았다.

"아편을 먹어서 상태가 이렇게 된 걸까. 아님 상태가 이래서 아편을 먹게 된 걸까?"

"반수 상태는 아편 복용의 증상이지만 울면서 깨는 건 마음이 쇠약해져서 그렇겠지."

"여기가 남미가 아닌 게 다행이군. 저 상태에서 코카인이라도 한다면 큰일일 거야."

"그럼 아편은 그냥 둬야 할까?"

"도시에 도착할 때까진 아편 대신 처방할 약도 없으니 그냥 두는 게 낫지 않을까. 적어도 기분 안정 효과가 있잖아."

"길에서 경찰 수색에 잡힐 수도 있어."

참수형을 겨우 모면한 직후에 좁은 감옥에서 바퀴벌레들 경주를 구경하고 망명자의 부인들이 한 달에 한 번 면회 오는 거나 보면서 몇 년을 보내는 것만은 피해야 할 듯했다. 그들은 아스팔트 도랑을 발견하자마자 아편을 전부 도랑으로 흘려보내버렸다.

그 후로 둘은 전혀 대화를 나누지 않았다.

그런데 갑자기 브라이스의 메시지가 도착해 있고, 더군다나 병원으로 오라니?

꾸뻬는 솔렌느에게 전화를 걸었다.

그녀는 요즘 크라 라오 마을에서 가져온 공예품을 대대적으로 판매하느라 아주 바빴다. 팔찌, 은목걸이, 직물들과 가면……. 수집가들이 눈독을 들일 아주 귀한 물건들이었다.

솔렌느가 말했다.

"이것만 다 팔아도 한 해 정도는 먹고살 수 있겠어."

그러자 꾸뻬가 말했다.

"어휴, 그러지 말고 두 해는 살 수 있게 노려봐. 자, 생각해봐.

지난 수 년간 아무도 가본 적 없는 마을이라고."

"네 말이 맞아. 노력해볼게. 브라이스한테 조언을 얻어야겠는걸!"

아무래도 그녀는 여전히 브라이스 일을 모르는 것 같았다. 꾸뻬는 뭐라고 대답해야 할지 몰라 망설였다. 그때 마침 택시가 병원 입구로 통하는 종려나무 길로 들어섰고, 꾸뻬는 솔렌느에게 전화를 끊어야겠다고 양해를 구했다.

병원 로비는 호텔 로비처럼 아름답고 고급스러웠다. 하지만 호텔과 달리 안내원은 온통 하얀 옷을 입고 있었고 휠체어를 타고 오고 가는 사람들이 보였다. 친절한 안내원이 꾸뻬를 옆 건물에 있는 응급실로 안내했다. 건물은 얼룩 하나 없이 새것 같고 사람 하나 없어서 드라마 촬영하기 전의 세트장을 보는 것 같았다.

건장한 남자 간호사가 커튼으로 가려진 응급실 침대가 여러 개 있는 방으로 꾸뻬를 데리고 갔다.

그리고 간호사가 커튼을 열자, 꾸뻬는 숨을 멈추었다.

한 어린 여자가 이불도 거의 덮지 않은 나체 상태로 심폐 소생용 침대 위에서 깊은 잠에 빠져 있었다. 가슴 위에 전극들이 붙어 있고 수혈관과 위 내시경관이 그녀의 몸과 기계에 연결된 채였다. 꾸뻬는 이 모든 것을 보고 한눈에 그녀가 약물 중독으로 실려 왔음을 이해했다.

브라이스는 침대 가에 두 팔을 고이고 그 사이에 고개를 푹 묻은 채 그녀 곁에 앉아 있었다. 꾸뻬가 들어온 걸 보지 못한 것 같았다.

"브라이스."

그가 고개를 들어 꾸뻬를 보았다. 두 눈이 젖어 있었다.

"레크가……."

그리고 브라이스가 고백하듯 설명하기 시작했다.

 숲에서 돌아온 이후로 브라이스는 레크가 춤추는 술집에 발길을 끊고 다른 여자들을 만나기 시작했다. 레크가 그걸 알게 되고, 브라이스를 만나고 싶어 했다. 브라이스는 솔직히 이야기했고 그녀는 결국 자신이 번호표를 단 여러 명의 여자들 중 하나일 뿐이었다는 것을 깨닫게 된 것이다.

 브라이스는 잠든 레크의 볼을 가만히 쓰다듬으며 '불쌍한 우리 레크……' 하고 속삭였다. 그가 레크의 귀에 들지도 못할 이런저런 말을 속삭이는 동안 꾸뻬는 아무 말 없이 곁을 지켜주었다.

 돌리돌리에서 만났던 날 밤에 브라이스가 했던 말이 떠올랐다.

"결국 다 같은 여자들이야. 잊지 마."

브라이스야말로 잊어버렸었나 보다.

바라문디와 헤럴드

어째서 만나자는 약속에 응했을까?

뱃머리가 검은 강물을 가르는 모습을 물끄러미 바라보며 꾸뻬는 생각했다. 밤하늘에는 사탑들의 환상적인 실루엣이 반짝거리며 높이 솟아 있었다.

일단 바라문디 경위가 무슨 생각을 하고 있는지 궁금했다. 새로운 고용주를 찾았는지도. 무엇보다 꾸뻬와 에두아르가 위협에서 자유로운 상태인지도 알고 싶었다. 클라라와 꼬마 꾸뻬도 안전하다고 할 수 있을지? 장 마르셀은 그럴 거라고 했었지만 백 퍼센트 확신하지는 못했다. 헤럴드라는 남자가 지금 어떻게 되었는지도 알고 싶었다. 바라문디 경위는 아마 알고 있을 것이다.

끊어진 다리의 케이블들이 어둠 속에 금빛으로 빛나고 있었다.

꽤 늦은 시각이라 배 위의 좌석들은 거의 비어 있었다. 양쪽 연안을 오가며 거의 모든 정거장에서 정차하는 완행 배였다. 승려 세 명이 천장 등 아래에 조용히 앉아 있었고 작업복을 입은 사람들 몇몇이 서로 잡담 중이었다. 근교에 도착하자 젊은이들이 한 번에 승선하더니 조용조용 이야기를 나누기 시작했다.

배를 타고 강 위를 이동하는 일이 그들에겐 너무 일상적이어서 별 감흥이 없는 것만 같았다. 꾸뻬는 이 모든 풍경들을 배로 지나가며 볼 수 있다는 것이 참으로 행복했다. 배가 나아가며 바뀌는 풍경들은 마치 시대를 넘나드는 것 같았다. 사원과 옛날식 주택들과 궁전, 그리고 총알 자국이 그대로 남은 옛날 요새들, 반짝거리는 중국 사탑들, 귀족의 저택들, 강 쪽으로 활짝 열려 가족들이 저녁 먹는 모습까지 보이는 허름한 수상 가옥들……. 이렇게나 아름다운 장면들이 역사적이고 사회적인 골동품 가게에서처럼 끝도 없이 나왔다.

다음 정거장에서 배가 섰을 때 꾸뻬는 굳이 뒤를 돌아보지 않고도 바라문디 경위가 배에 탔다는 걸 알 수 있었다. 이성적으로 일하는 프로들은 시간 약속을 지킨다!

바라문디 경위는 은행 직원이 입는 것 같은 바지 정장을 입고 있었다. 평범한 옷이지만 당당한 걸음걸이와 예쁜 얼굴 덕에 평범한 은행 직원은 아닐 거라는 느낌을 주었다.

꾸뻬가 자리에서 일어나 옆자리를 권하며 말했다.

"이렇게 보니 반갑군요."

꾸뻬는 운전석 바로 뒤에 배의 측면 방향을 따라 놓인 나무 좌석에 앉아 있었다. 배 안의 모든 승객들을 볼 수 있는 자리였다.
 두 사람은 잠시 아무 말도 없이 풍경만 바라보았다. 연안을 빼곡히 채운 나무들 위로 왕궁의 금빛 첨탑이 솟아 있었다.
 바라문디 경위가 내뿜는 강한 에너지는 언제나 꾸뻬를 조금은 안절부절못하게 했다. 그 옆에서 냉정함을 유지하기란 어려울 것 같았다. 꾸뻬는 조금 떨어져 앉아 바라문디 경위의 예쁜 옆얼굴을 바라보았다. 그녀는 입술을 당겨 올려 미소를 짓고 있었다.
 꾸뻬를 유혹하려는 시도일까? 하지만 어째서?
 꾸뻬가 말했다.
 "군복 차림을 또다시 볼 수 없어 안타깝군요. 브라이스도 당신이 군복 입은 모습이 아주 잘 어울린다고 칭찬했어요."
 그녀가 조금 놀란 표정으로 꾸뻬를 바라보더니 이윽고 신경질을 내며 말했다.
 "선생님 덕분에 이제 한동안 제 군복은 옷장에서 썩어가야겠는걸요."
 "그게 정말 당신의 직업입니까? 저는 전투 부대에 여자들이 들어가는 건 이상한 일이라고 생각합니다."
 "선생님은 서양인치고는 참 구식이시군요?"
 "전혀 그렇지 않아요. 저는 그저 몇몇 특정한 상황에서는 남자와 여자의 역할이 다르다고 생각할 뿐입니다."
 "저도 그건 동의해요. 하지만 어떤 특정한 상황이죠?"
 꾸뻬를 빤히 바라보며 묻는 바라문디 경위를 보며 꾸뻬가 두 손을 들었다.

"어이쿠. 제가 졌습니다."

그녀가 가볍게 웃더니 말했다.

"우리 일 얘기를 해야죠."

"사업 이야기는 브라이스랑 하시는 게 나으실걸요?"

"하하. 맞아요. 브라이스한테 꽤 큰돈을 주고도 아무런 성과를 얻지 못했으니까요. 그는 아직도 그 돈을 가지고 있을 거예요. 이렇게 우는 소리를 했다니까요. '지금 친구를 배신하라고 하고 계시잖아요. 그건 좀 많이 내셔야 됩니다.'……지금이라도 찾아가서 혼내주고 싶어요!"

"하하. 이번에야말로 브라이스의 목을 베시려고요?"

그녀는 잠시 아무런 말도 하지 않았다.

배가 다리 밑을 지나면서 그늘이 두 사람의 얼굴을 덮쳐 바라문디 경위의 표정이 보이지 않았다.

그때 마침내 그녀가 답했다.

"누가 알겠어요."

하지만 꾸뻬는 그녀의 진짜 의중을 알고 싶었다. 알아야만 했다.

꾸뻬가 물었다.

"결국 당신의 임무는 실패했지만 장군이 폐기 처리된 것이 오히려 좋은 소식일 수도 있겠군요. 적어도 장군이 처벌을 내릴 수는 없게 되었으니."

"마음대로 생각하세요."

"그런데 이제 저와 제 친구들, 에두아르와 브라이스는 안전합니까? 우리 가족들은요?"

"장군이 지금 있는 곳에 갇혀 있는 한은 안전할 거예요. 그리고 장군은 숨을 거두는 날까지 거기 있을 것 같네요. 그날이 멀지 않아 보이거든요."

"장군이 아픈가요?"

"네. 너무 많은 비밀을 알아서 아프죠."

그녀는 다시 한 번 미소를 지었다.

"그럼 헤럴드는요?"

"그 남자 이름을 아셨어요?"

"네. 당신 진짜 이름이 뭔지도 알죠."

그러자 바라문디 경위가 한숨을 쉬며 말했다.

"별로 어렵지도 않네요. 정보원은 한국에 있는 친구겠죠?"

꾸뻬는 살짝 소름이 돋았다. 상대방에 대해 누가 더 많은 정보를 가지고 있는지를 두고 다투는 스파이 게임에서, 역시 제임스 본드 걸은 훨씬 앞서 있었다.

"맞아요. 어쨌든 헤럴드는 어떻게 됐습니까?"

"그는 차단되었어요."

"차단이라뇨?"

"고용주 쪽이 그 남자와 모든 연결을 끊었어요. 그를 고용했던 의원 둘은 결국은 총살 집행실에서 끝을 보겠지만 언론에 보도되지는 않을 거예요. 그들의 후임은 그 사업을 계속하고 싶지 않아 해요. 물론 그들도 이미 새로 의원 자리로 오면서 거둬들일 수 있는 돈 생각을 하고 있긴 하죠. 그 의원 자리 얻으려고 얼마나 돈을 썼겠어요. 항상 그래요. 그들도 똑같아지고 모든 게 다시 시작되죠."

꾸뻬가 말했다.

"인간의 본성에 냉소적이신 것 같군요."

그러자 그녀는 약간 슬프게 웃으며 대답했다.

"아뇨. 그저 세상의 현실에 대해 조금 알 뿐이죠."

문득 꾸뻬는 바라문디 경위를 친구라고 생각할 수 있을 것 같다는 생각이 들었다. 그리고 이 생각은 스스로를 당황시켰다.

그렇다. 꾸뻬는 바라문디 경위를 만나면 즐거웠다. 그녀의 용기와 능력에 대한 경외심도 있었다. 심지어 말장난을 할 때에도 잘 통했다. 하지만 힘든 일이 있을 때 그녀에게 의지할 수 있을까? 그녀는 꾸뻬에게 기댈 수 있을까?

"헤럴드에겐 문제가 좀 있어요. 고용주한테 차단되고 돈도 못 받았기 때문에 그 돈을 어떻게든 받으려고 하고 있대요. 분노가 엄청날 거예요."

"이성적으로 움직이는 프로가 그러기도 하나요?"

"헤럴드는 거의 망나니에 가까운 암살자예요. 그러다 가끔 괜찮은 일이 들어오죠. 이제는 끊기겠지만."

꾸뻬의 마음은 온통 흐려졌다.

사실 마음속으로 꾸뻬는 이 모든 모험이 완전히 끝났기를 간절히 바랐다. 하지만 아니었던 것이다.

꾸뻬는 다시 한 번 스스로를 원망했다. 어째서 잘 알지도 못하는 세계에 무모하게 뛰어들었을까? 친구를 돕고 싶어서? 제임스 본드 놀이를 하고 싶어서? 생각할수록 애석하기만 했다.

바라문디 경위가 말했다.

"선생님께 부탁드릴 일이 있어요."

"그러시죠. 마침 저도 하나 있거든요."

배는 마침 그랜드 만다리날 호텔 근처의 커다란 다리에 다다랐다. 호텔 테라스에 앉아 조용히 이야기하는 게 좋을 것 같았다. 하지만 아름다운 경위와 새벽 한 시에 한잔하는 것도 삼가야 할 일일까? 아닐 것 같다.

마음을 정한 꾸뻬는 바라문디 경위와 함께 배에서 내렸다.

꾸뻬와 바라문디 경위는 전략을 논의해야만 한다. 그녀야말로 꾸뻬가 헤럴드라는 위협적인 존재로부터 가족을 지키도록 도와줄 수 있을지도 모른다.

둘은 호텔 테라스에 자리를 잡았다. 강변 쪽에서 시원한 바람이 불었고 반짝이는 배들이 강 위를 행진하고 있었다.

꾸뻬는 잠시 바라문디 경위에게 양해를 구하고는 대리석으로 치장된 로비 한쪽의 화장실로 향했다. 그리고 기울 앞에서 손을 씻고 있는데 갑자기 뒤에서 문이 열리더니 헤럴드가 나타났다. 여전히 커다란 몸집에 사업가 같은 양복을 입고 있었다.

그는 하나뿐인 출구를 막아서며 말했다.

"안녕하신가요, 선생님?"

"왜 이러십니까."

"돈을 좀 찾으러 왔습니다."

"돈은 저한테 없습니다."

"그나저나 선생님 가족들이 참 사랑스럽더군요."

꾸뻬의 온몸이 분노에 휘감겼다.

한편 꾸뻬의 이성은 전문적인 킬러와 싸움을 벌여봤자 제임스 본드 놀이를 계속하는 쓸데없는 바보짓밖에는 안 될 거라고 경고하고 있었다.

꾸뻬가 말했다.

"그런 식으로 내 가족 이야기를 하지 마시오."

그러자 헤럴드가 꾸뻬 쪽으로 성큼 다가서며 말했다.

"다음엔 사모님을 지난번처럼 쉽게 놓아줄 수 있을지 모르겠습니다?"

그 말을 듣자 더 이상 견딜 수가 없었다. 꾸뻬는 이마로 헤럴드의 얼굴을 거칠게 들이받았다.

헤럴드가 뒤로 비틀거리며 깜짝 놀라 두 눈을 크게 떴다. 손으로 만져보니 코에서 피가 흐르고 있었다. 꾸뻬는 헤럴드를 제압할 시간이 있을 거라 생각했지만 생각보다 시간은 많지 않았다. 헤럴드가 꾸뻬를 향해 미소를 지어 보이자 이 위로 피가 흘러 들어가서 정말이지 암살자의 미소 같았다.

꾸뻬는 눈으로 무기가 될 만한 것을 찾았다. 면 수건과 버드나무 가지로 엮은 쓰레기통과 재스민 꽃 몇 줄기밖에는, 딱히 꾸뻬에게 우위를 선점해 줄 만한 물건은 없는 것 같았다.

아, 이거다!

꾸뻬는 부챗살 모양의 도자기 비누통을 집어 들었다.

그러자 헤럴드가 조심조심 다가오기 시작했고 그 모습에 꾸뻬는 약간 우쭐해졌다. 하지만 그것도 잠시, 둘 사이엔 이제 몇 걸음

밖에 남지 않았다. 문 저편에서는 로비에서 연주하고 있는 현악 사중주가 들려오고 있었다. 꾸뻬는 슈베르트의 음악이 곧 닥쳐올 신체적 고통을 경감시키는 데 도움이 되지 않을까 생각했다.

그때 갑자기 기세 좋게 문이 열리더니 바라문디 경위가 나타났다.

헤럴드도 뭔가 심상치 않은 상황이라는 걸 느꼈다. 남자 화장실에 거침없이 들어와서 눈 한 번 깜빡 안 하고 헤럴드 같은 거구를 쏘아보는 여자라니.

이내 바라문디 경위가 헤럴드의 무릎 쪽으로 오른발을 뻗었다. 그러자 헤럴드는 가소롭다는 듯 가볍게 웃으며 재빨리 뒤로 피했다. 그러나 그의 예상은 빗나갔다. 바라문디 경위의 오른발은 그대로 바닥에 닿았고, 그 순간 그녀의 왼 다리가 공중에 아름다운 커브를 그렸고, 그녀는 헤럴드의 관자놀이를 발꿈치로 가격했다!

헤럴드의 거구가 쓰러지면서 세면대에 부딪혔다 바닥에 떨어졌다.

바라문디 경위가 말했다.

"로비에 도착했을 때 이자가 어슬렁거리는 걸 봤어요."

꾸뻬는 바닥 타일 위에 뻗어 있는 헤럴드를 쳐다보았다. 길게 누워 있으니 더욱 커 보이는 그는 숨을 가쁘게 쉬고 있었으며 눈동자도 뒤집혀 있었다. 꾸뻬는 남자가 혹여나 죽는 건 아닌지 걱정이 되었다. 의사로서 반사적으로 응급 조치를 취하고 도움을 요청해야 할 것만 같은 생각이 들었다.

바라문디 경위가 꾸뻬의 딜레마를 느꼈는지 서둘러 말했다.

"지금은 그럴 때가 아니에요."

그러더니 그녀는 쓰러져 있는 헤럴드 쪽으로 다가섰다. 꾸뻬는 순간적으로 그녀가 헤럴드를 죽이려는 걸로 착각했지만 그녀는 헤럴드를 가뿐히 들어 올리더니 갈색 봉투 하나를 헤럴드의 양복바지 뒷주머니에 넣었다.

그러고는 말했다.

"크라 라오 마을의 기념품이에요."

하늘이 그들을 도왔는지 그사이에 아무도 화장실에 들어오지 않았다. 꾸뻬와 바라문디 경위는 따로따로 로비로 나가 안내원에게 택시를 부탁했다. 그리고 택시는 불과 몇 초도 안 되어 도착했지만, 꾸뻬에게는 그 시간이 아주 길게 느껴졌다.

택시 안에서 바라문디 경위가 경찰에 전화를 했다. 헤럴드는 이제 화장실에서 죽거나 혹은 감옥에서 바퀴벌레들과 친해질 기회를 가질 것이다.

잠시 후 바라문디 경위는 꾸뻬에게 하려던 부탁에 대한 이야기를 꺼냈다.

한국에 있는 꾸뻬의 친구를 소개받고 싶다고 했다. 그 사람도 세상의 현실에 대해 좀 아는 것 같다며.

꾸뻬는 흔쾌히 두 사람이 서로 연락할 수 있도록 해주겠다고 약속했다.

친구가 하는 부탁은 거절해서는 안 되는 법이다. 게다가 특정 상황에서 남녀 간의 역할이 다를 수 있음을 받아들이는 여자 친구의 부탁은 더더욱!

선한 우정 **3**

아듀, 우정 여행

또 하나의 어려운 문제는, 친구가 다른 사람처럼 변해버린

모습을 보일 때 우리는 그 우정을 이어가야 하는가이다.

아리스토텔레스

우정에 관한 수첩

파리로 돌아가는 비행기 안에서 꾸뻬는 수첩을 꺼냈다.

비록 경비 절감을 위해 이코노미 좌석을 타고 있지만 스튜어디스에게 넛 먼니나 레드 와인을 부탁해서 맛 좋은 시라즈를 마시고 있자니 기분이 좋았다. 더군다나 이번 여행이 결국은 행복하게 끝났고 그가 사랑하는 모든 이들이 안전하다는 것을 확인하자 행복이 더해졌다.

꾸뻬는 수첩에 적은 관찰들을 읽어보았다.

관찰 1 우정은 건강이다.
관찰 2 친구를 위해서라면 자기 것을 희생하거나 위험을 감수할 수 있다.

관찰 3 친구란 만나면 즐거운 사람이다.

......

또다시 한 번 처음부터 읽어보았다.

그러고 나자 꾸뻬는 이 관찰들을 세 가지 카테고리로 나눌 수 있다는 걸 깨달았다.

몇몇 관찰들은 친구와 같이 있거나 무언가를 함께 하는 즐거움과 관련이 있었다. 세상의 우정 중에는 이런 즐거움에만 국한된 우정도 있다. 테니스를 같이 치고 사냥이나 낚시를 같이하거나 공통의 관심사에 대해서 대화를 하면서 유지되는 사이이다.

아리스토텔레스는 여흥을 위한 우정이 완전한 우정이 되기엔 부족하다고 보았다. 하지만 꾸뻬에게 이 측면은 꼭 필요한 요소로 보였다. 더욱이 즐거움을 함께 나눈다는 것이 관계를 시작하는 계기가 될 수 있으며 완전한 우정은 보통 공통의 취미에서 시작되기 때문이었다.

그렇기에 함께 나누는 즐거움이라는 요소 한 가지만으로 우정을 정의하기는 어렵지만 과소평가해서는 안 될 측면이었다.

또 다른 몇몇 관찰들은 인정과 존경과 관련이 있었다.

장 미셸, 에두아르, 장 마르셀, 솔렌느, 바라문디 경위, 박정인, 그리고 지금보다 젊었던 언젠가의 브라이스까지. 꾸뻬는 이 사람들 모두에게 그들의 삶을 인정하고 심지어 존경의 마음을 가지고 있었다. 특히 꾸뻬에게는 부족한 각각의 친구들 그들만의 장점은 경외심을 불러일으켰다. 그들의 넓은 마음, 사업 수완, 활력, 혹은 돌려차기 실력까지! 꾸뻬는 이 모든 재능에 순수하게 즐거움을 얻었고, 그래서 아리스토텔레스가 '친구가 선행을 행하는 것만 보아도 즐거움을 얻는다.'라고 했던 말에 찬성할 수 있었다. 그리고 친구들도 마찬가지로 꾸뻬에게서 몇 가지 장점을 보고 즐거워할 수 있기를 바랐다.

마지막 세 번째 카테고리는 친구 사이의 상호적인 호의와 관련된 것이다. 친구란 우리가 의지할 수 있고 우리에게 의지해올 수 있는 존재여야만 한다. 믿음과 상호성은 완전한 우정이 되기 위한 두 가지 필수 요소이다. 믿음. 우리는 친구를 두려워하지 않는다. 그리고 상호성. 우리는 친구에게 호의를 받으면 그만큼 호의를 베풀려 한다. 우정을 배신한다는 건 그래서 대부분 믿음이나 상호성을 배신하는 일이다.

물론 가끔은 오해도 있을 수 있을 것이다. 저녁 약속을 취소하는 것처럼, 한쪽에게는 작은 소홀함일 뿐인 것이 다른 한쪽에게는 커다란 배신처럼 여겨질 수도 있다. 그리고 그때가 바로 우리가 주고받을 '미안하다'는 말이 아주 중요해지는 지점이다.

스튜어디스가 꾸뻬에게 와인을 한 잔 더 권하는 것을 망설임 없이 받아 들며 꾸뻬는 다시 브라이스에 대해 생각해보았다.

꾸뻬와 브라이스는 이제 더 이상 함께 무언가를 하면서 즐거움을 나누는 일은 없다. 게다가 자주 만날 수도 없었다. 브라이스의 활력과 유쾌함과 의사로서의 진단 능력에 경외심을 느낀 적도 있었고 꾸뻬가 파리에 진료소를 개업했을 때 자기 환자를 보내주면서까지 사심 없이 꾸뻬를 돕던 모습도 기억한다. 그러나 오늘날의 브라이스는 어떤가?

물론 고고바의 제왕으로 하루하루 보내는 것이 최고라고 생각하게 된 남자를 일종의 연민과 관용으로 보듬을 수는 있을 것이다. 하지만 더 심각한 것은 브라이스가 돈을 위해 고의적으로 친구들을 배신했다는 것이다. 심지어 에두아르에게 앙심을 품기까지 했으니 돈에 매수되는 것보다도 더 용서하기 어려워 보였다.

그러면 어째서 이런 사람과 계속 친구로 남아 있는 걸까?

꾸뻬는 어젯밤 이런 고민을 클라라에게 메일로 썼다.

그리고 클라라의 답변이 도착해 있었다.

> 내 사랑!
> 계속 아리스토텔레스 이야기이지만, 아리스토텔레스는 질문의 형태로 문제를 다뤘을 뿐 해답을 제시하지는 않았지. 하지만 적어도 친구 사이의 선함의 격차가 너무 벌어지면 그 우정은 자연히 소멸된다고 주장했어. 한편 그는 친근했던 과거의 기억이 이미 우리를 실망시킨 친구와의 우정을 유지하게 만드는 건 아닐까 생각했어.

결국 꾸뻬가 브라이스에게 여전히 우정의 마음을 남겨두고 있는 이유는 의리나 충실성의 문제일까? 그렇다면 꾸뻬의 우정에 대한 관찰은 충실성이라는 측면을 놓치고 있는 것일까?

하지만 그저 충실하기 위한 충실함이 정당화될 수 있을까.

꾸뻬는 수첩에 모든 관찰들의 요약이자 결론이 될 마지막 관찰을 적었다.

관찰 22 우정은 즐거움을 함께 나누고 상호적으로 호의를 베풀며 서로를 인정하고 존경하면서 점점 커져간다.

꾸뻬의 두 눈이 스르륵 감겼다.
그는 코끼리 꿈을 꾸었다.

또 다른 여행을 꿈꾸며

"그 사람도 절대로 안 되리라는 걸 깨달은 것 같아요."

어쩌면 지나치게 똑똑해 보이는 눈빛에 약간 로봇 같은 목소리가 여전한 카린이었다. 꾸뻬가 떠나고 나서 그녀는 문제의 그 회사 동료를 몇 번 만났다고 했다. 꾸뻬의 조언을 따라 예전처럼 단번에 거절하지 않고 어느 정도는 타인을 받아들인 것이다. 환자가 조언을 잘 따라줄 때 의사들은 얼마나 행복한지 모른다!

카린이 말했다.

"우린 친구가 될 수 있을 것 같아요. 그와 이야기하는 게 재미있어요."

카린은 이제 친구가 두 배로 늘어났다. 꾸뻬는 새로운 친구를 맞이한 카린이 어떻게 변해갈지 궁금해하며, 박정인의 페이스북 주소를 알려주었다. 이제 아리스토텔레스와 성 토마스 아퀴나스의 대화는 가상의 공간에서도 계속될 수 있을 것이다.

"요즘은 좀 괜찮아요. 덜 예민해진 것 같아요."

줄리도 좋아 보였다. 이미 몇몇 환자들은 오히려 꾸뻬가 자리를 비운 기간 동안 더 좋아진 것 같았다. 꾸뻬는 정신과 의사로서의 능력을 진지하게 의심해보아야 할까 고민해보았다.

얼마 전 줄리는 생일을 맞이했는데, 평소처럼 출근해서 일을 하고 퇴근해서는 술이라도 한잔하기 위해 친구 집으로 향했다. 그러고는 그 친구 외에 하루 동안 그녀의 생일을 축하해준 사람이 한 사람도 없다는 생각에 매우 우울해졌다.

그러나 친구의 어두운 아파트에 들어서자 갑자기 불이 켜지면서 줄리의 모든 친구들이 거기 모두 모여 있는 것이 아닌가. 그들은 입을 모아 '사랑하는 우리 줄리, 생일 축하합니다.'라고 노래를 불러주었다.

줄리는 갑자기 벌어진 상황에 깜짝 놀랐지만 너무나 즐거운 충격이었다. 그리고 이 감정이 여전히 지속되고 있었다.

꾸뻬는 이 기세를 몰아 상담을 계속해야겠다고 생각했다.

로저의 경우에는 별로 달라진 것이 없어 보였다.

여전히 꾸뻬에게 처방약을 줄이고 싶다고 요구했다. 로저가 늘 요구하는 문제인데 처방약 양을 조금 줄이는 걸로 타협을 보지만 그러고 나면 로저의 상태가 심해지기 때문에 결국 실패했다.

로저는 이제 신과의 대화가 너무 강박적으로 계속될 때만 스스로 처방을 받아들였다. 꾸뻬는 그 신기한 역설에 놀라곤 했다. 로저는 스스로에게 처방이 필요한 정신 장애가 있다는 것을 인지하고 있다. 하지만 자신이 신의 목소리를 듣는다는 그의 신념은 절대로 바뀌지 않았다.

친구나 우정에 대해 로저가 했던 말들도 생각났다.

'저는 신과의 우정 속에 있어요. 그리고 그 우정은 무한하답니다.'

'제가 그들에게 주는 것보다 그들이 저에게 주는 것이 많거든요……'

꾸뻬는 로저에게 성 토마스 아퀴나스라는 사람에 대해 들어본 적이 있는지 물었다.

"물론이죠. 게다가 제 미들네임이 토마스인걸요. 성 토마스 아퀴나스에서 따온 거라고요."

꾸뻬는 로저의 건장한 어깨를 바라보면서 젊은 시절의 토마스 아퀴나스에게 그의 대학 친구들이 붙여 놀렸던 별명을 떠올렸다.

'벙어리 소.'

물론 로저는 벙어리와는 거리가 멀었고, 토마스 아퀴나스의 교수가 그를 놀리는 친구들에게 예고했듯 그의 울음이 서양 철학사를 뒤흔들지도 않겠지만.

꾸뻬가 말했다.

"지난번에 로저 씨가 내게 말했었죠? 신 외에는 친구가 없다고……"

그러자 로저가 대답했다.

"네. 하지만 제가 만일 신의 친구고 신이 제 친구라면 저는 그의 모든 피조물을 사랑해야 해요. 그 피조물들이 다 그의 사랑 안에 있거든요. 그러니까 저는 모든 피조물 하나하나를 제 친애하는 친구 하느님만큼이나 사랑해야 하는 거죠. 그래 봤자 신이 제게 주시는 큰 사랑의 한 조각을 돌려주는 정도지만요."

로저는 자기 대답에 아주 만족스러운 것 같았다.

"세상 모든 피조물을 다 사랑하나요?"

"선생님. 진심으로 물으시는 거예요?"

"정말 궁금해서 그런 겁니다."

그러자 로저가 대답했다.

"그게 가능하다면 저는 성자일 거예요. 성 로저!"

그리고 꾸뻬는 생전 처음으로 로저가 낄낄대며 웃는 모습을 보았다.

그리고 우리의 스타는 어떨까.

결국 꾸뻬는 스타가 경계선적 성격 장애보다는 양극성 장애이라는 브라이스의 가정을 시험해보기로 했다.

파리에 돌아와 스타의 상태가 조금 호전된 참에 조증과 우울증 양쪽으로 치닫는 기분 변화를 다스리는 약을 처방해주었다. 그러자 스타의 상태가 지속적으로 좋아졌다. 그녀는 계속해서 반짝이는 스타로서 대중 앞에 나타났다. 물론 여전히 자주 흥분하고 의심 잘 하고 끊임없이 칭송받고 싶어 해서 마리아 안젤리나의 모성적인 존재감으로 감정 폭주를 막아주어야 할 때가 있었다. 하지만 적어도 스타는 이제 죽고 싶어 하지 않았고 시간 약속도 점차 잘 지키게 되었고 안정제도 남용하지 않게 되었다.

새로운 처방이 잘 들어맞은 것이다.

스타가 말했다.

"만족스러워하는 것 같아 보여요. 제 상태가 나아졌다고 생각하시는 거죠?"

그러자 꾸뻬가 물었다.

"스스로는 어떻게 생각하세요?"

"왜 그런지 모르겠지만 선생님이 만족스러워하면 막 화가 나요."

"오! 좋아요, 재미있는 이야기로군요. 계속하세요."

상태가 많이 나아진 스타는 이제 감정의 폭주 없이 자신의 애착과 거부 문제에 관해 꾸뻬와 조용히 이야기를 나눌 수 있게 되었다.

또한 그녀의 변호사들은 국제적인 탈주자 에두아르와 스타가 어떤 식으로든 연결되는 것을 만류했지만, 그녀는 약속대로 에두아르에게 받은 리스트의 기관들에 직접 기부를 하기 시작했다. 이제 그녀는 유니세프 홍보 대사 자리까지 제안받은 참이었다.

그녀가 꾸뻬에게 말했다.

"이 일로 도움받는 사람이 많았으면 좋겠다는 생각이 들긴 해요. 하지만 정작 저 자신은 아무것도 바뀐 것이 없어요. 선행을 한다는 게 저를 기분 좋게 한다고 말씀드리고 싶지만 사실 그렇지도 않아요."

"그 선행에는 기분을 좋게 하는 것보다 더 큰 공덕이 있습니다."

"누굴 위한 공덕이죠? 신을 위해서요? 아님 부처?"

"글쎄요. 그건 장 신부님과 이야기해보시는 게 좋겠군요. 이드와도 괜찮겠고요."

"선생님과는 역할이 다르다는 얘기시죠?"

"무엇보다도 제가 그런 질문들에 대해서는 잘 대답할 수 없기 때문입니다."

"알았어요. 그러니까 선생님은 얼간이 같은 질문 몇 개 던지는 거 빼면 약 처방에는 조금 실력이 좋으시다고 해드리죠."

꾸뻬는 그 약 처방도 실은 브라이스의 아이디어였다는 것은 비밀로 하기로 했다. 안 그러면 스타의 정신과 의사로서 그나마 약간의 존중도 받지 못하게 될 것 아닌가······.

미안해 친구! 꾸뻬는 속으로 브라이스에게 사과했다

파리에 돌아온 뒤 꾸뻬는 의사 협회를 찾아가 브라이스의 제적을 취소할 수 있는지 알아보기 시작했다. 일단 재훈련 기간을 두고 동료 의사 한 명의 지도 아래 수련이라도 할 수 있도록 허가를 받으려 한다. 브라이스는 나쁜 짓을 몇 번 저지르긴 했지만 그만큼 좋은 일도 할 줄 아는 사람이니까 기회를 주는 것도 나쁘지 으리라.

물론 브라이스와의 우정이 어째서 유지되는가 하는 문제에 관해서도 계속 생각해보았다.

꾸뻬의 마음은 아리스토텔레스의 관점과는 조금 달랐다. 이 대철학자는 진정한 우정을 나누는 두 친구 사이에 한 명의 덕망이 사라지면 그 우정 자체가 사라지는 것이었다. 물론 아리스토텔레스도, 과거에 함께 나눈 친근함의 기억이 이미 덕망이 사라진 친구에 대한 우정도 유지시키는 게 아닐까 화두를 던지기는 했지만.

그렇다면 꾸뻬가 브라이스에게 여전히 우정의 감정을 간직하고 있는 것을 성 토마스 아퀴나스의 관점에서 설명할 수 있지 않을까?

그의 관점에서 보면 브라이스는 죄인이지만 여전히 신의 사랑 안에 있는 피조물이다. 그렇기에 그를 사랑해야만 한다.

그러나 꾸뻬는 이드와가 했던 말이 틀리지 않았다는 걸 알고 있다. 꾸뻬는 고차원적 정신을 이해하는 사람은 아니었다. 혼란스러운 상황에서는 더더욱 그랬다.

꾸뻬는 솔렌느가 했던 말을 기억해냈다.

'어린아이를 원망하기는 어렵다.'

그리고 불현듯, 어째서 브라이스를 진심으로 원망할 수가 없는지 깨달았다.

꾸뻬는 사실 그 누구도 오랫동안 원망할 수 없었다. 꾸뻬는 우리 모두가 실은 어린아이들이라고 생각하기 때문이었다. 우리는 애초에 스스로 선택할 기회 없이 태어나면서 받은 유전자와 어린 시절의 교육에 의해 형성된 존재들이다. 그리고 많은 정신과 의사들이 그렇듯 사람을 계속 관찰하다 보니 꾸뻬는 인간의 자유

의지라는 것을 믿지 않게 되었다(아마도 아리스토텔레스와 성 토마스 아퀴나스는 이런 꾸뻬의 입장에 반대할지도 모른다).

우리는 성인이 되어서도 사실 어린아이인 채로 남아 있다. 그래서 우리에겐 저마다 연민을 받을 권리가 있는 것이다.

물론 한 번씩은 벌도 받아야 하지만.

꾸뻬가 여행에서 돌아와 클라라와 꼬마 꾸뻬를 다시 만나던 날, 꾸뻬는 이전에 느껴보지 못한 감정을 경험했다.

엄청난 기쁨과 동시에 그들을 잃을까 하는 두려움이었다.

사랑하는 사람들을 한순간에 잃을 수도 있다는 걸 꾸뻬도 이미 오래전부터 알고 있었지만, 모두가 그렇듯 머리로 알고 있는 것과 느끼는 것은 달랐다. 직접 느끼는 것은 절대로 비교할 수 없는 경험이었다.

클라라는 아무 말 없이 꾸뻬의 팔에 오랫동안 안겨 있었고, 그제야 꼬마 꾸뻬는 아빠에게 무슨 일이 있었던 게 아닐까 생각했다.

꼬마 꾸뻬가 걱정스러운 눈치로 물었다.

"아빠. 여행은 좋으셨어요?"

그러자 꾸뻬가 클라라의 어깨 너머로 꼬마 꾸뻬를 바라보며 대답했다.

"아주 좋았단다. 아들은 하얀 코끼리 본 적 있니?"

"하얀 코끼리요? 그런 게 정말 있어요?"

그리고 꾸뻬는, 꼬마 꾸뻬가 아빠가 하얀 코끼리와 함께 찍은 사진을 보고 좋아할 걸 생각하니 행복해졌다.

옮긴이 이은정

연세대학교 심리학과를 졸업하고, 프랑스 리옹에서 인지심리학 대학원을 수료했다.
지금은 프랑스대사관 문화과에서 프랑스 책과 작가들을 한국에 알리는 일을 하고 있다.

꾸뻬 씨의 우정 여행

1판 1쇄 발행 2013년 5월 25일
1판 14쇄 발행 2023년 8월 10일

지은이 프랑수아 를로르
옮긴이 이은정
그린이 발레리 해밀

펴낸이 정중모
펴낸곳 도서출판 열림원

등록 1980년 5월 19일(제406-2000-000204호)
주소 경기도 파주시 회동길 152

전화 031-955-0700 | 팩스 031-955-0661
홈페이지 www.yolimwon.com | 이메일 editor@yolimwon.com

ISBN 978-89-7063-675-7 03860

● 책값은 뒤표지에 있습니다.